筑梦金沙

ZHUMENG JINSHA

中国长江三峡集团有限公司◎编著

中国工人出版社

大坝主图加部分肖像：肖佳法 摄

你是谁

是谁在深山扎下根
是谁在铸就江河魂
是谁唤醒了大山的寂静
是谁听懂了钻机的歌声

是谁在四季听涛声
是谁在峡谷伴星辰
是谁托起了巍峨的大坝
是谁筑起了地下铁长城

高山知道你是谁
汗水浸透你的青春
江河知道你是谁
泥浆裹满你的赤诚
你就是那个
铸就大国重器的功臣

三峡知道你是谁
百年的梦想已成真
金沙知道你是谁
丹心映照新的航程
你就是那个
铸就大国重器的功臣

人民对美好生活的向往

讲好中国故事系列丛书（第二部）

编委会

《筑梦金沙》编委会

总 序

讲好中国故事 传播工会声音

习近平总书记指出，全党同志一定要永远与人民同呼吸、共命运、心连心，永远把人民对美好生活的向往作为奋斗目标。在党的十九大报告中，“人民美好生活”先后出现14次，关乎民生，亦关乎党的使命、宗旨与愿景。这样的大众化、平民化、生活化表述，让新思想、新战略和新蓝图变得生动而具体，承接地气、充满生气、富有底气，直抵人们内心，温暖你我，感动世界。

今天，中国改革开放的历史航船，正处在承前启后、继往开来的新起点。回顾40多年来尤其是党的十八大以来发生在企业的巨大变化，梳理涌现在职工身边的先进事迹和感人故事，为即将开启的新的改革探索积累更多可供借鉴的典型经验，有助于激励广大职工群众努力奋斗，让劳模精神、劳动精神和工匠精神薪火相传。

进入新时代、踏上新征程，为中国工会赋予了新的使命和担当。各级工会组织要把学习贯彻习近平新时代中国特色社会主义思想和党的十九大精神作为首要政治任务，进一步团结动员广大职工拼搏奋进，为实现中华民族伟大复兴的中国梦不懈奋斗。

处大事贵乎明而能断。经过改革开放40多年的发展，人民对美好生活的向往更加强烈，期盼有更好的教育、更稳定的工作、更满意的收入、更可靠的社会保障、更高水平的医疗卫生服务、更舒适的居住条件、更优美的环境、更丰富的精神文化生活。在这个展现新时代工人阶级新风采和工会工作新作为的关键时期，我们要牢牢把握人民群众对美好生活的向往，自觉践行人民对美好生活的向往就是我们的奋斗目标的承诺，一步步实现好以人民为中心的发展，确保如期建成得到人民认可、经得起历史检验的全面小康社会。

为了贯彻落实习近平新时代中国特色社会主义思想和党的十九大精神，坚定中国特色社会主义道路自信、理论自信、制度自信和文化自信，讲好中国故事，传播好中国工会声音，中国能源化学地质工会策划组织了《人民对美好生活的向往——讲好中国故事系列丛书》，并由中国工人出版社出版。这套丛书以我国能源化学地质系统劳动模范、大国工匠和普通职工为主人公，生动讲述生产一线劳动者创业、创效、创新、创优的故事，记录新时代产业工人生产生活发生的可喜变化，展现工会组织忠诚党的事业、服务职工群众的创新作为，弘扬好声音、传播正能量，引领广大职工形成价值共识。

我们相信，通过动员组织广大职工讲好中国故事、传播工会声音，可以让劳动最光荣、劳动最崇高、劳动最伟大、劳动最美丽的观念深入人心，让诚实劳动、勤勉工作蔚然成风，激励广大职工激情唱响新时代劳动者之歌，争做新时代的奋斗者，在各自平凡的岗位上，通过辛勤劳动、诚实劳动、创造性劳动，做出不平凡的业绩，实现对美好生活的向往！

《人民对美好生活的向往——讲好中国故事系列丛书》
编辑委员会
2018 年 5 月 21 日

前言

“两厓峻极若登天，下视此江如井里。”大自然的鬼斧神工让元代诗人李京望而生畏，惊叹连连。而新时代的水电建设者们多年来，满怀豪情壮志，战天斗地，把金沙江建设成了我国最大的水电基地，打造了向家坝、溪洛渡、白鹤滩、乌东德……一个又一个的大国重器。

2020 年 6 月 29 日，金沙江乌东德水电站首批 6 号、7 号机组顺利完成 72 小时试运行，标志着乌东德水电站首批机组正式投产发电。中共中央总书记、国家主席、中央军委主席习近平对金沙江乌东德水电站首批机组投产发电作出重要指示，代表党中央，对首批机组投产发电表示热烈的祝贺，向全体建设者和为工程建设作出贡献的广大干部群众表示诚挚的问候。

习近平总书记强调，乌东德水电站是实施“西电东送”的国家重大工程。希望同志们再接再厉，坚持新发展理念，勇攀科技新高峰，高标准高质量完成后续工程建设任务，努力把乌东德水电站打造成精品工程。要坚持生态优先、绿色发展，科学有序推进金沙江水能资源开发，推动金沙江流域在保护中发展、在发展中保护，更好造福人民。

乌东德是金沙江水电基地下游河段第一个水电梯级，是党的十八大以来我国开工建设并建成投产的首个千万千瓦级世界级巨型水电工程。乌东德水电站装机规模为中国第四、世界第七。乌东德工程全体建设者攻克多项世界级难题，高质量实现建设精品工程的目标。乌东德水电站先后创造世界最薄300米级特高拱坝等7项“世界第一”，创下全坝采用低热水泥混凝土等12项“全球首次”，攻克大体积混凝土温控防裂、800兆帕高强钢焊接等系列世界级难题。按照计划安排，电站将于2021年实现全部机组投产发电目标，总装机容量1020万千瓦，多年平均发电量389.1亿千瓦时。

白鹤滩水电站是金沙江水电基地下游河段第二个水电梯级，装机规模世界第二，是世界在建的第一大水电站。白鹤滩水电站取得了6项世界第一：单机容量100万千瓦居世界第一、圆筒式尾水调压井规模世界第一、地下洞室群规模世界第一、300米级高坝抗震参数世界第一、首次在300米级特高拱坝全坝使用低热水泥混凝土，以及无压泄洪洞群规模世界第一。尤其是白鹤滩水电站的“核心”——发电机组，是目前世界上单机容量最大的水轮发电机组，标志着中国水电实现了从跟跑者到并跑者、领跑者的跃进，真正将核心技术牢牢掌握在自己手里。按计划电站将于2021年5月水库开始蓄水，2021年7月首台机组投产发电，2023年6月工程完工。

乌东德水电站和白鹤滩水电站，是无数工程建设者勇于责任担当，善于统筹指挥，精于科学设计，严于监督管理，敢于突破创新，殚精竭虑，埋头实干，善作善成的精品工程、大国重器。工程建设者们也许获奖无数，也许默默无闻，但是，他们都是英雄，都值得我们献上最热烈的掌声和最崇高的敬意。工程建设者的人生故事也许波澜壮阔，也许云淡风轻，但是，就像金沙江里激荡起来的每一朵水花都在歌颂“云崖”的“暖意”一样，每一个工程建设者的故事都闪烁着挥洒汗水的荣光。

新时代是奋斗者的时代，更是追梦人的舞台。金沙江水电建设者们正循着新时代的光辉，坚持新发展理念，勇攀科技新高峰，努力打造精品工程，更好造福人民，努力向新时代交上一份令人民满意、经得起历史考验的答卷。

目录 CONTENTS

第一篇　管理篇

一人一江一辈子　002
——记中国三峡集团三峡建设管理公司乌东德工程建设部杨宗立

世界在建最大水电工程的现场“总指挥”　008
——记中国三峡集团三峡建设管理公司白鹤滩工程建设部汪志林

谱写特高拱坝建设恋歌　014
——记中国三峡集团三峡建设管理公司白鹤滩工程建设部陈文夫

献身水利的“孺子牛”　020
——记中国三峡集团三峡建设管理公司乌东德工程建设部王义锋

深山峡谷里的筑坝“铁军”　028
——记中国三峡集团三峡建设管理公司白鹤滩工程建设部大坝项目部

续写新时代的“愚公”传奇 034
——记中国三峡集团三峡建设管理公司乌东德工程建设部大坝项目部

为精品工程建设保驾护航! 040
——记中国三峡集团三峡建设管理公司乌东德工程建设部质量安全部

用青春记录人生的“峡谷时光” 048
——记中国三峡集团三峡建设管理公司乌东德工程建设部巩朝

金沙江畔执着的“哨兵” 054
——记中国三峡集团三峡建设管理公司白鹤滩工程建设部任大春

用深情征租两万余亩工程用地 060
——记中国三峡集团三峡建设管理公司白鹤滩工程建设部胡念初

大坝基础“绣花匠” 大国重器“奠基人” 064
——记中国三峡集团三峡建设管理公司白鹤滩工程建设部王克祥

第二篇 设计篇

乌东德上“007”：潮涌金沙奋楫先 精细设计绘宏图 072
——记长江设计院金沙江乌东德水电站大坝工程设计组

乌东德筑梦人：看着大坝长高，是最幸福的事 077
——记长江设计院乌东德设代处郭艳阳

扎根一线的“356 博士” 082
——记长江设计院乌东德设代处漆祖芳

“边坡博士”的无悔青春 089
——记长江设计院乌东德设代处王吉亮

攀枝花开云崖暖　万水千山只等闲 094
——记中国电建华东院白鹤滩水电站大坝及泄洪洞设计团队

金沙江畔“超级地下宫殿”的设计者 100
——记中国电建华东院白鹤滩水电站引水发电系统设计团队

“大国工匠”金沙情 106
——记中国电建华东院白鹤滩项目部徐建荣

一个水电设计人的十年写照 111
——记长江设计院机电院电气部杨志芳

一名 80 后女性水利工作者的乌东德故事 116
——记长江设计院机电院水机部李玲

呕心沥血二十载 尽善尽美谱华章 121
——记中国电建华东院白鹤滩水电站唐鸣发

第三篇　监理篇

美丽水电人 128
——记中国三峡集团三峡发展公司乌东德监理部邢海燕

乌东德钢铁巨龙的守护者 132
——记中国三峡集团三峡发展公司乌东德监理部金结项目部

乌东德灌浆人的平凡世界 138
——记中国三峡集团三峡发展公司乌东德监理部基础项目部

一个在水电工程建设中成长的人 142
——记中国三峡集团三峡发展公司乌东德监理部泄洪项目部唐艳青

打造大国重器的一把利刃 146
——记中国三峡集团三峡发展公司白鹤滩监理部林宏

金沙江畔的监理情怀 151
——记长江设计院白鹤滩监理部吴军华

让青春在平凡的岗位上闪光 155
——记中国三峡集团三峡发展公司白鹤滩监理部泄洪洞项目部

金沙浪涌奏凯歌 160
——记中国电建西北院乌东德水电站监理中心胡启斌

乌东德金牌的铸造者 165
——记中国电建西北院乌东德水电站监理中心大坝工程部

金沙江巨型高坝的“护航者” 170
——记中国电建成都勘测设计研究院白鹤滩水电站监理部杨秀国

第四篇　施工篇

创造奇迹的一群水电人　178

——记中国能建葛洲坝集团白鹤滩施工局地下厂房应急加固党员突击队

白驹过隙　无怨无悔　183

——记中国能建葛洲坝集团白鹤滩施工局龚世柒

妙手绘蓝图　匠心铸辉煌　188

——记中国能建葛洲坝路桥公司白鹤滩项目部朱辉煌

白鹤滩“地下铁军”的主攻手　193

——记中国能建葛洲坝市政公司白鹤滩水电站工程项目部朱旭

敢截大江筑高坝　198

——记中国能建葛洲坝集团乌东德施工局

金沙江畔铸辉煌　204

——记中国能建葛洲坝集团乌东德施工局张建山

活跃在乌东德建设一线的 57 岁总工　209

——记中国能建葛洲坝集团乌东德施工局张耀华

金沙江畔的混凝土“巨匠”　213

——记中国能建葛洲坝集团乌东德施工局赵贤安

大国重器的铸造者　217

——记中国电建水电八局白鹤滩施工局

情系金沙江　建功乌东德　222
——记中国电建水电六局乌东德施工局

鹤舞金沙梦正圆　227
——记中国电建水电七局白鹤滩施工局

“精准测量”绘江河　232
——记中国电建水电十四局白鹤滩项目部测量大队贺斌

“金江白鹤”展翅飞　237
——记中国电建水电四局白鹤滩施工局缆机操作班

聚在党旗下的那群年轻人　243
——记中国电建水电五局白鹤滩泄洪洞项目党支部“党员攻关小组”

第五篇　机电篇

三峡“特种部队”的“指挥官”　250
——记中国三峡集团三峡机电公司张成平

机电科技创新的“领军者”　255
——记中国三峡集团三峡机电公司胡伟明

机电工程“百科全书”　260
——记中国三峡集团三峡机电公司杜建国

筑梦金沙“调试”人生　265
——记中国三峡集团三峡机电公司康永林

金沙水电释情怀 270
——记中国三峡集团三峡机电公司王献奇

挑战极限　打造精品 275
——记中国三峡集团三峡机电公司乌东德机电安装项目部

鹤舞白鹤滩 281
——记中国东方电气集团东方电机白鹤滩项目水力研发团队

逐梦金沙江　匠心铸辉煌 287
——记哈电集团哈电电机白鹤滩精品机组水电铁军生产制造攻关团队

扬大国工匠精神　展西开电气风采 293
——记中国西电集团西开电气超高压产品制造部分装二组

爱拼才会赢 298
——记中国兵器装备集团保变电气设计部设计一室

爱挑刺的“质量工匠” 303
——记中国三峡集团三峡发展公司蓟健

第六篇　移民篇

金沙江水电移民阵线上的“刘铁人” 310
——记中国三峡集团移民工作办公室刘祖雄

老骥伏枥志千里　愿为人间雪满头 315
——记中国三峡集团移民工作办公室邹远鹏

金沙江畔移民战场的一支铁军 320
——记中国三峡集团移民工作办公室乌东德工程移民项目部

金沙江畔的那棵树 325
——记中国三峡集团移民工作办公室乌东德工程移民项目部驻会东县现场工作组

移民工作是实实在在的群众工作 330
——记云南省楚雄州武定县乌东德水电站建设征地移民搬迁安置工作指挥部刘彪

“六千精神”的弘扬者 335
——记中国三峡集团移民工作办公室溪洛渡工程移民项目部

弘扬“六千精神” 奉献青春岁月 341
——记中国三峡集团移民工作办公室溪洛渡工程移民项目部辜清华

我家那个不聪明的他 346
——记中国三峡集团移民工作办公室向家坝工程移民项目部宾阳

第七篇 保障篇

无私奉献扎基层 青春无悔写华章 352
——记中国三峡集团三峡设备物资公司乌东德项目部油库分部

金江“润苗” 357
——记中国三峡集团三峡设备物资公司乌东德团支部

安之若素　甘心情愿　362
——记中国三峡集团三峡设备物资公司乌东德项目部物资分部

金沙江蜕变记　366
——记中国三峡集团三峡基地发展公司乌东德分公司寇春艳

用青春和热血守护电站的平安　371
——记云南省昭通市巧家县公安局刘仲清

大国重器的守护者　377
——记四川省凉山彝族自治州公安局白鹤滩分局王铖

一个“粮草官”的岁月往事　382
——记中国三峡集团三峡设备物资公司白鹤滩项目部郑建民

金沙筑梦守初心　做降本增效“践行者”　387
——记中国三峡集团三峡基地发展公司白鹤滩分公司生产技术部龚建华

凝心聚力树先锋　奋力拼搏保供电　392
——记中国三峡集团三峡基地发展公司白鹤滩分公司 110 千伏白鹤滩变电站

第一篇

管理篇

肖佳法 摄

工程建设部，水电工程建设的指挥中心，运筹帷幄，统筹各方。

数百人的团队，却引起了中国水电从跟跑到领跑全球的巨变。

这是一部从无到有，自强不息，治水报国的故事；这是一群为了梦想集结在金沙江边的水电匠人，在江上用智慧铸就举世瞩目的世界级超级工程；这是全球水电的最高智慧。

从荆楚大地到四川盆地再到云贵高原，从长江之滨到金沙江畔，他们从三峡走来，带着水电报国的豪情壮志，走过溪洛渡向家坝，又走向白鹤滩乌东德。

指点江山，运筹帷幄之中，世界水电开始朝中国看。

一人一江一辈子
——记中国三峡集团三峡建设管理公司乌东德工程建设部杨宗立

作者：朱静霞

从办公楼走到食堂，约莫五分钟。他时常低头不语，脚下生风，仿佛连食堂里都有急事儿、要事儿等着他处理。

有人嫌他“抠”：想从他口袋里多掏走一分工程款？没门儿。有人一见他就“怕”：想让他点头同意方案，先派三个人，事先准备十条理由，再去汇报吧。有人提醒他不要“管太宽”：混凝土浇筑多少，让下面的人去算，何必自己动手？

可在更多人眼里，他是一名艰苦奋斗、爱岗敬业、勤俭节约、大公无私的优秀共产党员和优秀管理者。他像水轮发电机组里的“转子”，一辈子绕着长江“打转”；他又像长江里的一朵小浪花，呼啸着加入献身者的滚滚洪流中，将三峡、向家坝、乌东德三座世界超级水电站从长江推向全世界。

他叫杨宗立，中国三峡建设管理有限公司乌东德工程建设部主任、党委副书记，国务院政府特殊津贴专家，中央企业劳动模范。35 年来，他始终坚守在大水电建设一线，用共产党员的优良作风，为水电人特有情怀和品质代言。

⊙艰苦创业：双脚走出“优化设计”之路

2011 年，杨宗立从向家坝水电站来到金沙江畔更深处、更偏僻的乌东德水电站，担任乌东德工程筹备组组长、临时党委书记，负责水电站建设的筹备工作。

平地起水电站，第一步就是实地踏勘坝址周边环境，优化预可行性研究报告里的设计方案。2011 年 10 月，杨宗立带着队伍，到金沙江支流鲹鱼河去踏勘，中途要换乘冲锋舟。

那是一处回流湾地势。自古以来，被漩涡打翻在此的船只不计其数。冲锋舟就如一片孤叶，在翻涌的浪花上随波逐流，杨宗立很淡定，一双眼睛像是扫描仪，将两岸地势快速收入眼底。

这条踏勘之路，又何止那万千点浪花？但为了让施工方案与实际情况相符合，敢于走完整个施工区，杨宗立是乌东德第一人。

三个月后，杨宗立的团队顺利完成踏勘工作。在此基础上，他又带领队伍，废寝忘食地对工程展开论证，最终对预可行性研究报告中的施工总布局进行了彻底优化，为乌东德水电站筹建“三通一平”工作打开了局面。

相关人员在后来的统计对比中发现，对比国内同类水电站，乌东德水电站的可行性研究工作结束得最早，且前期设计与后期施工基本无偏差。“在乌东德，他带着我们广泛、深入参与设计过程，业主意见建议取得主动权和话语权，对设计方案所作优化力度之大，可以说是首次。”乌东德工程建设部技术管理部工程师刘科说。

⊙爱岗敬业：心中有工程，眼里就有“法”

为何偏偏是杨宗立团队，在乌东德水电站创造了业主主导设计方案这一“首次”？

因为他认一个死理：“我不是因为热爱水电而选择水电，而是因为选择了水电，就一定要去热爱。”

三峡船闸施工现场处于低洼地段，一下暴雨，周边来水就往船闸流，水一来，施工方就给时任三峡永久船闸项目部副主任的杨宗立打电话：“杨主任快来啊，又进水了！”

船闸有水调试的那个冬天，某天晚上，准备睡觉的杨宗立被施工方的一个电话请到了现场。

负责输水廊道施工的单位向他告状：“廊道进水了，但他们不给抽走！”负责抽水泵房管理的单位委屈了：“我的仪器显示泵房里没水来，怎么抽？”

双方僵持不下，一向重证据的杨宗立急了，索性带上两名工人，从 80 多米高的竖井爬下去，一头扎进了刺骨的冰水里。摸索一番后，杨宗立第一个找到症结，他钻出水面向大家报告：“找到原因了，盖板被堵了！”

寻得症结，问题迎刃而解。大家在解除担忧的同时，也佩服杨宗立的狠劲儿：11 月的三峡，水下得多冷，他居然跳得下去！

爱三峡如爱家，爱船闸如爱家人。他的热爱换来了回报。2003 年，他带领中国长江三峡工程开发总公司工程建设部航建项目部，获得全国“五一劳动奖”。

⊙ “铁算盘”的节约之道：不浪费国家一分钱

有人说，杨宗立太“抠”。

他对自己确实“抠”。但在乌东德，他首创“限额设计”管理方式，“抠”的都是不该乱花的冤枉钱。

施期料场道路是乌东德水电站右岸永久道路，非修不可。但在坝址与施期料场之间，横亘着一个位于右岸的滑坡区。设计方想在左岸先建一座大桥，直通滑坡区下游，避开滑坡区后，再修路至施期。

杨宗立不同意：“明明能找到一种既节约钱，又能保证施工效果和工程质量安全，同时又节约资源的方式，为什么不用？”

没办法，设计方只好试试。这一试，居然真找到了更优化的办法：直接从右岸金坪子打一个隧道，通向阿摆缓台，再依山就势，从该处修一条到施期去的明线道路。如此一来，造价低，工期快，建设难度还不大。

同时，限额设计首先要确保工程质量与安全。在永久工程的施工中，杨宗立却向来是“不节约”的。

地下电站灌浆施工，肉眼看不见，某施工单位在灌浆过程中出现造假问题。杨宗立很生气：“不管你灌了多少浆，全部重新做！”这还不够，为解决造假问题，他组织研发智能灌浆系统，用智能设备监测灌浆过程和效果，推动行业技术革新，虽然增加了投入，但无人敢造假，工程质量安全有保障，这比节约钱更让他舒心。

⊙自我革命：建设大国重器，必须大公无私

杨宗立之所以能成为一名优秀的世界级工程的组织领导者，和他敢于革自己的“命”不无关系。在乌东德，他将“大公无私”四个字，写入了自己“革命宣言”的首页。

一条排水沟，别人爬上去，发现没有堵塞或破损处，也就下来了。杨宗立非得连几米开外的一棵树、几十米开外的一间房都给记下来，他总认为这几者之间会产生因果联系。

“他身居关键岗位，业务关系单位多，但他没有因为私事找人帮过忙。”

“和杨主任一起出差太累。途中基本只吃面，会议晚上六七点结束，他能做到连夜赶回工地，不在外面过夜。”

“乌东德工程建设 9 年来，他就只在家过了两三个新年，每年回家休假时间不足 30 天。”

同事们这样说。

如今，杨宗立的优良作风正影响着整个乌东德施工区。

他组织所有参建单位，在施工区开展大党建、大监督工作，让所有人将工程大坝和廉洁大坝“两坝”同筑的意识记在心里，让党建工作与工程建设深度融合。

杨宗立的优良作风，也让家人理解了他为何如此热爱三峡、热爱大水电建设。家人并不埋怨，只是担心年过半百的他，身体能否挺得住。

青山拥抱大坝，英雄不负志气。如今，乌东德大坝越“长”越高，导流

洞也即将下闸封堵，蓄水成功后，发电就指日可待。

望着日渐成形的工程，杨宗立的眼里却是一片平静。行百里者半九十。在杨宗立看来，没到发电那一天，一切都可能前功尽弃。“我现在压力比以前更大，必须做得更好。”他说。

人物档案

杨宗立，1963年6月出生，湖北荆门人，中共党员，正高级工程师，先后参与三峡、向家坝、乌东德等水电站建设，现任中国三峡集团三峡建设管理公司乌东德工程建设部主任、党委副书记，享受国务院政府特殊津贴，荣获国资委、人力资源和社会保障部“中央企业劳动模范”，获多项省部级科技进步奖、技术发明奖、质量技术奖等。

世界在建最大水电工程的现场“总指挥”

——记中国三峡集团三峡建设管理公司白鹤滩工程建设部汪志林

作者：吕　畅

从昆明驱车往北过了东川，沿着金沙江，一直往大山深处走，在川滇交界的群山处，无声的峡谷不再静谧。

细雨中，工程车机声隆隆，响彻峡谷，几台缆机同时在金沙江上移动，将一罐罐混凝土运到大坝仓面。

在火热的工地上，活跃着一个忙碌的身影，个头不高，戴着眼镜，有着浓浓的吴侬口音。他就是中国三峡建设管理有限公司白鹤滩工程建设部主任、党委副书记——汪志林。

年过五旬的汪志林，是浙江金华人，家安在宜昌。从硕士毕业到现在，30 多年来，他从未离开过水电工程建设一线。

获得国家及省部级科技奖励 10 项，发表 SCI、EI 等论文 10 余篇，获得多项国家发明专利……经过一路历练与沉淀，他从工程技术人员成为负责大型水电工程的建设组织管理者，亲历了一个又一个大国重器拔地而起，用默默坚守与无私奉献，走出了一条三峡人不平凡的奋斗之路。

他的故事，从他与三峡工程的渊源开始。

⊙勇当水电建设一线的“排头兵”

为我中华，志建三峡。

参与建设世界第一大水电工程——三峡枢纽工程，是多少水电人一辈子的梦想。

1992 年，《关于兴建长江三峡工程的决议》通过了全国人大的审议，也正是那一年，汪志林从武汉水利电力学院硕士毕业。他原本可以到原水利部上海勘测设计研究院工作，但他觉得：“搞水电的人，就是要到工程建设一线去！”于是，他来到三峡工程工地，从参与前期筹建工作开始，一干就是 15 年。

在三峡工程的建设中，他历任中国三峡总公司工程建设部厂坝项目部科员、主任科员、主任专业工程师、厂坝项目部副主任、主任。他潜心钻研厂坝建设技术问题，有效解决了大坝混凝土温控防裂等一系列难题。国务院

质量专家组评价“右岸大坝是一座没有裂缝的混凝土重力高坝，创造了世界奇迹”。

回忆这段从“零”开始的经历，汪志林感受很深：“既然学的是水电专业，就要能吃得了苦。这么大的工程，而且之前没有任何可以参考借鉴的经验，一定要潜下心来，让自己慢慢磨炼。”

那时候，汪志林与工程建设部同事们一起吃在工地，住在工地，白天在工地摸爬滚打，晚上回到办公室做工程施工组织管理方案，他说：“那段时间，基本上没有在晚上 10 点前回到宿舍的时候。工程设计图纸来了以后，我们都要自己去计算工程量，重新做施工方案图；不对的地方，还要对图纸进行及时修改。”

汪志林坦言，这段时间的工作积累对他个人成长影响很大。经过多年的历练和积累，他已然成为一名精于水电建设、有着丰富“一线”经验的管理者。

15 年后，和很多三峡人一样，他跟随三峡集团开发金沙江的脚步，溯江而上，调任溪洛渡工程建设部副主任兼大坝项目部主任。

⊙啃下工程建设的“硬骨头”

位于金沙江下游的溪洛渡水电站，是三峡集团建设的第一座 300 米级双曲拱坝，装机容量 1386 万千瓦，大坝混凝土浇筑量 680 万立方米，是世界第三大水电站，曾获得有工程界“诺贝尔”之称的菲迪克 2016 年杰出项目奖。

谈起项目，平时话不多的汪志林变得滔滔不绝：“溪洛渡水电工程具有高拱坝、高边坡、高水头、高震区以及大洞室、大泄量、大地下厂房、大隧道的特点，有很多技术风险和挑战，综合技术难度非常大。”

在国际坝工界，有一句名言叫作“无坝不裂”，虽然三峡工程在大坝温控防裂中取得了巨大成功，但溪洛渡作为特高拱坝，在温控防裂上的难度要比三峡大坝这类重力坝高得多。

“大坝混凝土浇筑工艺其实差不多，但是不同坝体温控的要求却相差很大。”汪志林说。

他围绕溪洛渡拱坝地基加强处理、混凝土温控防裂和结构工作性态安全控制等难题，组织开展了施工进度与真实工作性态的仿真分析，最终实现了全坝无裂缝的目标，啃下了这块“硬骨头”。

2012 年 7 月，在溪洛渡水电站首批机组发电的前一年，汪志林被调离了岗位。同事们开玩笑地对他说：“拓荒期你来了，摘果子的时候，你又走了。”

几年后，他成为世界上在建最大水电项目的现场“总指挥”，为三峡集团在金沙江上再造水电明珠。

⊙开辟水电技术的“无人区”

2014 年底，汪志林来到金沙江下游白鹤滩水电站。这座电站总装机 1600 万千瓦，总投资接近 1800 亿元，建成后是仅次于三峡电站的世界第二大水电站。

汪志林说：“白鹤滩地下洞室群规模之庞大难以想象，所有地下洞室连接起来总长度达到 217 公里，位居世界第一。而且，大坝坝基是柱状节理玄武

岩地质结构，极易松弛，施工挑战巨大。”他花了很长时间走遍白鹤滩地下洞室，摸清了白鹤滩地质条件和周边环境。

谈到施工管理，汪志林提到最多的就是“质量、安全”。白鹤滩工程施工环境非常复杂，极易产生安全隐患，但这个每年投资100亿元级的超级工程连续1000天实现质量安全“双零”目标，这很大程度上归功于汪志林给施工现场每人发的一面“放大镜”。

这面“放大镜”就是安装在每个人手机中的“安全隐患管理微信系统”，大家都可以将发现的安全隐患通过系统及时上报，安全责任人及时整改到位，人人都成为发现问题的眼睛，再细微的安全隐患都让它无处藏身。但系统上线初期，很多施工单位担心上报隐患是“自曝家短”，汪志林就进行“以奖代罚”，自掏腰包，利用系统给上报安全隐患的人员累积发放了5000多元的奖金，不仅大大提高了大家的积极性，而且充分发挥了这面“放大镜”的威力。

汪志林提到：“从三峡开始，我们接触的都是重大工程，到现在在建的白鹤滩水电站，工程越来越复杂，施工难度越来越大，参建单位越来越多，对质量、安全的要求也不断提高。”

针对工程质量，他还制造了另外一面“镜子”：白鹤滩泄洪洞镜面混凝土，进入泄洪洞后，就感觉面前和脚下有一面大的立体穿衣镜。

他说：“干过水电的人都知道，泄洪设施在高流速水流下容易遭到破坏，白鹤滩泄洪洞最大流速达到47米每秒，如此高的流速在水电工程中位列前茅。泄洪洞安全稳定运行关系着下游亿万人民的生命财产安全，我们必须要将泄洪洞施工做到极致！”

于是，他组织参建各方突破常规，探索新工艺，在水电技术“无人区”踏出了一条坦途。由于浇筑出来的混凝土表面平整度非常高，已经达到了可以照镜子的程度。

汪志林给白鹤滩造的两面“镜子”，一面“放大镜”保安全，一面“穿衣镜”铸质量，确保了白鹤滩质量安全“双零”目标。

在山沟里搞工程，汪志林并未觉得苦。他说，既然选择了这个职业，就意味着选择了这种生活。工地里环境恶劣、物质条件匮乏，他似乎早已习惯。

回首来路，遥望前程。汪志林觉得自己很幸运：“感谢这个伟大的时代给了我这么好的机会，参与建设一个个的大国重器是一件很幸运的事情。”

人物档案

汪志林，1963 年 1 月出生，浙江金华人，中共党员，硕士研究生学历，正高级工程师，现任中国三峡集团三峡建设管理公司白鹤滩工程建设部主任、党委副书记。工作 30 多年一直在我国大型水电工程建设一线，先后参与三峡、溪洛渡、白鹤滩工程建设，享受国务院政府特殊津贴。曾获中国岩石力学与工程学会科学技术奖特等奖、三峡工程优秀建设者、湖北省“五一劳动奖章”等荣誉称号。

谱写特高拱坝建设恋歌

——记中国三峡集团三峡建设管理公司白鹤滩工程建设部陈文夫

作者：高世奎

滚滚金沙水，浩浩向东去。当奔流不息的江水穿过深山峡谷，一座座超级大坝拔地而起，高峡出平湖、束龙在腰间，成为安澜江河的守护神，为点亮“中国梦”添加强劲动力。陈文夫在金沙江下游的溪洛渡和白鹤滩，打造两座300米级特高拱坝，人生作笔、镌刻岁月，动情谱写了一首水电人的“建设恋歌”。

⊙怀揣伟大梦想，他远赴金沙江

陈文夫与金沙江的结缘，要从2008年的一封工作调令说起。自1990年大学毕业开始，陈文夫在三峡工程一干就是18年，日积月累，他逐渐成长为一名坝工专家。2008年，他在宜昌负责三峡工程技术总结汇编工作期间，萌生了要让三峡工程的诸多建设管理经验在新的舞台开花结果的想法。如他所愿，不久，他接到了调往金沙江溪洛渡水电站的调令。溪洛渡是当时国内仅次于三峡的第二大水电站，大坝高 285.5 米，规模巨大。

离开宜昌的那天是 2008 年 12 月 24 日，他本可以多留几日，陪妻子和刚入学的女儿度过平安夜、过完圣诞节和元旦，但是怀揣“建设无缝大坝、推动行业发展”的梦想，陈文夫没有顾虑山区的艰辛、没有顾及家人的“劝阻”，风尘仆仆赶赴金沙江现场。

⊙追求无缝大坝，他泪洒金沙江

只有将真情融入梦想，梦想才更加美丽恢宏。

为了建成无缝大坝，时任大坝项目部副主任的陈文夫，呕心沥血，将大坝施工质量视为生命一样对待。

陈文夫说，建设无缝大坝，就是要将质量管控的每一个细节做到极致。他苛求每一方混凝土都要做到“性能优良、体形精准，内实外光、无裂无缺，免于处理、无疵可求”。为此，他总是亲力亲为赴一线指导施工，穿梭于高低坝块之间。他乐于同现场施工和管理人员沟通交流，不厌其烦地教导施工要点，大坝昼夜不停连续施工四年多，现场的工人都熟悉了这位业主领导。

百密难免一疏。2012 年冬季，由于保温不及时，大坝泄洪深孔边墙出现了一条裂缝，陈文夫痛心疾首地说道：“大坝施工已经超过三分之二，距离成功仅一步之遥，此时出现裂缝，非常遗憾。”他还形象地比喻道：“人的肋骨断了，尚可愈合，大坝裂了，就是永远的缺陷，即使通过高分子材料黏结起来，也不是长在一起的机体了。”说完，他竟抑制不住流下了眼泪，这眼泪中饱含了他对大坝的深厚情感。回忆这段经历时，他说当时的心情犹如十年寒窗苦读，却在高考时因一个选择题的失误，与清华大学失之交臂。

瑕不掩瑜，在陈文夫的带领下，溪洛渡大坝工程质量稳步提升，终成“拱坝精品，西部典范”。

⊙誓建传世精品，他再战金沙江

伟大工程，在怀揣伟大梦想的人手中，才能更加伟大。

2015 年初，溪洛渡大坝工程顺利收尾后，陈文夫调入白鹤滩工程建设部，全面负责白鹤滩大坝工程建设。白鹤滩大坝高 289 米，混凝土 803 万立方米，面临柱状节理玄武岩地质段建坝、首次全坝段使用低热水泥等行业新课题，建设规模和难度与溪洛渡相比，均有过之而无不及。如果说在溪洛渡的考场上因一分之差错失清华大学，白鹤滩就像是清华大学组织的研究生招生考试，陈文夫重整装备，再度起航。

改革开放以来，我国坝工理论和技术逐渐成熟，但高拱坝的抗裂问题依然备受关注，小湾、溪洛渡、大岗山等 300 米级特高拱坝都不同程度出现了裂缝。建设之初，时任三峡集团副总经理樊启祥说：“如果白鹤滩大坝再出现裂缝，说明我国特高拱坝设计理论和施工技术还不过关，将是我国坝工界的失败。”这句话深深地触动了陈文夫，他暗下决心，一定要将白鹤滩建成无缝大坝，打造“水电典范，传世精品”。短短八个字，意义非凡。他说：“白鹤滩要打造的‘典范’，不是西部典范，也不是中国典范，而是世界水电的典范，要像都江堰一样，流芳百世、屹立千年。”

大坝混凝土浇筑有一个鲜明的特点，就是一旦开工便要 24 小时连续作业，365 天不停歇，直至浇筑完成。长期主持大坝工程建设，加班熬夜早已成了陈文夫工作中的常态。身为建设部领导，日常事务较多，他经常在办公室加班至深夜，又赶赴现场查看浇筑。他对大坝施工的每一个细节，均有深刻的理解和规划。

现在，白鹤滩大坝混凝土已浇筑近 500 万立方米，未出现温度裂缝，混凝土内实外光，取芯长达 25.3 米，为世界之最。

⊙大胆开拓创新，他带头攻难关

创新助力精品打造，创新推动行业进步，大胆开拓创新是陈文夫身上最显著的标签之一。

如果有人问白鹤滩大坝有什么特点，首先想到的一定是智能大坝建设。陈文夫在主持溪洛渡大坝施工时，就成功研发了大坝工程数字化信息化系统，在此基础上，他结合白鹤滩工程的特点，用两年时间系统规划了白鹤滩智能大坝建设方案。如今，白鹤滩工程建设部管理中心一楼大厅里，铺满墙面的信息化大屏实时显示大坝施工各项关键数据，为工程建设管理和决策提供了

重要技术支撑。白鹤滩智能大坝建设迈上了新台阶。

为解决大坝门槽轨道二期安装施工安全风险和进度制约的难题，陈文夫力排众议，提出采用一期直埋施工方案；他亲自主持研究，推出了一套切实可行的实施方案，大获成功。白鹤滩大坝门槽一期直埋的成果应用，结束了门槽分两期施工的历史，从而极大提高了门槽的质量。

工程资料繁多导致竣工验收工作严重滞后，成为行业长期以来一直想解决而又难以解决的问题。陈文夫深刻认识到这个问题，主持开发了“四同时”管理系统，实现单元工程“现场完工、质量验评、工程计量、资料归档”四项工作同时完成的管理目标，可谓“项目完工之日，即为合同验收之时”，推动水电建设项目管理进入新时代。

⊙坚持问题导向，他冒险搞调查

陈文夫不仅敢于创新，对待问题也是力求科学严谨。他常说，开展项目管理，没有调查，就没有发言权；没有深入研究，就不能揭示事物的本质，就不能制定好的解决方案。

2018 年 6 月 30 日凌晨 3 点 45 分，一通电话惊醒了陈文夫，他立即赶赴现场。原来是缆机吊罐挂在了塔机大臂上，塔机已倾斜，需尽快将吊罐拖离，但如果硬拽缆机，极有可能将塔机直接拉倒，后果不堪设想。为了制定可靠的拖离方案，他亲自爬上了 100 多米高的塔机顶部，详细观察擦挂部位，下塔机时已经是凌晨 6 点 15 分。他随即组织分析制定了处理方案。最终，缆机吊罐安全拖离塔机。

正是他深入调研的工作方式、科学严谨的决策，确保了大坝工程建设的顺利开展。

⊙牢记初心使命，他奋进新征程

时光匆匆，自 1990 年参加工作以来，陈文夫先后深度参与了三峡、溪洛渡、白鹤滩三座世界级水电站建设，从学生成长为建设部领导，他把半生都交给了中国水电事业。因为常年在外，他和家人聚少离多，从来没有参加过女儿学校的家长会，以致老师误以为他的妻子是单亲妈妈。每当谈起这件事情的时候，他的眼里饱含酸楚和愧疚。今天，水电在维护国家能源安全、优化能源结构、保障电力供给、兑现节能减排承诺等方面发挥着巨大作用，成绩的背后正是这些“单亲家庭”的默默奉献。

如今，世界第二的白鹤滩水电站正在如火如荼地建设中，大坝施工已悄然过半。时不我待，只争朝夕。陈文夫正以对历史、对人民、对工程高度负责的精神，以崇高的使命感、责任感，以敬畏江河、敬畏工程的态度，坚守建设世界一流精品的初心，牢记铸就大国重器典范的使命，在金沙江上唱响“特高拱坝建设恋歌”。

人物档案

陈文夫，1966 年 11 月出生，四川汉源人，中共党员，工学硕士，正高级工程师，全程参与三峡工程建设，主持溪洛渡、白鹤滩两座世界级特高拱坝建设，现任中国三峡集团三峡建设管理公司白鹤滩工程建设部副主任、党委委员，荣获四川省“劳动模范”，获多项省部级、行业协会科学技术进步奖。

献身水利的“孺子牛”

——记中国三峡集团三峡建设管理公司乌东德工程建设部王义锋

作者：宛良朋　朱静霞

汉代以前，古老的金沙江曾有一个骇人的称谓，叫作“黑水”，传说是一片苍茫荒芜、笼罩在神话之中的地带；如今，它是中国文化多样性最为丰富的地区。从荒芜到繁荣，从阻隔到交融，在推动金沙江文明向前发展的功勋名单中，少不了以江河山川为家的水电人。

在金沙江乌东德水电站工程建设现场，无论是在大坝上，还是在泄洪洞里，工人们常能与一位大叔打上照面。他戴着眼镜，头发有些自然卷，说话慢条斯理，嘴角习惯性上扬，看起来总在微笑。可要说他和蔼，有人也不认可，他喜欢在施工现场到处“逛”，这里看看，那里瞅瞅，完了之后还给施工方指出一堆改进的地方。

这是没事找事吗？并不是。

作为世界第七大水电站的直接设计者与重大决策的制定参与者，他很明白一点：抓好工程建设质量安全，给国家交上一座精品水电工程，是他必须完成的重大使命。

他叫王义锋，中国三峡建设管理有限公司乌东德工程建设部副主任。从二滩水电站到锦屏一级水电站，再到向家坝，30多年来，他一直积极投身于国家大型水利工程建设第一线，管理上推陈出新，工作上精益求精，为我国水利水电事业的发展作出了不小贡献。

⊙小王的“母亲河情怀”

1963年，王义锋出生在湖北宜昌。中华民族的母亲河长江从这里穿行而过，呼啸着奔向东海，也呼啸着闯进了王义锋的心。

长江，在王义锋心里不只是流过家乡的一条河流，更是因她那喷薄而出的宏伟气势，成了王义锋心里神圣的存在。从求学到求职，他始终割舍不下对于母亲河的强烈情怀。

1979年，他进入宜昌葛洲坝水电工程学院求学，选择攻读水利水电建筑工程。1983年，他入职成都勘测设计研究院，参与二滩等水电站的设计工作。在他眼里，山川河流是有感情的，水电大坝是有生命的：“我听得懂它们的语言，可以与它们对话，如果让我离开它们，真不知道干些什么，吹牛都找不到素材。”

正因如此，王义锋舍不得他与长江的这段缘分，一续就是30多年。2006年初，已是业内专家的王义锋，调入三峡集团向家坝工程建设部，担任技术管理部主任，负责设计、质量、环保等工作。

“作为三峡水电人，是要有些家国情怀，否则干不了水电这一行。”王义锋坦言。

同事们则这样评价他：

“他在向家坝的时候，很注重团结并发挥我们的主观能动性，比如建章立制，将任务分解到人，各司其职，保证各方面工作井然有序。”

“他的工作经验太丰富了，在完善向家坝工程施工总体布置、高强度大坝混凝土浇筑、大江截流等方案上功不可没。”

“他的对外协调能力太强了，在与地方政府相关部门的沟通协调中毫无压力，这给工程建设提供了良好的外部环境条件。”

……

来到三峡集团的第一站，王义锋就释放“大招”，推陈出新，精细管理，赢得同事一致好评，也迎来了向家坝水电站的顺利建成投产。

2008 年，金沙江上更深处的白鹤滩、乌东德水电站向他“招了招手”。如同往常一样，这一次，他的转身也没有任何犹豫。

⊙“老王”不老

在王义锋看来，世界上没有两座一样的水电站。面对乌东德水电站的世界级技术难题和巨大挑战，王义锋感触更多的是“兴奋和振奋，有诸多世界第一要去超越”。

因此，要说王义锋是乌东德水电站的第一批“拓荒人”，一点也不为过。

在乌东德水电站设计阶段，王义锋是施工总布置方案的重要设计者之一。他始终坚持一种观点——设计是工程建设的灵魂。

同事们说：“他在‘三通一平’环保方案评审会上大胆陈述，成功将导流洞纳入‘三通一平’项目，为乌东德工程缩短建设周期起到重要作用。”

又说：“他从工程建设源头上加强设计技术管理体制创新，创造性提出‘白图预审制度’，给设计方提出建议，再绘制最终蓝图，提高了对设计意图的理解，能够实现投资省、进度快、质量好的目标。”

……

实践是检验真理的唯一标准。王义锋的设计思维在乌东德工程建设中得到正面印证。同事们都说，跟着王义锋这样的水电专家建设乌东德，怎么会有建不好的道理？

如果说“白图预审制度”是王义锋智慧的化身，那么，“花山沟泥石流治理方案”则是他崇高品质的化身。

花山沟，是乌东德水电站施工区内的一条天然泥石流沟，给工程建设带

来威胁。

解决比不解决好，早解决比晚解决好！王义锋很明白，必须端掉这个天然“毒瘤”。

为此，他早早准备，亲自带队到现场查勘。

但凡有泥石流现象存在的地方，路都不好走。花山沟边坡陡峭，滚石不断，干热河谷的天气又炎热不堪，即便与山川河流打了半辈子交道，在恶劣的自然环境面前，年过半百的王义锋还是会有些力不从心。但他没有走下坡路，树枝树干、石头土块，他将手边能抓住的一切都当作了拐杖。

就这样，他带着查勘队伍，走完了花山沟的每寸土地，摸清了花山沟泥石流物源、崩塌堆积体分布等情况。

爬了一天山沟，年轻人都招架不住，回去后多半瘫倒在了床上。但王义锋心里放心不下，拖着疲惫的身体回到办公室，加班加点整理白天的查勘成果。

这样的查勘熬了一天又一天，终于等来了审查会。会上，王义锋根据现场地形地质条件，分析了物源区物质组成、形成条件、活动特征等，并提出治理方案，得到专家一致认可。

横在王义锋面前的沟壑，不止一条花山沟。自然环境恶劣、社会关系复杂、设计深度不够、施工队伍混杂……与花山沟比起来，连接乌东德施工区与外界的那条超长对外交通公路，才是真正的“大老虎”。

对外交通锅圈岩隧洞，由于地质原因，边坡松散，开挖时存在边坡垮塌问题。王义锋踩着碎石、松土，在拟开挖的隧道原址上勘查了无数遍，在草稿纸上推演了无数遍，结合实际情况，创新提出了隧洞明挖方案，成功解决

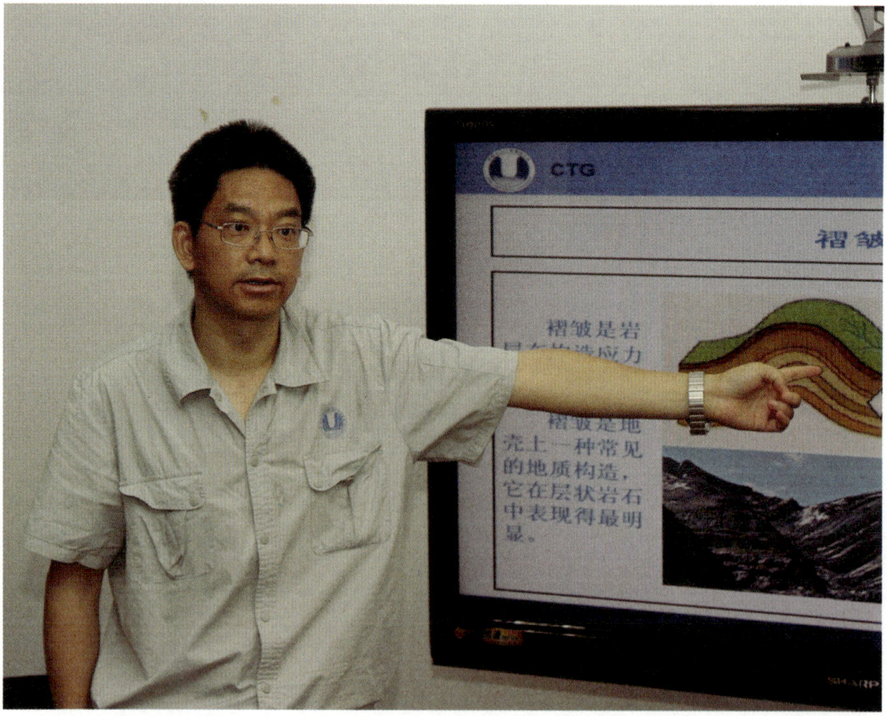

了隧洞冒顶难题，并在边坡稳定上创造性提出利用“扁担原理”的高效快捷治理方案。

听名字，这原理很有意思；实施起来，施工人员发现它的确“很有意思”。

乌东德工程建设部技术管理部员工宛良朋说：“王主任提出，把以前分散式的锚杆支护方式，改成在边坡底部集中布置钢筋桩，形成扁担效应，把上面‘挑起来’，施工起来既安全，又高效。这个‘扁担原理’已申报专利。”

在王义锋的带领下，对外交通建设团队突破了一道道“娄山关”，破解了周边关系协调和工程施工两大难题，实现了对外交通全面通车的大好局面，保障了乌东德水电站大件运输不受影响。

能创造性提出“扁担原理”，王义锋的脑子不是一般的活跃。

在乌东德，分管科技工作的他，牵头承担了国家“十三五”重大研发规划课题《深孔泄水建筑物疏堵与闸门修复技术及装备》等科技创新任务，是年轻人创新路上的优秀“领路者”。

他积极响应“大众创业、万众创新”号召，要求员工积极整合利用优势资源，激发创新激情和活力，提升自身科技创新能力和核心竞争力。

这还不够，他还倡导以科技成果为导向，要求员工在工程项目顺利推进的同时，推出一批具有科学价值的科技成果，形成一批高质量的专著、工法、发明专利、科技论文、标准规范等。

“近两年来，建设部员工深受王主任感染，针对工作中遇到的难题，积极思考解决办法，提出创新点子，在王主任指导下，申报下来的专利有二三十项，创新氛围浓厚。”宛良朋说。

⊙“王老师”的“老师梦”

在国家恢复高考制度之前，王义锋曾是一名人民教师。即便后来通过考学，进入了水利水电行业，他的“老师梦”依然存在。

“既要理解青年所思所想，为他们驰骋思想打开浩瀚天空，也要积极教育引导青年，推动他们脚踏实地走上大有作为的广阔舞台。”习近平总书记对青年人的殷切寄语，王义锋铭记在心。

一直以来，他都致力于青年人才培养，想为水利水电行业的下一代接班人做些事情。

这些事情，不是小事。

在青年员工眼里，王义锋酷爱大讲堂活动。“他组织了好多场大讲堂，就是想让我们了解工程技术、管理理念、工作方法等知识，鼓励和帮助我们快速成长。”

在他的牵头努力下，乌东德工程建设部邀请了许多院士、专家来到工地，做专题讲座，扩宽了青年员工的视野。

乌东德水电站地处偏远不发达山区，业余生活枯燥，在别人看来，这是一种“艰难”，但在王义锋眼里，这是不可多得的人才培养环境。

地质学习小组、BIM 研究小组、数值模拟计算分析小组……他组织青年员工，成立了许多学习小组，鼓励大家利用业余时间学习研究。

这个“头”开得好，也做得实。

王义锋作为牵头人，不管多忙，都会抽出时间去参加学习，带领青年人学习了解行业最先进的施工技术及管理方法，以及前沿科技与未来发展趋势。

把青年员工自主学习的意识培养起来，对于王义锋来说，只成功了一半。他的“野心”很大，不把青年员工所思所学运用到工程建设中来，他是不罢休的。

他带领青年员工，大力推动工程信息化管理，积极建设并推广应用乌东德人员设备定位系统、施工管理 App 系统等先进管理方式，确保了工程过程控制记录和资料的完整性、真实性、有效性、可追溯性。

优秀的“王老师”，教出了优秀的“学生”。如今，一批又一批年轻人快速成长为骨干，他们活跃在环保、创新、对外交通等众多领域，自信地分析和解决问题，为建设新时代大国重器“挥斥方遒”。同时，也为社会培养了一批优秀人才，如联合高校共同培养出裴建良博士、蒋树博士后等。

这根来自“王老师”的接力棒，被青年们稳稳接住了。王义锋看在眼里，笑意藏在心里。

2020 年，乌东德水电站首批机组将要投产发电，王义锋到处“逛一逛”的频率更高了。在大坝坝段上，工人们向他问好。他绽放出那标志性的笑容，对他们说：“你们一定要好好干。”

人物档案

王义锋，1963 年 1 月出生，湖北五峰人，中共党员，博士，正高级工程师，先后参与二滩、锦屏一级、向家坝、白鹤滩、乌东德等水电站建设，现任中国三峡集团三峡建设管理公司乌东德工程建设部副主任。中国力学学会四川省分会理事，中国水力发电学会会员、水工专业委员会副主任委员，中国岩石力学与工程学会理事。

深山峡谷里的筑坝“铁军”

——记中国三峡集团三峡建设管理公司白鹤滩工程建设部大坝项目部

作者：谭尧升

“金沙水拍云崖暖，大渡桥横铁索寒。”早在红军长征的时候，金沙江就被赋予了独特的色彩。在这里，孕育着丰沛的水能资源；在这里，即将建成一座当今世界上仅次于三峡工程的世界第二大水电站工程——白鹤滩水电站。

伟大工程的背后总是有默默耕耘的人，为优质建设这一世界级工程，实现造福百姓、助力国家发展的千秋伟业，在这里有着一支在寂寞中坚守、在沉默中前行的团队。他们兢兢业业、攻坚克难，以“建水电典范、铸传世精品”为崇高追求。

该团队成立于 2014 年，由 20 名来自全国各地但志同道合的同志组成，大部分成员年龄均在 35 岁以下，80% 具有硕士研究生学历。他们艰苦奋斗、忘我拼搏、求真务实、无私奉献，是深山峡谷里最可爱可敬的筑坝“铁军”。

⊙上下求索，攻克技术难关

白鹤滩坝基就如同修建高楼大厦的基础一样，一旦沉降变形，后果不堪设想。而白鹤滩坝基的地质条件极其复杂，层间层内错动带发育，出露柱状节理玄武岩，坝基岩体卸荷松弛及边坡稳定问题突出，坝基处理难度以及所面临的挑战超出现有工程经验和规范，综合技术难度十分艰巨。

为解决坝基开挖这一世界级技术难题，“铁人们”迎难而上，始终奋战在施工第一线，艰苦摸索，以忘我的精神认真实践，组织开展长期试验研究和仿真研究，在长达数个月的反复试验中，探索出一套限制松弛、控制变形的综合处理方案，创新了一系列专项施工技术，成功攻克坝基开挖与保护的世界级难题。2017 年 4 月，白鹤滩水电站特高拱坝复杂坝基开挖保护与处理关键技术被中国岩石力学与工程学会评定为国际领先水平。

大体积混凝土温控防裂为特高拱坝施工重中之重，现有规范规定尚不能完全解释特高拱坝中出现的开裂问题。拱坝混凝土一旦产生裂缝，对结构安全、防渗等都将带来不利影响。

“铁人们”组织研究低热水泥，使其配制的大坝混凝土在满足设计要求的同时，还具有“温升缓慢、温升小”等特点，以有效控制混凝土最高温度，防止混凝土温度裂缝。

首次全坝采用低热水泥，混凝土超 800 万立方米。为保证施工质量，“铁人”团队攻坚克难，研究低热水泥混凝土性能和温控措施，摸索低热水泥混凝土各项性能规律，为大坝浇筑质量控制打下坚实基础。截至目前，大坝已浇筑低热水泥混凝土 430 万立方米，混凝土工作性能稳定，施工性能良好。

白鹤滩工程建设部主任助理、大坝项目部副主任郭增光是有名的拼命三郎。作为这个团队的领军人物，他用“历久弥坚严律己，夜阑更深守初心”的高贵品格和勤劳智慧，在建设白鹤滩水电站大国重器的道路上谱写着自己“琢基、筑坝、育人”的事业乐章。他无限感慨地说：“我们开挖出了一个完美的坝基。干工作要经得起子孙万代检查，要为大坝负责一辈子。我们要在世

界在建第一大水电站的平台上筑起一座无缝大坝、精品大坝。”

⊙砥砺奋进，推进科技创新

团队自成立以来，一直高度重视白鹤滩工程这一世界级工程建设平台，始终坚持以问题为导向，大力开展科技创新和技术攻关，成立了各类专项问题攻关小组。

白鹤滩建设部副主任陈文夫说：“建设白鹤滩这样的世界级巨型工程机会可谓千载难逢，面对如此神圣的使命应该像建设都江堰工程一样，铸建千年

工程，流芳百世，要向世界展示中国水电建设的品牌和创新实力。”

白鹤滩地处干热河谷，大风频发，对施工安全、进度和质量均构成影响。为此，“铁人”团队科学求实，发扬埋头苦干的“老黄牛”精神，为工程的高质量建设出谋划策，大力开展科技创新，结出累累硕果：研发采用液压爬升模板，解决大风条件下施工的难题，保障了施工安全，提升了施工效率；创造性提出了门槽一期直埋技术，降低交叉施工安全风险，提升了施工进度；研究采用廊道养护超声波加湿器，实现了廊道全覆盖无死角自动养护，降低廊道混凝土开裂风险等。

同时，团队积极应用数字化、信息化、智能化等前沿信息科技，大力组织开展智能建造科研工作，实现基坑开挖、固结灌浆、混凝土浇筑及温控、帷幕灌浆与金结制安等施工全过程的智能化管理，实现混凝土调度、智能通水、智能灌浆、缆机自动定位等智能生产控制，实现从设计、施工到运行的全生命周期智能化管理，打造最聪明的大坝，实现智能建造。

⊙默默耕耘，打造大国重器

千年大计，质量第一。为保证大坝混凝土浇筑质量，建设无缝大坝、传世精品，“铁人”团队全程严格管控大坝每一个施工环节，秉承“工匠精神”，精益求精，一丝不苟。

“铁人们”不分昼夜，不论气候环境多么恶劣，始终坚守在工程建设的第一线，24 小时精细管控施工过程的各个环节。现场暴雨、大风天气经常出现，常人避之不及，“铁人们”恪尽职守，挺身而出，不分昼夜，无论周末还是节假日始终坚守在施工第一线。

此外，工程建设高峰期，“铁人们”以现场工作为重点，主动放弃休假机会，牺牲陪伴家人的时间，“舍小家、为大家”，为工程高质量建设倾心倾力。至今已浇筑混凝土 430 万立方米，工程质量安全受控，已取得 20 米以上长芯三根，最长芯样达 25.7 米，为同类工程世界纪录，得到行业和专家的一致认可与好评。

“在‘铁人’团队工作压力挺大的，因为周围人都很优秀，足够努力，一直担心自己会拖团队的后腿。”加入团队不足一年的裴磊对于加入这样的一个团队感到非常幸运。

高世奎曾这样描述自己在“铁人”团队的工作:“年轻人，多多少少有点不服输。我很喜欢汪国真的诗句——‘既然选择了远方，便只顾风雨兼程’。我觉得既然我们选择了要从事这样一项事业，抱着学习的态度，多思多想多求证，大胆探索，小心论证。别人做不到的事情，我们不一定做不成，我不知道我们最后会做成什么样，但是我很认同《老人与海》里面的话——‘生活总是让我们遍体鳞伤，但到后来，那些受伤的地方一定会变成我们最强壮的地方’。我相信，经过白鹤滩工程的历练，我们团队的每一个成员都会成为一名优秀的工程师，在未来的建设当中做出更大的贡献！”

柔美却壮阔的白鹤滩，是一代水电人追寻梦想、实现梦想的地方。在这样巨大宏伟的工程背后，有着许多不会被大众记下名字的可爱的人们——白鹤滩大坝工程建设管理的“铁军”就是其中最具代表性的一支团队。

伟大的故事背后往往是平凡的人们，平凡的人们背后却总是不平凡的传奇故事。每一天，所做的事情各不相同，但所念的事从不改变，如果一定要用一个词语描述这个团队，那么“白鹤滩”就是最好的名词——因为他们勇敢，似浪般刚强；他们活泼，似水般秀美；他们拼搏，似日夜江水般不曾停歇；他们奉献，似水般博爱众生！

以梦为马，不负韶华，他们都是追梦人。在这里，白鹤滩水电站与深山峡谷里的筑坝“铁军”，两者彼此成就，相互成全。他们将青春的美奉献给多彩的“白鹤滩”，而“白鹤滩”也赋予了他们别样的精彩年华！

团队档案

中国三峡集团三峡建设管理公司白鹤滩工程建设部大坝项目部成立于 2014 年，主要负责白鹤滩高陡边坡开挖、大江截流、基础处理、大坝混凝土浇筑等项目管理工作，曾荣获中央企业青年文明号、金沙江流域水电工程建设先进集体、三峡集团红旗班组、科技创新团队等各类奖项 10 余项。

续写新时代的“愚公”传奇

——记中国三峡集团三峡建设管理公司乌东德工程建设部大坝项目部

作者：朱静霞　黄　伟　晁燕安

“愚公移山”的故事我们都很熟悉，在生产力极不发达的古代，人们只能幻想借助神力来实现征服自然的愿望。

古人幻想的“神力”，在今天的乌东德水电站大坝工程建设中实现了。乌东德工程建设部大坝项目部的全体成员，堪称新时代的“愚公”。

装机规模世界第七的乌东德水电站，是三峡集团在金沙江上投资建设的。建造一座无裂缝的安全大坝，为水电站今后拦洪蓄水、生产清洁水电提供坚固屏障，是大坝项目部的责任与使命。

为此，大坝项目部倾注所有的情感与智慧，努力为乌东德大坝打造一个体格强健的“身体”。在不远的未来，一座坝身轻薄，但却能拦起数十亿立方米江水的 300 米级世界特高拱坝，将在金沙江上崛起。

⊙坝基开挖：两年“破茧”，一朝“成蝶”

金沙江乌东德干热河谷里，像极了半个鸡蛋壳的乌东德大坝稳稳扎根在两岸峭壁之间。“鸡蛋壳”的表面车来人往，一片繁忙景象。

修建导流洞、大江截流、大坝围堰填筑、大坝基坑开挖、大坝浇筑……为了它的成功建成，在乌东德工程建设部领导班子的带领下，大坝项目部攻克了无数道“娄山关”。

2015 年 5 月 10 日，乌东德大坝坝址两岸的绝壁发出千百年来的第一声“怒吼”，大坝坝肩槽第一次爆破顺利完成，奏响了 300 米级业界高拱坝开挖新纪录的序曲。

测量、放样、钻孔、装药、联网、爆破、清渣……坝基要成功开挖到底，需要“积跬步”。

爆破施工，是坝基开挖质量控制极为重要的一环。大坝项目部组织参建各方，在坝肩边坡选取代表性部位，进行了多次爆破试验。

认真执行“准钻证、准装药证、准爆证”三证制度，提前审定每一梯段的钻孔规划，及时调整装药结构，实现个性化装药，优化联网结构与检查……在大坝项目部的严格要求下，施工方精准爆破，质量控制得到保证。

爆破重要，清渣也重要。“坝肩开挖前期，开挖的同时也在出渣，坝肩越往下挖阻力越大。”大坝项目部工程师晁燕安说。

为解决此问题，大坝项目部组织参建单位及时修缮基坑道路，以回行弯道通向上下游围堰，解决了进出场交通问题，坝肩开挖得以稳步推进，实现了 20 天下挖一层的阶段性目标。

两年“破茧”，一朝“成蝶”。2016 年 12 月 18 日，接近 90 度的 V 形陡峭边坡顺利下挖完成，高程 718 米上的新鲜基岩终于露面。十天后，乌东德大坝建基面通过专家组技术预验收。

⊙筑坝保障：“上下”求索，誓筑无缝大坝

2017 年 3 月 16 日，乌东德水电站终于迎来 2017 年开篇巨“筑”——大坝主体首仓混凝土正式浇筑。

对于大坝项目部来说，这是比过春节都还令人高兴的事情。可是，压力比欣喜先一步到来。

乌东德大坝周边山体内的岩石存在天然构造、卸荷等裂隙，不仅影响水库蓄水，而且渗漏过大会造成大坝安全风险。科学的灌浆施工工艺，对浇筑无缝大坝来说十分关键。

多说无益，大坝项目部决定通过试验，来寻找灌浆方法。

一次次失败，一次次重来，压力不饶人，可他们从未放弃。最终，他们决定采用全孔无盖重加表层引管灌浆的方式，来进行灌浆。

这种方式是否科学？在 2016 年 11 月底的坝基验收标准审查会上，张超然院士等国内水电专家对此展开讨论，肯定了其合理性和科学性。按照这种灌浆方式进行灌浆的乌东德大坝，至今未出现质量问题。

解决了灌浆方式，另一个困难又找上门来。固结灌浆主要采取地下造孔灌浆方式，肉眼无法看见裂隙是否灌好。是否满足防渗和提高坝基承载力的技术指标要求，谁也不敢打“保票”。

这次，他们打算造一只智能“眼睛”出来。

在三峡集团主导下，大坝项目部密切配合，历时两年，自主研发了一套智能灌浆系统，可严格控制灌浆的压力、流量、密度、温度和抬动等五大参数。“这是国内第一台智能灌浆系统，其智能化程度达到国际一流水平。”大坝项目部工程师黄伟说。

灌浆是大坝的“缝纫机”，低热混凝土则是大坝的必备“口粮”。

大坝正式浇筑之前，大坝项目部组织参建各方，进行长时间的混凝土现场生产性试验，减少了水化热温升，提高了混凝土抗裂性能。

地面施工出新出彩，“空中探索”也未止步。

在乌东德大坝浇筑现场上空，几台用于运输混凝土吊罐的无塔架平移式缆机稳步穿行，承担着约 274 万立方米的混凝土浇筑任务，其运行稳定性影响着大坝浇筑质量。

大坝项目部联合相关参建单位，攻克缆机安装、调试和运行中出现的有关难题，制定完善了相应的运行维护管理办法和安全措施。“缆机运行操作人员技术熟练，并严格执行持证上岗制度，保障了缆机运行的安全稳定性。”大坝项目部工程师刘迎雨说。

⊙最美大坝工程师：不是一个，而是一群

大坝工程学会技术发明奖一等奖、中国爆破行业协会部级样板工程、三峡集团青年文明号……大坝项目部如今的荣誉加身，是背后所有员工如同大坝一样拱起腰背，扛住各种困难换来的。

2019 年初，大坝项目部主任牟荣峰病倒在床，一度被送进医院，做了手术。短暂休养后，他放心不下大坝，很快又回到了工作岗位。

说起大坝项目部的牛人，除了牟荣峰，黄灿新也是其中一个。

2017 年 1 月，乌东德大坝坝基无盖重固结灌浆正式启动。本是可喜之事，黄灿新却忧心忡忡：“这在国内尚属首次，施工人员毫无经验可循，加之坝基岩体依然存在不少裂隙，难免担忧。”

为建好这座藏于地下的“无形大坝”，黄灿新放弃了春节与家人团聚的机会，每天不知疲倦地同参建各方开现场碰头会，探讨灌浆质量控制措施，指导工人施工。

2017 年毕业后到大坝项目部工作的乔雨，虽然名字里有个“雨”字，但他现在最怕的就是下雨。

人们印象中的混凝土非常结实，但浇筑期间它却特别娇气，水多一点少一点都会影响强度，温度高一点低一点都可能开裂。“雨季施工真的很操心，有好几次一直守到半夜两三点。”舀水、盖雨布、快速振平混凝土……乔雨要做的就是给焦灼的现场快速做出决断：“雨小的时候就指挥工人，雨大的时候可顾不住，自己也赶紧拿起瓢舀水。穿雨衣还得捂一身汗，干脆不穿。”

悠悠故事里，传颂着愚公移山的传奇；深山峡谷中，飘扬着筑坝者凿石开山的歌声。大坝项目部的团队成员们注浆填缝隙、深谷内起大坝，百万米灌

浆均匀连线，数十个坝段拔地而起，一段新时代“愚公”创造高峡平湖的传奇正在金沙江上书写。

团队档案

中国三峡集团三峡建设管理公司乌东德工程建设部大坝项目部成立于 2014 年，主要负责乌东德大坝工程边坡开挖、基础处理、混凝土生产和浇筑等工作，曾荣获大坝工程学会技术发明奖一等奖、中国爆破行业协会部级样板工程、三峡集团“青年文明号”等各类奖项 10 余项。

为精品工程建设保驾护航！
——记中国三峡集团三峡建设管理公司乌东德工程建设部质量安全部

作者：何小鹏　胡大山　郑　斌

乌东德水电站是目前我国已核准在建的第二大水电站、世界已建和在建的第七大水电站。

乌东德，当地苗族人称之为“云雾缭绕的地方”，彝族人称之为“五谷丰登的坪子”，而在乌东德水电站建设者看来，则是质量安全风险内蕴、危机四伏的地方。

在这里，三峡集团乌东德工程建设部会同参建各方凝心聚力、多措并举，持续强化质量安全管控，扎实开展精细化质量管控，稳步推进本质安全型工地创建，工程质量稳定可控，安全生产平稳受控、成效显著。

在这里，有一群坚定的质量安全守护者，胸怀建设大国重器的豪迈情怀，以工地为家，以质量优良、本质安全为追求，以清洁能源开发为毕生事业。他们就是三峡集团乌东德工程建设部质量安全部（以下简称“质安部”）。

⊙团结拼搏争先锋

目前，质安部有 16 名员工，其中党员 7 人、入党积极分子 2 人，35 岁以下青年员工 8 人。作为三峡集团大水电建设板块成立的首个质量安全专职部门，质安部在三峡集团强化质量安全工作的历程中孕育而生。

质安部成立之初，人手紧缺、年轻人多、经验不足、机制不定，很多工作都是“白手起家”，加上工程筹建阶段建筑市场管理不规范、体系不健全、质量安全意识欠缺，受多重因素叠加影响，质量安全风险突出，管理工作布满荆棘。

在压力和挑战面前，年轻的质安部团队认真分析研讨，寻找对策。他们认识到，实现工程质量优良、本质安全，必须锻造一支想干事、能干事、会干事、干成事的尖刀队伍。

部门年轻人都暗下决心，从自己做起，立志练就一身质量安全好本领，打好质量安全攻坚战，做一名合格的乌东德工程质量安全“360 卫士”！

为了让质量安全工作早日走上正轨，质安部首先从思想和顶层设计抓起，

精心搭建乌东德工程质量安全管理的“四梁八柱”，坚定质量安全“双零”信念不动摇，把好质量安全总开关。

他们秉承“质量不漏过任何一丝缺陷”“安全不放过任何一个隐患”的严谨工作态度，拧紧质量安全每一个螺丝钉。

他们精准定位职责，提出“监督、检查、服务”六字工作方针，要求每位部门员工争做质量安全勤务员。通过建立综合、质量、安全三个职能小组，细化工作职责清单和流程清单，做到分工明确、协同高效。

他们提出“昨日事，昨日省；今日事，今日毕；明日事，今日始”，细化质量、安全、三个中心的“周碰头会”机制，建立周工作清单，建立销号工作机制；同时要求每个员工养成“提早办、马上办”的工作习惯，提高工作执行力。

质量安全工作涉及的法律法规多、规范标准多，各级检查、内业工作也多，从事这项工作事无巨细、责任重大，只有坚持唯实、专业、求精的工作作风，才能在纷繁芜杂的事务中理出一条“子午线”来。

何小鹏是质安部负责人，他带领员工以“精品工作质量”助推乌东德精品工程建设。部门刚成立时，员工初拟的工作文件质量差，何小鹏和拟稿人一起逐字逐句推敲琢磨，连标点符号、字体大小都不放过。起初，大家都不适应，认为没必要这么严谨，后来大家慢慢领悟了他的苦心。

“文字既是一面镜子，也是一面窗户，倘若质安部工作松一寸，下面工作就会松一尺！只有把工作中每一件小事做好，养成精益求精的工作习惯，才能把质量安全工作做好。”

质安部的工作没有规律，何小鹏的身体患了结石症，隐痛一直伴随着他，可他一直强忍着疼痛。2016 年 8 月一天，国家能源局质量专家组正在乌东德工地进行年度质量检查，何小鹏突然感觉身体隐隐作痛，以为是结石症犯了，准备忍一忍拖过去。为了不耽误工作，他仍然坚持陪同专家组查勘工地。到了第二天凌晨，实在忍不住了，他才叫上同事陪他去坝区医院检查。检查结果是急性阑尾炎，必须马上手术。他忍着剧痛赶往昆明，接受手术治疗，术后三天又急忙赶回工地。

在何小鹏带领和培养下，质安部全员从现场检查、内业工作等基础工作抓起，件件是重点、件件出精品，白天干不完晚上接着干，平时干不完周末接着干，凭着这种精益求精的精神，质安部逐步形成高标准、严要求、重实效的工作作风。

正是由于大家心往一处想、劲往一处使，才凝聚起干好质量安全的强大力量，一支担当作为、开拓创新、爱岗敬业的质量安全队伍在乌东德一跃而起。

⊙主动担当有作为

乌东德是镶嵌在金沙江高山峡谷中的一颗明珠，当地自然环境和地灾风险条件恶劣，加上工地远离城乡，建筑市场形势严峻，质量安全基础条件更为薄弱。因此，质量安全管理点多面广，危机四伏。

作为质量安全工作归口管理部门，质安部保持战战兢兢、如履薄冰的态度主动扛起质量安全大旗，全心全意干好质量安全工作，做好乌东德质量安全的坚定守护者。

2014 年、2015 年，乌东德工地连续发生几起安全事故，安全生产形势步入低谷，进入滚石上山、爬坡过坎的关键阶段，加之严厉的问责追责，有的参建单位出现畏首畏尾、不敢担当、士气低落等问题。质安部坚持严字当头，提出“风险就是隐患、典型隐患就是事故”的安全生产理念，构建“职责明确、工作具体、界面清晰、流程合理、落实有据”的安全生产责任体系，以安全综合大检查为抓手，逐步破解安全管理落实难题。参建各方痛定思痛，积极配合。通过一系列组合拳，有力推动了乌东德安全生产工作逐步好转。

敢于硬碰硬，始终坚守质量安全最后一道防线。乌东德作业队伍主要是农民工，人员流动性大，安全意识和能力较低，施工现场难免出现为了节约成本而忽视质量安全的现象。质安部一直挺在事故处理最前线，目睹农民工兄弟出事故后的惨痛场面，深刻认识到生命脆弱，安全责任大于天，提出

“宁可工作中听到骂声也不能事故后听到哭声”的响亮口号。

2017年春节后，质安部正常开展复工核准，发现部分作业面不能满足安全生产要求。当时，正值主体工程转序高峰期，工期一刻也不能耽误，质安部顶着巨大压力，坚决停掉工区的18个作业面，严格限期整改。

这一下，整个工区炸了锅！

停工整改后，有人来说情，也有人抱怨管理太严格，甚至有人威胁说“不让施工就不干了”。

质安部不为所动，严格按照要求督促落实整改，坚决守住“不安全不生产”的底线，通过一次坚决的停工整改，触击全体建设者的“安全生产灵魂”。

通过这一次整改，开启了乌东德安全生产“零事故”新局面。

质安部扎根工地一线，发扬敬业奉献精神，忠诚守护乌东德质量安全。白天，他们活跃在工地的各个角落，一顶安全帽、一支手电筒、一台照相机、

一瓶矿泉水是他们的标配，与农民工谈心交心，用农民工喜欢接受的方式讲安全质量，农民工亲切地称呼他们是质量安全“播种队”。

他们以工地为家，把质量安全当作钟爱的事业，以近乎“无情”的态度诠释着对质量安全工作的热爱与担当。质量安全留痕管理是精品工程、本质安全建设的内在要求，这需要倾注大量心血。2018 年，他们在工地巡查超过 1000 人次 / 天，发现整改质量缺陷和安全隐患数千条。他们利用休息时间处理繁杂的内业，查堵制度漏洞，撰写检查意见，配合各种检查，整理各类报告总结。

2011 年，李玉峰大学毕业后就来到乌东德，8 年来一直坚守在防汛防灾第一线，常年加班值班，患上了失眠、腰椎间盘突出的毛病。进入每年的主汛期，气候无常，泥石流、滑坡等随时可能发生，质安部全体员工放弃休假，坚守工地，24 小时处于待命状态。

⊙聚焦质安树典范

质量安全管理更需要创新。创新才能让质量优良、本质安全的目标落地生根、开花结果。

2014 年以来，在扎实做好日常质量管理工作的同时，质安部还立足乌东德工程建设实际，在管理理念、管理手段和管理技术等方面开展创新，用创新提升质量安全管理水平。他们在中国大水电行业率先开展全方位 QC 小组活动，全面实施工点制管理，开展安全生产标准化达标活动，创建大水电本质安全型班组，这一系列创新举措，为推动精品工程建设打下了坚定基础。

在管理理念上，他们基于 PDCA 循环，创新提出“源头控制、过程管理、问题反查”的工作思路，牢牢牵住“质量缺陷、安全隐患”这个牛鼻子，以质量安全生产大检查为重要抓手，倒逼参建单位层层落实主体责任，强化参建各方协同和交流，逐步形成共抓质量安全的命运共同体、责任共同体、利益共同体，已连续安全生产 800 余天。他们的质量安全管理工作得到国家能源局质监总站、项目站的高度评价。

在管理手段上，为有效破解一线质量管理“沙滩流水不到头”的难题，他们推动全面质量管理向基层一线延伸。质安部作为乌东德工程 QC 小组活动的策划者、组织者、推进者和实践者，自 2015 年起，他们在三峡集团率先试点，按照“立足工程、自发自愿、课题小实新”的原则，在施工过程中，扎根基层，以点带面，逐步深化，引导和鼓励现场一线作业、管理人员积极参与质量技术攻关，有效解决了“大坝拱肩槽开挖不平整度精细化控制”等 50 余项技术难题，在三峡集团起到良好的示范和引领作用，为三峡集团大水电全面质量管理探索了新路径。

为打通安全管理的“最后一公里”，他们还全面推进本质安全型班组建设。目前，本质安全型班组建设取得阶段性成果，一线班组长、作业人员安全意识和能力水平大幅提升，为持续稳定实现安全生产奠定坚实基础。

在管理技术上，他们推广运用现代信息技术手段，革新传统质安管理模式，全员参与，提升质安管控实效。质量方面，全面应用施工管理 App 系统，实现质量验收、评价、归档工作实时、实地、实人工作机制，规避了传统模式的诸多弊端。安全方面，深度应用微信 gala 系统，实现“隐患随手拍，整改随时查”的监管模式，发挥系统在隐患排查和治理工作中便捷高效、实时监控、跟踪闭环等特点，丰富安全培训教育日常工作途径。目前，安全管理微信 gala 系统上报隐患超过 3 万条，即时整改率达 99.9%。

在管理机制上，他们创新建立防汛防灾年度周期律工作机制，开展实战化应急演练，强化地企联动和共享，应急能力建设成效显著，经受住多次重大考验。2017 年，“7・7”泥石流灾害中，43 人成功避险，创造了无一人伤亡的“奇迹”。2018 年，成功应对每秒 15900 立方米洪峰（2013 年以来最大洪峰），成功应对“7・31”特大暴雨（最大降雨强度 90.8mm/h），两次经受白格堰塞湖等极端恶劣水文气象考验。

4 年来，质安部开展 QC 活动取得丰硕成果，先后荣获 8 个国优、行业奖，乌东德工程共有 67 项 QC 成果获得 79 项国家级和行业奖。

他们荣获中华全国总工会、中国质量协会、中华全国妇女联合会、中国科学技术协会联合颁发的“全国优秀质量管理小组”奖，获得金沙江流域水电工程劳动竞赛委员会颁发的“乌东德水电工程建设先进班组”、中国水利电力质量管理协会颁发的“全国电力行业质量信得过班组”“三峡集团红旗班组”等多项表彰。

2018年，乌东德水电站工程质量安全形势平稳可控，实现质量安全“双零”目标，并得到国家能源局质监总站、云南能监办等充分肯定。

乌东德水电站工程已进入蓄水发电决胜阶段，主体工程仍处于“大浇筑、大安装、大灌浆”高峰期，高强度施工、多专业立体交叉作业、防汛防灾等主要风险与挑战依旧突出，质量安全工作仍面临前所未有的压力和挑战。质安部全体员工表示，一定传承好新时代三峡集团精神，沉下身子、真抓实干，为建设新时代大国重器再立新功。

团队档案

中国三峡集团三峡建设管理公司乌东德工程建设部质量安全部成立于2014年，主要负责乌东德质量安全归口管理工作，曾荣获“全国优秀质量管理小组”“全国电力行业质量信得过班组”“三峡集团红旗班组”等各类奖项10余项。

用青春记录人生的“峡谷时光”

——记中国三峡集团三峡建设管理公司乌东德工程建设部巩朝

作者：彭宗卫

2010年7月初，巩朝从大学毕业，入职三峡集团所属中国三峡建设管理有限公司。不久，他便随着第一批建设者进驻乌东德水电站工程建设工地。8年来，他扎根祖国西南地区深山峡谷里，伴随着工程建设快速成长。

⊙把事业定位在深山峡谷

2010年国庆节后，巩朝提前结束在成都的轮岗，坐火车到西昌，辗转来到白鹤滩水电站所在地宁南县。下车后，他傻眼了。

巩朝在湖北黄冈一个县城长大，研究生学的是路桥专业，梦想是参与杭州湾跨海大桥那样的大型工程建设。可是，金沙江腹地这座小县城的面貌像是被时代撇下了二三十年，巨大的反差一下子让他的心情变得十分沮丧。

在白鹤滩工地学习不到一个月，领导便安排巩朝到乌东德工地参与工程筹建工作。抵达乌东德后，巩朝的心情坠入更深的低谷。眼前的环境与其他同学们所在的城市生活形成了巨大反差，他们的笑脸反复出现在脑海里。行走在金沙江腹地的深山峡谷里，巩朝不断问自己，理想的支撑点在哪里?

一次，在与长江设计院联合开展乌东德坝址查勘过程中，设计院一位70多岁的老专家对巩朝说："小伙子，我1965年大学毕业后就投身水电工程，那会儿是怀抱着报效祖国的理想信念，从城市到农村再到深山，不知不觉干了一辈子。事业就是在祖国和人民需要的地方建立起来的。"

一句话点醒了巩朝，沮丧和失落瞬间消散。

他认识到，乌东德工程给自己提供了一个巨大的舞台，一定要利用自己的专长好好做点事情。从那时起，巩朝在金沙江畔度过了8年激情燃烧的"峡谷时光"。

⊙职场第一课：打通26公里进场路

乌东德水电站位于川滇两省交界的金沙江上。2011年初，乌东德水电站前期筹建拉开序幕，云南侧进出工地主要依靠禄劝县大松树乡至新村26公里通村路，这条道路等级低、路况差，严重制约工程筹建。对道路进行升级和改造，成为2011年上半年工程筹建中最紧要的工作。

三峡集团乌东德工程建设筹备组大胆给年轻人压担子，巩朝有机会承担

了这个项目。

刚出校门不到半年，第一次接触山区道路，无任何施工管理和对外协调经验，面临复杂的山区地形条件和社会环境，特别是在前期进场交通、住宿和生活用水等基本生活保障尚未解决，各参建单位管理人员很少的情况下，要保证这条唯一的道路边施工边通行，难度可想而知。

在一批老三峡人的指导下，巩朝与施工单位负责人、现场监理一起查勘工地，分析施工特点和难点，制定出适合当地自然条件和现场施工效率的施工组织设计。

为解决砂石料短缺问题，巩朝多次到县政府和交通、国土、发改等职能部门沟通协调，获得当地对于重大建设项目的政策性支持。在汤德开采了砂石料，解决了最大的施工难题。

为落实生产计划，巩朝每天带着施工和监理单位跑现场，盯进度，解决技术难题，协调现场问题。为保障沥青路面摊铺质量，巩朝将前期临时营地内道路作为试验路段，虚心接受大家提出的关于质量和工艺改进的意见。受公路等级限制，道路弯道多纵坡陡，考虑到要降低后期运行安全风险，施工中他征询过数十名驾驶员的意见，增加了球面镜、减速带、临崖交通安全提醒和防护等交通安全设施。

2011 年 6 月底，工程按期完工。在 2017 年 6 月右岸对外交通半新公路通车前，这条道路发挥了不可替代的作用。

⊙ 8 年参与完成 4 条公路

作为年轻人，长期工作在大山里，巩朝有过短暂的沮丧和失落，但随着时间沉淀，经过工作岗位历练，他逐步成长为一名专业技术扎实、综合协调能力突出的工程师。

2011 年 11 月起，根据工作安排，巩朝负责乌东德对外交通半新公路和河门口大桥建设手续办理工作。

代表中央企业与政府机关打交道，他不敢有丝毫怠慢。他首先向有经验的同事请教办事流程，梳理和研究云南省建设项目核准报审程序，列出报审时间表，联系设计单位编制报告书，然后联系相关主管部门报审，组织评审会后修改报告送交备案，如此循环。

随后的 11 个月里，他数十次往返于工地和昆明市之间，与省、市、县三级行政主管部门进行沟通，与报审涉及的报告编制单位进行协调，完成各个专项审查，取得了核准前必备的行政批文，为尽早启动半新公路建设争取了宝贵时间。

2012 年 10 月后，巩朝主要负责左岸对外交通会河公路的建设管理相关工作。8 年多，巩朝参与和主管的公路项目共 4 个，总长约 108 公里。

有人统计过，对外交通建成通车，每年为乌东德工程节省运费超过 1000 万元，公路也极大地改善了电站两岸人民群众出行条件，沿线新农村建设速度明显加快，经济社会效益显著。每每想到这些综合效应，巩朝的心里都会涌上满满的自豪感。

⊙ “一条路”见证他的坚守

会河公路是在当前新的建筑市场条件下完成的一个地方建设项目。地方经济相对落后，发展矛盾深刻，矛盾和问题难以回避，贯穿在公路建设的全过程之中。

会河公路一标段的施工总布置缺乏全局规划，关键线路的连续钢构桥和长隧道施工启动晚，加上多方面因素，未能自建砂石系统，这些问题导致进度滞后。

项目启动初期便遭遇困境，巩朝心里非常焦急，经常失眠。

为了把项目带入正轨，他对建筑市场管理、后续施工规划以及施工单位面临的实际困难等进行细致的调查，及时汇报给工程建设部领导。由于矛盾难以调解，施工单位最终清退了原路基工程分包商，造成长达 8 个月的停工。

停工期间，巩朝没有被动等待，而是对项目实施以来的过程进行了回顾和总结，对问题产生的原因进行思考和分析。

这时，当工程建设部领导征求巩朝的意见，询问是否需要调整工作分工时，他选择了坚守岗位，积极协助施工单位做好清退队伍的善后工作。

2014 年 5 月，项目复工。但外部环境急剧恶化，公路沿线农户以边坡挂渣、施工干扰和前期遗留问题等为由频繁阻挠，干扰正常施工，复工极有可能失败。

面对严峻形势，巩朝与施工单位持续经受着煎熬。关键时候，工程建设部果断采取措施，作为第一执行人的巩朝，减少了休假时间，与施工单位并肩作战，及时解决结算问题，调动施工单位积极性。同时，按照工程建设部总体部署，他牵头组织打好收尾工作的“阻击战”和“歼灭战”。

复工以后，巩朝白天跑工地督促生产，跑地方政府部门协调解决阻工问题，晚上组织召开生产会，检查当天工作完成情况，布置第二天工作。多项措施并举，最终保障 11 座大中桥如期通车，Ⅰ标段顺利地收尾。

2016 年 10 月，会河公路全部完工，乌东德至会东县的交通条件发生了根本改变，车程从 3.5 小时缩小至 1 小时，工程所需大件都经过会河公路顺利运抵乌东德工地。

工程进入收尾阶段，各参建单位留守人员较少，巩朝依然坚守岗位，积极主动完成多个主管项目完工工程量清理、合同验收、遗留经济问题处理、公路水土保持自主验收等收尾工作，还承担了会河公路水土保持整治、道路整治等项目管理。

⊙事业里融入家人浓浓的爱

常年工作在金沙江畔，跟大江大山大工程打交道，和大多数同事一样，巩朝最大的遗憾是和家人聚少离多。

现在，4 岁的儿子放在老家由爷爷奶奶带管，妻子在深圳上班，一家人在三个地方。每天晚上 7 点半，巩朝和妻子约好，同时跟儿子视频。这是一家人最开心、最幸福的时刻。

巩朝说，让他最感动的是，全家人一直都很支持他选择水电事业。父母生病了，怕他担心，一般都瞒着他。父母讲不出多少人生大道理，但总是在他失落沮丧的时候，为他鼓劲加油。

常常有人问，水电人的青春是什么颜色?

巩朝的回答是:“至少应该包含朝气蓬勃的活力橙，工程混凝土的静谧灰，乌东德三角梅的绚烂紫、凤凰木的赤焰红，人与自然和谐共生的生态绿、环保蓝……”

巩朝说，当初选择到工程建设一线是凭着一腔青春热血，现在能坚守信念扎根乌东德，是对三峡集团企业文化的认同，是内心里对水电事业真正的热爱。

人物档案

巩朝，1984 年 8 月出生，湖北省黄冈市人，中国三峡集团三峡建设管理公司员工，路桥工程师。2011 年初进入乌东德水电站参与前期筹建至今，主要参与了乌东德水电站对外交通工程的建设和管理，获得过中国三峡集团优秀共青团干部、乌东德工程质量安全管理先进个人、水土保持工作先进个人等荣誉称号。

金沙江畔执着的“哨兵”

——记中国三峡集团三峡建设管理公司白鹤滩工程建设部任大春

作者：段　杭

任大春教授，我的硕士研究生导师。他自 1987 年开始从事三峡工程二期围堰、永久船闸高边坡的科研工作，1993 年开始从事三峡安全监测工作，先后负责三峡永久船闸、二期围堰、右岸地下厂房、升船机等安全监测项目。

⊙资深教授当“哨兵”

记得在我学习期间 2009 年 7 月的一天，他把我叫到办公室，对我说：“三峡新增了一个监测项目，你要不要去参与一下？”我很高兴地答应了，毕竟参加具体工程项目，是个很好的增长见识和学习的机会，更何况还是多少水利人一直向往的三峡工程。没过几天，他带我来到了我期待已久的三峡工程工地。当走进项目部的时候，我惊呆了——所谓的项目部就是坝河口的一处民房，一楼是仓库、厨房和卫生间，餐厅里面只有一张布满麻点的圆桌和几张坐上去有些摇晃的塑料凳，一台转起来咚咚响的半自动洗衣机；二楼是办公室和卧室，办公桌、图纸、资料盒、电脑和几张床，还有几个同事，仅此而已，与城市里的生活相差非常大。我心里有不小的失落感，和我想象的工作环境差距太大了，真是难以想象老师怎么能在这里待了那么多年！

我们在三峡的监测项目是利用光纤仪器监测坝前不同深度水温。当时光纤监测仪器是新发展起来的监测设备，而利用这种仪器监测坝前水温在国内外尚属首次，从光纤监测仪器采购、检验、安装、观测和成果分析都是全新的尝试，其中如何通过检验确定仪器参数是首要解决的关键难题。在老师的带领下，经过分析研究，确定了光纤监测仪器温度参数、长度参数和长度修正温度参数等一套全新检验项目和检验方法。光纤仪器安装的前一天晚上进行最后的仪器参数检验，因为数量大、要求高，整整一个通宵，老师一直亲力亲为，只为获取第一手技术资料，其间还不时提醒我需要注意的技术环节和改进的方面。天快亮的时候，检验工作才算完成，老师的眼睛布满了血丝，可是，他顾不上休息，又接着组织安排现场安装的其他准备工作。现场施工时，需要人从船上先爬到 175 米高处再将仪器向下安装，当我们还在犹豫的时候，他已带头顺着梯子往上爬。看他矫健熟练的攀爬动作，很难将其与我们常规印象中的资深教授联系在一起。在他的带动下，我也爬到了 175 米高，望着 30 米下平静的江水，腿微微发抖，既紧张又兴奋。老师若有所思地说道："监测人可是工程安全的哨兵啊，马虎不得！"他的话如响鼓般重重地在我的心头擂响。这是我第一次来到工地，第一次接触到具体的监测项目，第一次懂了安全监测的含义。

⊙永不改变的认真态度和创新精神

怀着对水电工程建设工作的执着和热情，2013 年，老师追随大水电的脚步来到了金沙江畔，带着他几十年来钻研监测专业的知识和经验来到了三峡集团，负责白鹤滩水电站综合安全监测中心。从此，他的身份变了，从承包商变成了业主，从老师变成了领导。转眼间，他已经在这偏远而荒凉的大凉山奋战了 7 年，可很多东西没有改变。

他对工作认真负责的态度没有变。他强调监测数据真实准确是我们工作的底线，只有保证监测数据质量才能更好地为工程安全保驾护航。右岸地下厂房第三层开挖期间，2015 年 9 月 23 日 0+133 桩号顶拱较深部位变形增长较明显，他发现了这一异常情况后迅速安排人员现场复核，第 2 天在现场施工协调会上通报了该部位的异常变化并提醒注意，第 3 天晚上该部位变形再次增长，同时出现了开裂和掉块，由于他提前通知，有效地避免了安全隐患。安全监测数据成千上万、数不胜数，通常情况下，那么细微的变化却能反映很大的问题，只有时刻保持对工程安全高度责任感和敬畏之心，常抓不懈，才能更好保证工程安全。他严格要求从监测中心发出的技术文件精准无误。无论是地下洞室专家咨询会，还是坝基、大坝专家咨询会，他都精心组织、认真审核技术报告，每一个数据、图表和结论，他都要认真分析研究、反复推敲，一遍又一遍，直到确认无误。

他的创新精神没有变。他热衷于创新工作，在创新中解决工程问题，在创新中提高水平，在创新中推动技术进步。他带领团队开展大坝和地下厂房施工期安全监测自动化研究，给大坝横缝和地下洞室装上了不知疲倦的“千

里眼”，在办公室就能 24 小时连续监控施工过程和洞室变形，为工程问题提供了极佳的解决方案，同时解放了劳动力，减少了投入。他大力推行信息化管理，组织研发行业内首个集设计资料管理、环境管理、实施过程管理和监测数据采集管理分析等功能于一体的全生命周期管理安全监测管理系统，提高了管理效率。除此之外，他还主导了多项技术创新和科研项目。他被评为 2018 年度白鹤滩水电工程“十大科技创新人才”，带领部门获得了集团公司 2018 年优秀创新团队。

他依然是对工作充满热情不知疲倦的技术专家能手。安全监测专业小，项目合同金额与主标段不能相提并论，容易被人忽视，但是他仍然对工作充满热情，将平凡的工作做到极致，使小专业发挥推动工程建设的大作用。他常说，白鹤滩是一个很宽广的平台，可以接触到很多工程上的疑难杂症，大家在这里修炼好“内功”，以后去哪里都可以独当一面，只要把白鹤滩安全监测做好了，以后自己管理工程项目都能得心应手。工作中他总是以身作则，通过言传身教影响同事，多年来他基本上每天晚上加班到 11 点以后，虽然已经年过五旬，可依然不知疲倦。当我感到身心疲劳的时候，当我回宿舍休息的时候，经常会看到他办公室的灯依然亮着，或审阅图纸，或分析监测成果，或编写科研报告……

⊙坚守安全监测初心

他一直是品行高洁的老党员。作为白鹤滩第二党支部书记，他从思想上严格要求，自觉遵守党纪国法，他从不接受吃请，不介绍队伍，不推荐产品，在思想上筑起党风廉政防线和思想道德防线。他带头讲党课，积极与其他部门进行技术交流，乐于分享专业技术和工程经验，带动更多的人了解安全监测工作。他关心关爱大凉山贫困地区的孩子们，每年冬天都给孩子们送去温暖。记得去年冬天，他休假时看到了团委组织给孩子们送温暖的活动，他立即给我打电话嘱托一定要帮他要两个需要帮助的孩子，用实际行动践行优秀共产党员的使命和担当。

流年易逝，从三峡工程到白鹤滩水电站他已经在一线工作了 20 多年，从长江下游溯江而上来到白鹤滩，缕缕青丝换成了白发，中餐从吃饱变成了吃少，体育运动也从羽毛球改为了步行、登山。来到白鹤滩的他开始喜欢爬山，

我曾问过他为什么会喜欢爬山。他深情地说道：“爬山好啊，年纪大了很多体育运动都力不从心了，爬山不仅能锻炼身体，还能感受自然。在水电行业干了20多年了，一辈子跟水打交道，其实山也是水电的一部分，大山才是水电最安全的依靠，监测人的勋章里也有大山的一份。”这又让我回想起那一年他望着三峡水库说的那句话，再次莫名地深受感动。

这么多年，他的初心从未改变，所做的一切都是为了保障工程安全，大江安澜。为了这个初心，他就像一个执着的哨兵，时刻警惕地监视着工程的安全，不眠不休地掌握监测数据的变化，无怨无悔地为江河奉献了自己的青春，这或许就是水电“哨兵”精神吧。

金沙江畔，夜已深，人已静，他的办公室，依然灯光明亮。

人物档案

任大春，1963年3月出生，武汉黄陂人，中共党员，硕士研究生，正高级工程师，注册岩土工程师，注册监理工程师。2013年从长江委长江科学院调入三峡集团公司，现任中国三峡集团三峡建设管理公司白鹤滩工程建设部综合安全监测中心主任。先后主持完成或参加研究国家“七五”“八五”“十三五”重点科技攻关项目、水利部攻关项目和国家科技部农业科技推广项目。2018年被评为白鹤滩水电工程“十大科技创新人才”，带领部门获三峡集团公司2018年优秀创新团队、2016年红旗班组荣誉称号。获省部级奖励3次，发表专业论文25篇，出版专著5部，获得发明及实用新型专利6项，编写国标行标2项。

用深情征租两万余亩工程用地

——记中国三峡集团三峡建设管理公司白鹤滩工程建设部胡念初

作者：余　维

在白鹤滩工地，你总能看到一位早出晚归的人，他一直奔赴在租地、避让搬迁和纠纷协调的第一线。每一个避让搬迁村民都知道“有问题找老胡”，每一次纠纷调解现场他总是耐心细致，毫无怨言。他，就是白鹤滩工程建设部坝区管理部副主任胡念初。

⊙租地，用脚丈量每一寸土地

宁南县跑马镇新田村三组的杨史窝长年在外地打工，其承包地长满杂草，其土地现状登记为草地。杨史窝不服，不签临时用地协议。胡念初了解情况后，当即联系实物指标调查小组，现场据实复核后认为应变更登记为耕地，并现场办理复核申请手续，杨史窝高兴地在租地协议上签字。胡念初依法合规、实事求是地处理土地边界、地类纠纷、土地流转等问题，赢得了跑马镇彝族同胞的信任，创造了一周多的时间内完成了跑马镇全部3000多亩土地的租地纪录。

中铁隧道局葫白公路Ⅰ标项目部原支部书记杨春常说:“爱岗敬业、实事求是,这几个词用在胡念初身上毫不为过。”给杨春印象最深刻的是,葫白公路征地涉及2000多亩土地、30多公里的羊肠小道,胡念初来回徒步走了五遍。每一块土地、每一个小地名、每一条沟壑边界,他都了如指掌。

胡念初负责临时租用土地2万余亩,避让村民3600多人,拆除房屋面积32万平方米,累计支付各类费用8.62亿元。集团公司2018年白鹤滩水电站租地及避让搬迁专项审计工作组对胡念初踏实、细致、务实的工作作风深表敬佩。

因为征地移民工作现场协调纠纷时间不可控,误餐是常有的事。在旱谷地料场租地搬迁攻坚阶段,胡念初40天吃住都在旱谷地料场的施工单位营地,一刻也没有离开。施工单位认为胡念初是为帮助解决征地移民问题而误餐,而且是和工人同吃住,不要胡念初付费,但他坚持结清了2012.5元的用餐费用,并支付了应由司机自己承担的用餐费用。对此,驾驶员张德元深有感触:“胡主任知道我们司机收入少,平时他很节约,却主动帮我分担了应该由我自己支付的餐费。只有把他的工作配合好才是对他最好的报答。”

⊙搬迁,用真情帮每一个移民

白鹤滩的地质条件复杂,地质灾害危害点多,工程筹建期间,为确保老百姓的生命财产安全,需要对地质灾害频繁地带的村民进行应急避险避让搬迁。

2012年6月30日,原宁南县委常委、纪委书记黄武要求白鹤滩筹备组尽快完成27户121人的搬迁,以保障村民生命财产安全。接到任务后,胡念初当晚拟好协议文稿,3天完成应急避险避让搬迁协议签订工作,12天完成房屋拆除,创造了又一个“白鹤滩之最”。

2012年11月,因工程施工需要,须尽快完成6户村民搬迁。胡念初原计划结合体检随来工地看望他的妻子回家休假。临上火车前,他接到这6户老百姓愿意搬迁的电话,送妻子上火车后,他立即赶回工地,完成了搬迁协议的签订。患甲状腺癌的妻子含泪心疼地说："你不能这样'无私'，不要忘了你还有生病需要你照顾的妻子和深爱你的女儿。"

⊙协调，用诚心交每一个朋友

胡念初经常对老百姓说："有事找我，是对我的信任；无事找我，是对我的情谊。"他处理了上千起阻工和群体性事件，老百姓都夸他"做人诚、做事实"。

胡念初至今记得和跑马镇党委委员、新田村原支部书记阿尔拉子第一次见面的场景。那是 2011 年 11 月 17 日的一个中午，在新田村 35KV 变电站施工现场，因临近彝族年，老百姓没有拿到土地补偿款，不让施工单位进行现场作业。阿尔拉子对村民说："我给你们承诺土地款在彝族年前到位，如果在两天后拿不到租地款，我杀三头猪供乡亲们过年。"阿尔拉子的一席话，深深地感动了他。他与武警水电白鹤滩项目部原政委罗俊和施工单位商量，取出自己银行卡 4 万多元，施工单位想办法一共凑齐了 7 万多元的补偿款，于彝族年前兑付给村民。阿尔拉子每每提到此事都很感动："为了让我们彝族同胞过上彝族年，老胡自己掏钱垫付了我们的补偿款，他是一个实在人。"

他始终将阻工当成命令，总是第一个到场。他先后召集村民代表召开了 100 多次座谈会，认真倾听老百姓诉求，做到耐心解释不激动、劝解疏导不

冲动、标准执行不松动，及时提出解决问题的建议。他常说，他的工作就是解决老百姓的“烦事”和“难事”。同事们看到他“5+2”“白 + 黑”地辛勤工作，劝他星期天休息一下，他却说：“老百姓没有星期天，工作没有给我星期天，问题解决也不分星期天呀！”

胡念初在白鹤滩水电站筹建工程先期用地、避险避让搬迁和现场协调工作中，得到地方政府的好评和老百姓的普遍赞誉。原宁南县委常委、纪委书记黄武称赞他：“三峡公司不能忘记一个默默无闻、兢兢业业、扎实有效地做好现场协调工作的老胡同志。”

“施工区的每一寸土地，我都用双脚亲自丈量过。施工区租地避让搬迁的每一件事，在我八年每天不间断的 27 本工作记录本中都可以找到。只有脚踏实地，才能在平凡的岗位上干出不平凡的工作业绩。”胡念初用实际行动诠释了一个共产党员的模范形象，展现了一个三峡人的责任担当。

人物档案

胡念初，1963 年 2 月出生，湖北浠水人，中共党员，现任中国三峡集团三峡建设管理公司白鹤滩工程建设部坝区管理部副主任。曾获得 2019 年度金沙江白鹤滩水电工程劳动竞赛优秀建设者等荣誉称号。

大坝基础"绣花匠" 大国重器"奠基人"

——记中国三峡集团三峡建设管理公司白鹤滩工程建设部王克祥

作者：叶云昭

30 年扎根一线，修建了一座座"地下大坝"，铸就了一道道地下"长城"，为大坝安全稳定运行、引领世界水电坝工渗控技术贡献了全部青春与汗水，把灌好浆作为使命追求，用朴实无华的行动谱写了不平凡的劳动者之歌。

⊙择一业而坚守，"山穷水尽"中玉汝于成

1991 年 7 月，刚从中国地质大学地质专业毕业的王克祥，就一头扎进水电这个行当，把职业生涯第一站定格到了长江支流清江隔河岩水电站。

当时中国水电大规模建设刚起步不久，工程领域各项技术还处在探索之中，位于高山峡谷中的隔河岩建设工地施工条件异常艰苦。面对设备不全、技术不硬、食宿不惯等困难，王克祥毫无怨言，默默从基层一线工人干起，先后在质检、施工等多个岗位磨炼，凭借深厚的专业素养和认真踏实的工作作风，短短 2 年多时间便成长为大坝基础灌浆施工现场项目负责人，他负责

的作业面施工优良率始终遥遥领先。但在当时的中国，水电工程基础灌浆技术方面还存在技术落后、人才缺乏的情况，于是他便把基础灌浆作为研究方向，与这个辅助性的冷门专业结下了不解之缘。

王克祥先后从隔河岩到天生桥，再从三峡到溪洛渡、白鹤滩，始终摸爬滚打在水电建设第一线，奋战在大坝基础“防渗灌浆”工艺技术最前沿，以至于周围的同事都叫他“王灌浆”。2008 年，已经在一线工作 18 年的王克祥迎来“曙光”，被组织上调回公司总部工作，家人和同事都为他感到高兴。可是在总部工作仅仅半年，他就坐不住了，没有那 30 摄氏度左右的水泥浆液做伴，他浑身不自在，于是再度请缨，回到他熟悉而又亲切的溪洛渡电站建设一线，继续与大江、大山、大坝、大工程为伴，一待又是 12 年。

因为自己的工作长年累月都是在山体之内、不见阳光，王克祥经常开玩笑说：“我是一名‘地下工作者’，党交给我的任务就是要行到山穷、做到水尽。”他一辈子和“基础灌浆”打交道，最大的对手是大坝基础岩体不规则的裂隙，最高的追求是通过灌浆处理让基岩做到“滴水不漏”。王克祥知道，只有行到“山穷水尽”时，才能笑看风云起。

⊙以匠心求卓越，小专业成就大作为

俗话说“基础不牢、地动山摇”。灌浆工程作为基础处理工程，对大坝安全至关重要，可谓千年大计，必须万无一失。在水电工程建设中，相比厂房、大坝、机组等这些看得见的“场面活”，灌浆工程纯属“隐蔽活”“良心活”，主要是为了填充地下岩体间、岩体和混凝土之间的微小裂隙，确保不渗漏，让工程做到“表里如一”，是基础中的基础、关键中的关键。

2006 年，王克祥开始参与溪洛渡工程建设。溪洛渡电站大坝坝基是玄武岩地层，地质条件复杂，尤其是细微裂隙发育，对于灌浆十分不利，运用传统灌浆方法曾多次失败。王克祥带领团队展开自主攻关，凭借丰富的灌浆经验，经过大量数据计算、配方调整以及工艺优化，先后克服灌浆与大坝混凝土浇筑交叉干扰、蓄水后渗水压力剧增等困难，首次提出细颗粒水泥“高压密灌”施工工艺和同孔复合灌浆技术，累计灌浆深度达 70 万米，确保溪洛渡大坝至今运行情况良好，同孔复合灌浆技术荣获中国岩石力学与工程学会科学技术一等奖。

“灌浆不像混凝土浇筑和土石开挖，看不见摸不着，施工窗口期非常短，对工艺的要求就像蒙着眼睛施展‘绣花功夫。’”白鹤滩工程建设部主任汪志林说。

2015 年，完成溪洛渡工程施工任务后，王克祥又马不停蹄溯江而上，转战世界第二大水电站——白鹤滩工程。刚报到不久，白鹤滩大坝在坝基开挖时即遇到了柱状节理玄武岩裂隙多、易松弛的世界级难题。王克祥一边熟悉新的工作环境，一边组织团队在施工现场展开研究，通过数十次技术论证和现场试验，创造性提出“预留岩体盖重 + 低压浓浆封闭 + 盖重固结灌浆”的成套解决方案，成功解决了白鹤滩特高拱坝复杂坝基处理难题，技术方案达到国际领先水平。

作为白鹤滩工程大坝灌浆专业技术领头人，王克祥以其特有的工匠精神，一直在思考推动提高灌浆工效的方法途径。自 2018 年起，他积极组织团队

致力于白鹤滩电站智能灌浆系统的研发和应用，通过物联网信息技术、自动化控制技术和智能监控技术，实现了灌浆压力、流量、密度等重要参数的在线计算和即时响应，推动灌浆工艺在过程控制和智能化方面实现了突破发展，在白鹤滩河床坝基固结灌浆中创下超过 3000 米 / 天的强度纪录，大大提高了白鹤滩工程灌浆数据的真实性和灌浆施工的优良率，让我国的灌浆施工技术走在了世界前列。

⊙铁肩膀挑起硬担子，关键时刻展现关键担当

在同事眼中，王克祥是一个文质彬彬、斯斯文文的知识分子，可就是这样一副单薄瘦削的肩膀却能够在关键时刻挑起万钧重担。

“软肩膀挑不起硬担子”，这是王克祥常常挂在嘴边的一句话。围堰是为大坝顺利施工而在河道上下游修建的挡水建筑物，防渗施工难度大、要求高，业内一直有“无堰不漏”的说法。2015 年底，白鹤滩电站上下游围堰开始施工，工程量相当于一个中型水电站，防渗体施工窗口只能选择在春节前后的枯水期，工期仅有 3 个月。作为白鹤滩工程首席基础处理专家，王克祥临危受命，立下“军令状”，带领团队从围堰防渗方案优化、施工措施精细管控等方面，制定科学系统的技术措施，全程精细化管控，春节连续奋战，与时间赛跑，与未知的对手作战。围堰防渗体施工关键在于防渗墙与河床基岩的衔接，为判断防渗墙施工是否入岩，王克祥没日没夜扎到现场，对岩体上钻取的上千个芯样一一进行分析研判，确保防渗墙入岩率达到 100%，在规定期限内高质量完成了白鹤滩大坝围堰防渗工程施工，优良率达到 100%，至今未发生漏水现象。来自水规总院和中咨公司的现场验收组专家大发感慨：“白鹤滩围堰和水垫塘防渗工程堪称艺术品，终结了‘无堰不漏‘的历史。”

2021 年 7 月，白鹤滩电站首批机组将发电，2020 年是工程建设的决战决胜之年，春节期间仍有 5000 人在现场连续作业，作为大坝项目部副主任的王克祥依然像往年一样留守工地值班。然而一场突如其来的新冠肺炎疫情，为大坝正常施工带来了严峻挑战。疫情就是责任、防控就是命令，王克祥在

现场毅然扛起了疫情防控和工程建设的双重重担。他一手抓疫情防控，立即组织对施工营地进行封闭管理，带队对大坝项目的 4 个施工营地开展“网格化、地毯式”入户排查，严格做好外地返工人员的集中隔离观察，加强营地防疫物资储备和发放使用，白鹤滩营地没有发生一起新冠肺炎感染病例。同时一手抓工程建设，积极调配生产生活资源，精心制订施工计划，科学组织现场施工，春节期间大坝混凝土浇筑量达到 19 万立方米，做到了疫情防控和复工复产“两手抓、两不误”。

“总是有一些人在关键时刻体现关键担当、发挥关键作用、作出关键贡献，王克祥就是这样一个人。”这是中国三峡集团党组成员、副总经理范夏夏对他的评价。

同时，王克祥根据灌浆工作隐蔽性强、监督难度大的特点，联合施工单位共同推动以“诚信、阳光、创新、自豪”为内容的灌浆文化建设，与灌浆从业人员签订《灌浆者承诺书》，组织创作《灌浆者之歌》，推动“工程大坝”和“廉洁大坝”两坝同筑，得到了中央“不忘初心、牢记使命”主题教育巡回督导组的充分肯定。

“防渗灌浆工程是隐蔽工程，更是良心工程，只要有王克祥在，我就放心了。”这是今年已经 80 岁高龄的中国工程院院士、我国著名水利水电专家张超然对他的评价。

⊙铮铮男儿有柔情，在无私奉献中镌写忠诚

王克祥长期在工程建设一线工作，事事以事业为重，坚决服从组织安排，先后获得三峡集团“杰出员工”、四川省“五一劳动奖章”和中国电力科学技术进步一等奖等荣誉。面对组织的嘉奖和同事的赞许，他总是很谦虚地说：“我做的那点事不足挂齿，如果没有三峡、溪洛渡、白鹤滩这些大国重器提供的平台，自己也不可能有多大成就。”

在同事眼中他是当之无愧的“大专家”，在家人眼中他却又成了指望不上的“那个人”。他参加工作 30 年，陪家人在一起过的春节不超过 5 个，最近

10 年也只在家过过一个春节。2017 年，王克祥的母亲突然患重病瘫痪在床，刚好又处于白鹤滩大坝基础固结灌浆的关键时期，直到现场工作告一段落，他才匆匆赶回去，看到母亲瘦成皮包骨头的身体，虽然家里人没有丝毫责怪，他还是跪倒在母亲床前泣不成声。可就是这样，想到白鹤滩大国重器的建设，两个星期后他把母亲托付给妻子和大哥，又匆匆返回了白鹤滩工地。

“说没有埋怨，没有愧疚，那都是骗人。最亏欠的就是老婆孩子和父母，小儿子今年 13 岁啦，我只陪他过过一个生日，为人子、为人夫、为人父，我都是不合格的。”王克祥面对家人时总是满怀愧疚。

大国重器，成就于大国工匠。王克祥 30 年执着江河、筑梦水电，与水泥浆做伴，与钻机声为伍，匠心独运铸就了一座座“地下大坝”，谱写了一首别样动人的“灌浆人之歌”，用实际行动践行着自己水电报国的理想，为中国水电从追赶到领跑倾注了全部心血，是新时代奋斗者的杰出代表。

人物档案

王克祥，1968 年 6 月出生，天津人，中共党员，大学本科，高级工程师。先后主持参与隔河岩水电站、天生桥水电站及溪洛渡、白鹤滩两座世界级特高拱坝基础处理。现任中国三峡集团三峡建设管理公司白鹤滩工程建设部大坝项目部副主任，曾获中国三峡集团“劳动模范”“杰出员工”荣誉称号，获多项省部级、行业协会科学技术进步奖。

第二篇

设计篇

裴成新 摄

设计，水电工程建设的军师。他们用智慧为巨型水电站的顺利建成投产提供技术支撑。

早在 20 世纪 90 年代初，设计院便孤军挺进川滇交界的大山深处，来到金沙江畔，启动了水电站建设的前期勘测设计工作。

那个时候的施工区寂寥贫瘠，缺水缺电、交通靠走、通信靠吼。设计院的前辈们自找水源、自修道路，夙兴夜寐、风餐露宿，以脚为尺，以眼为鉴，穿越每一条沟谷和山脊，测绘每一条地质构造，鉴别每一种岩性，大量的勘探第一手资料为按时完成项目的可行性研究报告奠定了基础。

乌东德上“007”：潮涌金沙奋楫先　精细设计绘宏图

——记长江设计院金沙江乌东德水电站大坝工程设计组

作者：蔡　倩

在乌东德水电站工程建设现场，大坝工程设计组一直坚持着“007”工作常态：从一个凌晨 0 时到另一个凌晨 0 时，24 小时在线提供现场设代服务，一周工作 7 天无休，充分保证设计质量。

熬最深的夜、攻最难的关，长江设计公司水利水电枢纽设计研究院坝工一室 15 名专业技术人员组成的乌东德水电站大坝工程设计组，自工程建设开工以来，充分发挥开路先锋、示范引领、突破攻坚的作用，保障现场各工作面有序推进，为工程建设作出了突出贡献。

⊙“没人管的事，都是我的事”

金沙江，古称黑水，意思是一片笼罩在黑茫荒芜之中未被开发、神秘而不可知的水流地带。

曾经，这里地势高低悬殊、河水湍急凶险；如今，我国第四座、世界第七座跨入千万千瓦级行列的超级巨型水电站——乌东德水电站正在热火朝天的建设中。

峭壁间筑大坝，山腹中凿厂房。几千人同时作业、超 60 度坝址陡峭岩壁、89.8 米的地下电站主厂房开挖高度……这一切都在不断突破纪录，夜以继日地刷新着“世界之最”。

长江设计院是乌江德水电站工程项目的勘测设计单位，常驻工地近百人。为满足现场设计服务需要，他们远离家人，终日与漫天的灰尘、嘈杂的施工声响、暗不见天日的洞穴相伴。

“没人管的事，都是我的事。”乌东德设计代表处总工程师、坝工组负责人曹去修的这句“名言”，乌东德工程参建各方都很熟悉。工程现场施工工作面多达 40 余个，急需处理的技术问题千头万绪。以曹去修为首的乌东德坝工组总揽全局、攻坚克难，承担了大坝、坝后水垫塘及二道坝、泄洪洞、K25 岩溶斜井等主要建筑物设计及现场服务工作，同时还主动承担很多专业分工不甚明确且条件复杂部位的设计工作，做到了事无巨细、万无一失。

地质条件复杂是乌东德建设者们面临的巨大挑战之一。“乌东德最好的地

质地形都用在大坝上，只隔几米，岩层岩质就完全不一样。”站在坝肩平台，曹去修指着大坝下游几米相隔处、岩土颜色变化明显的边坡介绍说。为充分利用乌东德天赐的特高拱坝好坝址，处理好复杂地形地质条件，曹去修同乌东德项目设计团队一道精益求精，进行大量比选工作后研究提出“大坝核心、厂房靠岸、双塘消能”的枢纽布置新格局。

“特高拱坝与地下厂房的绝对距离只有 70 多米，这在世界上都是绝无仅有的。”曹去修说，“在工程的建设过程中，类似的技术难题还有很多，坝工组始终以高度的责任感和执行力，为乌东德工程的顺利实施保驾护航。”

⊙“‘长’字头的队伍，就是金字招牌”

从昆明出发，车程 4 个多小时才能到达乌东德水电站建设营地。这里仍在昆明市辖区内，但属于干热河谷地区的乌东德毫无“春城”风范，看不出“人间四月天”的舒适，在 4 月便早早开启炙烤模式。

“现在条件比早期改善太多了。”乌东德设计团队在 2003 年便开始了水电站的前期设计工作。大自然的沧海桑田造就了这巍峨壮丽的群山大川、滔滔江河，但江河群山阻隔不了长江设计人坚韧不拔的意志。

山高无路，便劈开一条路；勘探机械上不去，就人扛马驮；晚上没电，燃烛整理内业成为常态……凭着一股子韧劲，乌东德项目团队克服各种艰辛，把长江设计院“奉献、团队、创新、服务、实干”的精神写在了金沙江浪尖。

站上坝肩，挂在陡峭岩壁上“之”字形的坝后贴角攀爬梯，从坝顶一直延伸到基坑底部，往下望一眼更让人觉得头晕目眩。就是在这样的环境中，坝工组组员经常爬上爬下近百米，查看壁立千仞的高耸边坡，查看混凝土浇筑备仓、钢筋绑扎、止水安装以及灌浆管路布置等情况，衣服总是被汗水浸湿又被太阳晒干。

“不深入一线，就做不出一流的设计”，这是曹去修骨子里的认识和工作要求。正如他所说，“每个水电站都有自己的特性和难点”，没有套路和先例可循，指标要求非常苛刻，技术上非常具有挑战性，常常是苦苦思考、碰壁多日，才忽然茅塞顿开、拨云见日。在他的带领下，坝工组开展了多项技术创新工作：设计出目前世界上最薄的 300 米级特高拱坝；首次在高拱坝工程中提出“上部封闭自排、下部透水”的新型水垫塘结构并成功应用；提出“运行期少抽排”的新型二道坝方案，极大方便了运行期管理及维护……他们，用实际行动为新时代的大国重器注入了创新基因。

“不只是坝工组冒尖、乌东德设计团队领先，长江设计院乃至长江水利委员会的大集体，整体水平能力都齐头并进。可以说‘长’字头的队伍，就是金字招牌！”曹去修说，“从水利工程补短板强监管到共抓长江大保护的战线上，长江设计院都扛起了大江安澜的技术支撑。”

⊙“参建乌东德的机会，可遇而不可求”

4 月，记者在乌东德水电站大坝工程施工现场看到，冲毛、备仓、浇筑、振捣……整个施工作业面秩序井然。

在微博、抖音上搜索“乌东德”，便会跳出来一系列工程建设的视频，伴随着网友的热评：“史诗级建设工地”“中国不愧基建狂魔，真是好样的”……

看着评论，坝工组组员们都与有荣焉：“参建乌东德的机会，可遇而不可求。”

“2019 年是乌东德水电站蓄水发电的决胜之年。工程进度加快，现场设计服务也得随时跟上。”坝工组王英奎博士告诉记者，恰逢浇筑大坝中孔施工关键时期，坝工组 15 人中就有 9 人来到设代前方赶制施工图。一年在工地上超过 300 天的 20 岁出头的“小鲜肉”们、3 位巾帼不让须眉的女将、上午刚从工地查看现场归来的博士后，聚在办公室讨论方案。他们义无反顾地选择了艰苦封闭的乌东德工程一线，用智慧和汗水绘就令人动容的青春画卷。“许多同志付出了自己的身体健康，失去了家庭团聚的机会，未能尽到做父母的责任。”坝工组周华博士说，“但是做这一行，是职责所在。”

长江设计院副总工、乌东德项目设计总工程师翁永红说：“乌东德工程是我院继三峡和南水北调之后最大的水电枢纽工程，凝聚了设计院老中青三代人的智慧和心血。是时代给了我们这样的机遇。”他解释说，“正是因为国家发展了、强大了，我们才有了学习、展示、见证的机会。我们赶上了好时代，那就要把所有本事都拿出来！”

江河作证，大坝作证，长江设计院薪火相传的故事在乌东德不断续写，年轻一代正与大坝共同成长。

团队档案

长江设计院金沙江乌东德水电站大坝工程设计组成立于 2011 年，主要承担乌东德水电站大坝、坝后水垫塘及二道坝、泄洪洞、K25 岩溶斜井、花山沟泥石流治理等主要建筑物的设计和现场服务工作，曾荣获“金沙江流域水电工程建设先进班组”“四川省工人先锋号”“全国工人先锋号”等多项荣誉，已授权国家专利多项，设计组成员多次获得长江设计院“先进工作者”、乌东德工程“质量管理先进个人”“防汛防灾先进个人”等荣誉称号。

乌东德筑梦人：看着大坝长高，是最幸福的事
——记长江设计院乌东德设代处郭艳阳

作者：蔡　倩

从2003—2019年，16年光阴若弹指一挥间。站在乌东德大坝基坑，仰望已浇筑超200米的宏伟坝身，长江设计公司水利水电枢纽设计研究院副院长、乌东德设代处常务副处长郭艳阳这16年的坚守与奉献都化为一句话："看着乌东德大坝从无到有、从小到大，是最幸福的事。"

匠心筑梦，砥砺前行。一代代长江设计人在乌东德开展一系列技术和管理创新、克服一系列世界级难题、创造一系列世界纪录，浇筑起新时代"国之重器"。郭艳阳正是乌东德水电站枢纽工程中长江设计人的杰出代表之一。

⊙用拼劲儿拿下"福气工程"

4月初，在川滇交界的金沙江河道上、陡峭峡谷之间，乌东德水电站大坝混凝土浇筑最高坝段已升至900米，接近大坝整体高度的三分之二。

这是国内建设的第四大水电站、世界已建和在建的第七大水电站。对于长江设计人来说，乌东德水电站还是长江设计院时来运转的"福气工程"。

"2003 年，长江设计院承担勘察设计的三峡工程已基本建成，后续的项目又还没跟上，企业面临着生存难题。"郭艳阳依然记得与多个国内顶尖勘测设计单位同台竞标、逐鹿乌东德的紧张局面。

为做好投标准备，2003 年 4 月，郭艳阳与同事们住进宾馆开始了为期 4 个月的集中设计。"做了 3 个坝址设计方案，每个坝址又包含 4 个枢纽布置，简直是海量数据计算和设计，"郭艳阳把手往胸口一比，"设计方案成果摞起来都有这么高。"4 个月里，他们忘却了时间、忘却了娱乐休闲，一头扎进工作里，靠的就是一股拼劲儿。

凭着深厚技术实力、扎实的前期工作、令人叹服的设计方案，长江设计院脱颖而出，中标乌东德水电站预可行性研究勘察设计第一承担单位。"知道中标后心里就想，设计院的明天有希望了！"郭艳阳从此就一直把乌东德水电站称为"福气工程"。

这股拼劲儿一直伴随着长江设计人，贯穿着乌东德工程建设始末。

长江设计院高效完成了预可行性研究阶段任务。2010 年 5 月，乌东德预可行性研究报告审查通过后，长江设计院鼓足干劲儿，争分夺秒推进乌东德可行性研究设计工作。短短 7 个月内，提交正常蓄水位等多项成果，并通过水电水利规划设计总院审定。2011 年 1 月，封库令下达，长江设计院出色按期完成了业内专家认为不可能完成的任务。长江设计人在乌东德不同阶段的浩繁成果，在历次咨询审查中都获得了专家的高度评价。

⊙用韧劲儿做好设计服务

站在梅子坪观景平台，头顶是绝壁万仞的山峰，俯瞰是波翻浪卷的滔滔江水，环顾是群山连绵重叠，裸露的山脊勾勒出参差不齐的天际线。

"2003 年来做前期勘测的时候，这里几乎与世隔绝，一江之隔的对岸从无往来。脚下没有一寸可供车辆通行的路。"第一次踏上乌东德土地时，极其恶劣的环境令正值盛年的郭艳阳都有些吃不消。

在同事们的回忆中，作为乌东德设代处常务副处长，郭艳阳多年来秉持着一股韧劲儿，长期扎根工地，每年在工地出差超过 200 天。

2014 年 1 月 29 日，郭艳阳在工地上值守了几个月后换班返回武汉过年。腊月二十九，正准备年饭的他接到一个紧急电话：“左岸尾水出口边坡出现了大变形！”挂了电话，他又背上了去往乌东德的行囊，成为春节返乡大潮中的“逆流”浪花。腊月三十当天抵达工地，在食堂吃过简单的“年夜饭”后，郭艳阳与同事们一头扎进工地现场查看。

此时，边坡变形已达 100 毫米以上，还以每天 1~1.5 毫米的速度不断扩张！此时，乌东德建设部组织共同协商，希望先对现场情况进行勘察，在春节假期结束后，召开专家咨询会后再定处理方案。

“当务之急就是先对变形及时采取有效措施，控制住势头，不然问题会越来越严重！”乌东德项目设计团队抗住压力、据理力争后，获得建设各方的认可。郭艳阳与同事们立刻抓紧分析变形出现的原因、机理，赶制工程解决方案，为边坡变形处理开出“良方”。2 月 5 日，正式下达设计通知后，现场人员依照方案采取工程措施对变形进行初步处理，遏住了变形的势头。2 月 14

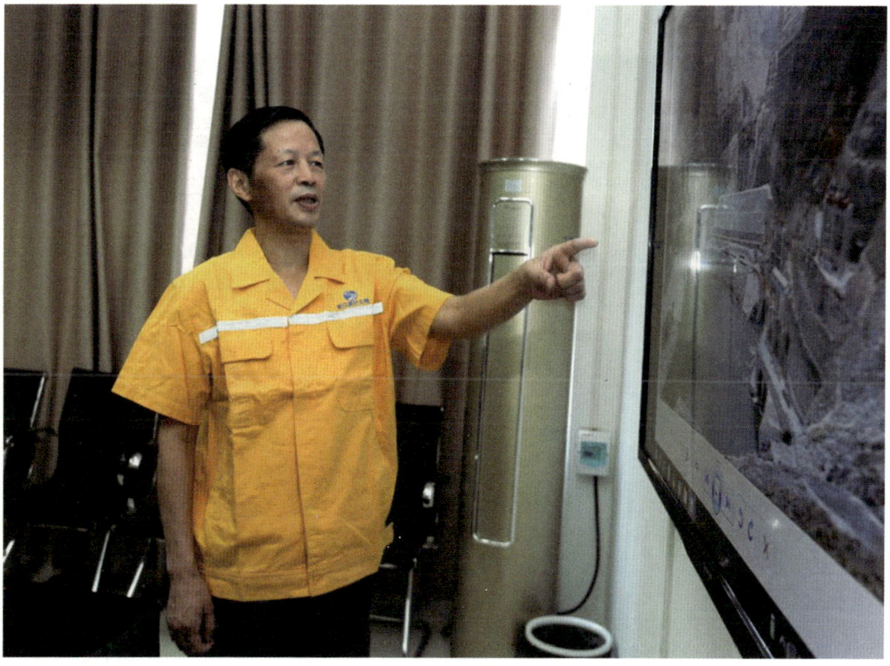

日，专家咨询会上，郭艳阳提出的技术方案得到了乌东德建设部领导的充分肯定。直到此刻，郭艳阳心中绷着的那根弦才稍稍放松了下来。

险情考验责任，危难见证担当。危急险重的时刻，乌东德设代处的每一个人都无暇瞻前顾后，更多的是根据实际情况，大胆提出方案、小心求证，顶住压力，几经商讨博弈，一心只为工程着想。勇于担责、技术过硬的背后，更是郭艳阳对乌东德水电站情况的了如指掌和成竹在胸："看着乌东德大坝长大，它就像自家孩子一样。"

⊙用亲切劲儿续写薪火传承

"胜利啦！" 2018 年 6 月 7 日，随着哨声吹响，长江设计代表队在第三届乌东德工程建设者足球比赛中勇夺桂冠，球员们都簇拥着郭艳阳欢呼起来。

整届赛事，从球员选拔、集中训练再到积极备战，郭艳阳全程策划、每场必到，以一股亲切劲儿和年轻人们打成一片。从文体活动到日常生活，从设计工作到传道授业，郭艳阳都亲切呵护着乌东德设代处年轻人的成长。

坝工组王英奎博士记得他分秒必争的故事：一次，他们需要现场勘察坝址

区花山沟泥石流，原定出发的早上却下起了雨。王英奎与同事们正商量着改天再去，路过的郭艳阳听到后当场就急了：“不及时了解现场问题，怎么能开展好工作呢？”不过考虑到安全，郭艳阳着急过后，还是叮嘱年轻人们等到下午雨停后再出发。

设代处邓勇记得他事必躬亲的故事：2019 年乌东德设计年会前，设代处连夜赶工汇报材料。年轻人们劝郭艳阳早点休息，他却把手一摆：“汇报材料我得盯一盯。”当武汉后方编制的初稿传到乌东德前方项目现场时，已是凌晨 1 点多。郭艳阳带着邓勇逐字推敲、细致把关。敲下最后一个字符时，邓勇抬头看一眼挂钟，已是凌晨 3 点 40 分。

工作中积累的经验是每一位工程设计师宝贵的财富，郭艳阳通过耳濡目染，在言传身教中一点点累积和渗透，把毕生所学和宝贵经验传授给年轻一代，让他们更快更好地成长。

随着大坝身姿日渐挺拔，苦与累都化为沉甸甸的收获感与成就感。“现在还不是喝庆功酒的时候，我们还面临着两次‘大考’。”郭艳阳说。乌东德水电站于 2019 年 10 月导流隧洞下闸封堵、2020 年 7 月电站首台机组投产发电，乌东德工程项目参建各方铆足干劲儿、昂扬斗志，一路拼搏向前。

人物档案

郭艳阳，1963 年 4 月出生，安徽省岳西县人，现任长江勘测规划设计研究有限责任公司水利水电枢纽设计研究院副院长、乌东德设代处常务副处长，正高级工程师。先后参与主持清江隔河岩、清江高坝洲、清江水布垭、三里坪、云龙河、金沙江乌东德等大中型水利水电工程的设计工作，曾先后获得隔河岩大坝设计全国优秀设计奖、高坝洲枢纽工程设计全国优秀工程设计奖、水布垭泄洪消能设计长江委科技进步奖一等奖等，云龙河工程设计获湖北省科技进步奖二等奖。2018 年，郭艳阳被评为“金沙江乌东德水电工程优秀建设者”。

扎根一线的“356 博士”
——记长江设计院乌东德设代处漆祖芳

作者：刘吉军

2016 年 6 月，金沙江乌东德水电站的建设工作迎来阶段性胜利，已实施的导截流工程技术预验收圆满完成。关于乌东德水电站导截流工程，工地上流传着一个“356 博士”的故事。

这位一年 356 天坚守工地，天天穿梭在施工现场，被晒得黝黑，在技术上爱较真儿，生活中很热心，专业水平和工作作风都让人钦佩的博士名叫漆祖芳，是长江设计院乌东德设代处的副总工程师。

2012 年 6 月，从武汉大学博士研究生毕业的漆祖芳被派驻到金沙江畔的乌东德工地，迎接他的是一项复杂而艰巨的任务。

⊙导流洞内的“拼命博士”

乌东德水电站是我国西南部典型深厚覆盖层“V”形河谷地区的大型水电工程，河床覆盖层深厚，地形地质条件复杂，施工期水流控制过程复杂，相应的导、截流建筑物结构也十分复杂，导流洞规模和不良地质洞段范围均属同类工程之最，设计和现场技术服务难度非常大。

在极端条件下开挖如此大规模断面的导流洞，施工期稳定控制难度大。刚毕业的漆祖芳丝毫没有退缩。那时的他心中只有一个想法："赶紧练出本领，早日做出成绩。"

怀揣着这个想法，漆祖芳一门心思钻进了导流洞，开始忘我的工作。白天，他深入工程一线，从最基础的工作做起，与地质人员现场了解围岩类别、结构面性状，同施工人员了解现场施工中碰到的技术问题，向物探及安全监测人员了解施工期围岩性状及变形反应；夜晚，对现场工作情况进行系统分析，综合整理，拟定现场动态设计方案。

2013 年，导流洞开挖施工高峰期，为保证现场动态设计方案及时有效和顺利实施，确保施工期洞室围岩稳定，漆祖芳连续在现场工作了 6 个月，春节期间仍然奋战一线。一双劳保鞋、一支手电筒、一个连续出工多日灰尘满布的工作包，这三样东西陪伴着他穿梭在漆黑的、弥漫着粉尘的导流洞开挖现场，持续 800 多天完成了 5 条、总长 8.1 千米的导流洞施工现场技术服务工作。

由于长期在工地，一心扑在工作上，漆祖芳没有心思和时间回武汉买结

婚新房。周围同事开玩笑说："漆博士，你再不回去买房子，房价又涨了。"他笑着回答："房价涨了没关系，只要洞子变形没涨就行。"乐观开朗的他用一句玩笑，掩盖了背后付出的艰辛和汗水。

那一年，他拼了命似的，累计在现场工作 356 天。为此，现场的设计同事戏称他为"356 博士""拼命博士"。正是由于他这种踏实工作，甘于奉献的工作作风，及时解决了现场施工技术难题，化解了安全风险，保障了工程安全顺利施工。乌东德导流洞运行 4 年来，洞内基本没有冲刷，洞室结构稳定。

⊙围堰上的"较真儿博士"

乌东德水电站河床覆盖层深厚，大坝围堰属于在深厚覆盖层上建高土石围堰，深基坑、高围堰稳定性控制难度大，其中防渗墙最大深度达到 97.7 米，属于同类工程之最，深防渗墙难以在一个枯水期施工完成，是金沙江干流上首次采用两个枯水期施工的围堰，围堰工程施工工期紧，过水围堰度汛风险高。

针对上述特点，经过反复论证，漆祖芳设计提出了利用枯水期较枯流量时段抛填上下游围堰防渗墙施工平台截断河流技术，防渗墙施工平台高、低平台面流式防护技术，防渗墙与土工膜“竖平结合式”新型接头形式等创新技术，以保证围堰结构合理、运行安全。

2016 年的汛前围堰施工期，漆祖芳白天头顶烈日，和施工员一样穿梭于上、下游围堰之间，及时解决技术问题。他清楚，只有时时刻刻待在工地，及时与现场施工及管理人员沟通，用形象的语言解释晦涩难懂的技术参数和设计方案，才能让他们真正理解设计意图，才能保证创新技术按设计要求顺利实施，最终达到理想的工程效果。

时任葛洲坝施工局局长李国建在一次内部会议上说：“我们施工局的同志应该向设计院的漆博士多学习，他基本上天天下现场，比前一段时间又晒黑很多了。”“有漆博士在，很多问题就好办了，遇到我们不懂的一些技术问题，他总是反复给我们说，直到我们弄清楚、弄明白。”曾经在现场做施工员的李工回忆道。

一次，业主有人对围堰土工膜碎石土保护厚度提出质疑，认为碎石土太厚，施工进度慢，影响围堰工程施工进度。凭借扎实的专业功底和长期以来积累的经验，漆祖芳坚持认为应该采用原有的设计厚度。这次他较上了真儿。

漆祖芳抓住各种机会，准备了翔实的资料，从乌东德围堰运行特性、碎石土的作用、同类工程的对比及运行情况等方面向大家耐心解释，最终说服大家认可了原有的设计方案。为了解决施工进度问题，他又创造性地提出了加快碎石土施工工艺措施建议，得到了参建各方的采纳。最终碎石土保护方案按设计要求保质保量完成，既保证了工程安全，也保证了施工进度要求。

正是由于漆祖芳对现场高度认真负责，积极沟通与协调，才没有因技术问题处理不及时而影响了围堰工程施工期。

乌东德水电站围堰建成挡水 3 年来，基本上“滴水不漏”，获得各方称赞，保证了基坑内工程的顺利施工，为乌东德水电站按期蓄水发电提供了可靠保障。较真儿的漆祖芳在他的岗位上作出了突出贡献。

⊙专业上的“有料博士”

乌东德水电站导流洞规模庞大，地质条件差，特别是右岸 3# ~ 4# 导流洞上游因民组洞段，施工期围岩稳定控制难度极大，在现场支护方案动态调整实施条件下，导流洞施工期围岩稳定得到有效控制，运行情况良好，动态支护方案得到了工程实践的检验。

刚参加工作就亲身参与了如此复杂的导流洞工程设计，漆祖芳深感荣幸，同时，他心中更多了一份思考和责任：“乌东德导流洞工程这么复杂，采取了这么多加强支护措施，相关的地质、监测、检测、施工资料这么齐全，就像进行了一个现场试验，作为一个亲历者，工程结束了，但技术更需要进步，为何不进行一个系统的总结，在提高技术的同时，也为后续同类工程提供参考呢？”

说干就干，2014 年 12 月，漆祖芳依托乌东德水电站导流洞工程，一边工作一边展开了名为《陡倾薄层状围岩条件下大型导流洞支护措施研究》的博士后课题研究，对乌东德导流洞施工期变形特征和各种支护措施进行了计算与分析，对各种支护措施的支护效果进行了分析与评价，证明了乌东德导流洞采用表、浅、中、深相结合的支护措施是合适的，同时对各种单项支护措施的支护效果进行了评价，可以为同类工程提供较好的参考。博士后课题结题时，一名专家感慨地说：“漆祖芳的这篇

博士后结题论文，在对乌东德导流洞进行总结的同时，对同类工程设计也具有重要的指导意义。”

在乌东德现场设计讲坛上，漆祖芳与设计各专业人员分享了《乌东德水电站导截流工程创新设计》，将多年来的专业研究成果和经验呈现给了大家。

“这样的博士后货真价实”“理念先进、内容翔实、论证严谨、结论可信、经验宝贵，真是在工程实践中锻炼出来的”，同事们都夸这位博士“很有料”。

⊙生活中的“热心博士”

漫长的工地生活，远离家人，略显单调。大家工作上为了共同的目标而奋斗，生活中相互关心，结下了深厚的友谊。漆祖芳在同事中，是出了名的热心人。

那是2012年下半年的一个周五，厂房专业的刘工生病了。忙完工作的漆祖芳得知后，想要赶去附近小街给刘工买点水果补充营养。那时候，小街是工地唯一的集市，只有每周五上午赶场才有水果卖，错过了当天上午，就要等到下周五才买得到了。情急之下，他一路小跑从营地赶往小街。由于路窄坡陡，加上时间比较紧，不小心摔了个跟头，衣服被划破了。回到营地的漆祖芳喘着粗气，衣服上留着一道长长的口子，将买回的水果送给了刘工。提起当年的事情，刘工还记忆犹新，感动不已。

2013年的春节，为了满足现场技术服务需求，漆祖芳和其他专业共10来位同事一起坚守工地。大家都是第一次在工地过年，没有什么经验，其中还有几位是毕业不久的年轻同事。热心的漆祖芳，主动承担起了后勤工作。他召集大家一起商量，策划了年夜饭和趣味活动。“他总是忙前忙后地张罗着，他是把设代处当成了自己的家，是把我们当成了家人。那年春节有他在，我们少了许多远离家人的惆怅，多了不少的欢乐和难忘。”一位年轻的同事说，与漆祖芳这样的人共事，大家都很团结、很有干劲。

人物档案

漆祖芳，1984年3月出生，湖北省咸宁市人，博士后，高级工程师，主要负责乌东德水电站施工导截流设计工作。现任长江设计院乌东德设代处副总工程师。发表论文10余篇，其中EI收录论文8篇，拥有发明专利与实用性新型专利授权10项。获金沙江乌东德水电工程“优秀建设者”、金沙江乌东德水电工程“质量管理先进个人”、金沙江乌东德水电工程“防洪度汛先进个人”等荣誉。

“边坡博士”的无悔青春
——记长江设计院乌东德设代处王吉亮

作者：刘吉军

“啃得了馍，爬得了坡，写得了文章，干得了好活”，这是长江设计院青年技术骨干王吉亮博士在乌东德水电站留给大家最深的印象。

10年前，刚毕业的王吉亮来到长江设计院三峡勘测研究有限公司工作。长江设计院正在开展乌东德水电站的可行性研究勘察设计工作。当时的乌东德在大部分同事心中，是一个艰苦、闭塞、遥远和神秘的地方。

“乌东德电站坝址区高位边坡地质研究工作事关重大，单位考虑派你去尽快开展相关工作。”当领导向他“压担子”时，王吉亮既激动又不安。激动的是他知道，世界级巨型工程千载难逢，是他将所学付诸实践、提升自我、回报社会的好机会。不安的是他清楚，即将面对的是世界级的技术难题，自己初出茅庐能否胜任？能否在恶劣自然环境中，在长期远离都市、长期与家人分离中坚持下来，顺利完成任务和挑战？

最终，年轻的博士收拾好行囊，毅然踏上了西行的列车……

⊙开创先河，用拼劲儿啃下“硬骨头”

乌东德，是彝族人口中“五谷丰登的坪子”，是诗人笔下“两厓峻极若登天，下视此江如井里”令人望而生畏的险峻之地，是水利人眼中金沙江两岸千米级的高陡自然边坡，不要说开展地质调查，要想行走其间都举步维艰。

一个鸡蛋大的石头从高处坠落，就是一颗炸弹。羊肠小道仅可容身，没有任何防护，脚边就是千米绝壁和波涛汹涌的金沙江。在这样的工作环境下，稍有不慎就可能造成严重的后果，这远远超出了王吉亮的心理准备。

在我国西南地区水电工程中，对建筑物环境边坡开展系统地质研究工作，这还是首例，没有经验可循，更没有规范可依。面对困难和挑战，王吉亮没有退缩，带着 4 个人组成的边坡小组，开始了长达 6 个月的高位自然边坡地质调查工作。

时值乌东德最炎热难耐的季节，180 斤、1.78 米的东北大汉，爬行、穿梭于悬崖峭壁间的羊肠小道。白天爬山，寻找隐藏于茫茫大山岩体中的“蛛丝马迹”，头顶烈日，光秃秃的山坡，找不到半点阴凉躲避；晚上加班，整理分析现场资料，查阅相关技术文献，时常挑灯夜战。

5 月中旬，连续数日的高强度野外工作，加上工地卫生条件差、水源缺

乏，王吉亮患上了急性肠炎。医疗条件有限，只能靠备用药品缓解症状。看到体力不支的他，同事劝他休息几天，毕竟离最终报告审查还有一段时间。

第二天天刚蒙蒙亮，工地食堂又出现了他的身影。一如往常地打包好中午的干粮，他又和队友们踏上了野外调查的行程，只是比往日少了些话语，显得有些憔悴。“真是没见过这样的博士，能吃这样的苦，换作我是做不到的，敬佩他身上的那股子拼劲儿！”食堂宋师傅记忆犹新。

正是凭着这样的拼劲儿，王吉亮和队友们在绵延 1.8 公里、面积 7.2 平方公里的高位自然边坡中，识别出了 500 余个高位边坡块体，并作了详细的地质研究和分析，啃下了高位自然边坡勘察这块“硬骨头”，为后续设计和治理提供了宝贵资料，为乌东德水电站枢纽区可行性研究工作奠定了坚实基础。

⊙危急关头，智慧巧解工程难题

2014 年春节，忙完一整年的王吉亮，工作 5 年来第一次陪妻子回辽宁抚顺老家过年。大年初一，沉浸在团聚欢乐中的他，突然接到电话：乌东德水电站左岸尾水出口监测资料显示边坡变形！他很清楚，必须立即赶回去。博士向爱人说明了情况，安抚好爱女，告别了家人，带着万般不舍，大年初二就奔赴千里之外的乌东德工地。

一到现场，王吉亮立刻与同事们一起投入紧张的工作中：详细的野外调查，加班加点分析资料、查明原因、编写报告。在连续数日高强度的工作和压力下，王吉亮出现了脑供血不足，头痛眩晕。短暂的休息后，他又奋战几个通宵，准备边坡变形的地质问题汇报材料。专家咨询会上，分析成果得到专家的一致认可。经过一系列加固措施，变形的势头止住了，长江设计院的“金字招牌”守住了。

2017 年 1 月，乌东德水电站左岸泄洪洞出口左侧边坡出现变形。在开展了大量现场地质调查工作的基础上，有了丰富技术经验的王博士，大胆使用自己总结的变形监测资料分析方法，写入了地质分析报告。报告成果得到了评审专家的高度好评，电力规划设计总院的专家毫不避讳地说：“这是我从业

30余年里见过的最好的边坡分析报告。”

智慧与汗水的付出，解决了工程中一道道边坡技术难题，王吉亮也收获了成长，如今他被大家形象地称为乌东德“边坡博士”。

⊙苦心钻研，创新技术大显身手

“从博士到博士后，再到一线工地，做得越多，面临的问题越多，也就越想做事、越想把事做好。而在工程实践中总结、提升，在此基础上进行技术创新、理论创新，也成为一份沉甸甸的责任。”王吉亮博士的语气中带着坚定和执着。

大坝建基面不利结构面的编录，需要投入大量人力，在现场做长时间的精细编录。王吉亮和团队发现通过高清正射影像解译的方法，可以高效分析结构面的物质组成与比例，大大提高工作效率和成果精度。经过持续深入的科学研究与技术攻关，他们取得了国家发明专利，并成功应用到了现场工作中。面对复杂地质条件和恶劣的地理环境，他和团队先后引进国际先进的无人机和三维实景建模技术，大幅提高了工作效率。这样的例子，还有很多很多……

在工作中，他勤于思考、善于总结，发表论文12篇，EI检索3篇。面对难题，他大胆创新，获批国家发明专利9项，成了单位有名的“专利博士”。

⊙两难之下，告别“小家”连夜赴京

一边是初来人世两天的女儿和仍躺在医院虚弱的爱人，一边是付出巨大心血的乌东德高位边坡专题研究需要进行大型咨询。提起2011年4月这次艰难的选择，王吉亮至今难以忘怀。

为了让研究报告能够顺利通过咨询，王吉亮已呕心沥血连续奋战了数月。本打算暂时放下手头工作，陪陪刚刚分娩的爱人和初生的女儿。突如其来的出差任务，让沉浸在喜悦中的他发愁了。同为单位职工的爱人深知此时丈夫的想法，虽有万般不舍，但也支持他前往北京参加会议进行汇报。带着心酸

和期待，王吉亮踏上了北上的列车……

最终成果在咨询会上获得与会院士、专家高度评价。张超然院士说：“长江院在没有规范可依的前提下，做了前人没有做过的工作，而且成果质量超乎我的想象。”

“选择这个行业就选择了坚守。”回忆起当初，王吉亮语气中流露着遗憾，但他却从不后悔。

“他是一个时刻想着工作的人，每年在工地都将近 300 天。虽有埋怨，但我内心还是支持他的，因为我知道他在做有意义的事情，为了小家，更为了大家。”王吉亮妻子的话语中有无奈，但更多的是自豪、坚韧和满足。

时光荏苒，一晃已过 8 年。王博士带着已长大的女儿，来到他坚守多年的地方，参观建设中的宏伟工程，给她讲述发生在这里的动人故事……

人物档案

王吉亮，1982 年 2 月出生，湖北省武汉市人，中共党员，长江设计院乌东德设代处副总工，博士后，高级工程师，主要负责乌东德水电工程坝址区高位自然边坡和所有建筑物工程边坡的工程地质勘查工作。参与编写专著 3 本，发表论文 29 篇，其中 EI 收录论文 6 篇；拥有发明专利授权 4 项，实用性新型专利授权 9 项。获乌东德施工区“双争”活动“优秀共产党员”，金沙江乌东德水电工程“十大创新科技人才”等荣誉称号。

攀枝花开云崖暖　万水千山只等闲

——记中国电建华东院白鹤滩水电站大坝及泄洪洞设计团队

作者：王建新　张伟狄

金沙自古不通舟，水急天高一望愁！就是在这么一片贫瘠的土地上，却开着一种美丽的花——攀枝花：高大巍峨，充满阳刚之美，春日里红花怒放，夏日里枝繁叶茂，秋日不畏秋风瑟瑟，冬日不惧白雪皑皑，似乎用生命在宣召——这里蕴藏着无尽的强大的力量！

⊙领头人临危受命

20年前，华东勘测设计研究院（以下简称“华东院”）为拓展市场，派出了一支先锋队，前往大西部，直奔金沙江，从此扎根在了白鹤滩！大坝及泄洪土建团队的领头人徐建荣，就置身于这支先锋队中。

白鹤滩水电站装机1600万千瓦，混凝土双曲拱坝坝高289米，有着多项世界第一的规模，是目前受关注度最高的世界级水电工程之一。能量越大，压力也越大！世界级工程带给设计团队的不仅有荣誉，还有世界级的科学技术难题库——不对称超高拱坝设计，强震区超高拱坝结构设计，超高强卸荷边坡设计，窄河谷、高水头、大泄量枢纽泄洪消能设计，高流速长无压泄洪洞掺气减蚀设计，高坝枢纽区谷幅变形研究，复杂水文条件的坝基防渗安全等。

“是挑战，更是机遇！一定要做好白鹤滩水电站。”华东院白鹤滩工程项目设计总工程师徐建荣坚定地立下了军令状！从此，日理万机，刺促不休，鞠躬尽瘁，精益求精！凭借着坚定的信念和顽强的意志，他带领团队攻克一个又一个难题，先后完成了白鹤滩初步设计、可行性研究设计、招标设计和施工图设计。一晃 20 年过去了，徐建荣增添了许多白发，但是精神却愈加焕发，或许是离目标越来越近了，心中的期盼愈加强烈！

徐建荣作为项目设总，肩抗着白鹤滩项目的设计使命和技术支撑。他深知，要做好这么一个世界级的工程，不能仅凭一己之力，要充分发挥团队的作用。从他挑起重担那刻起，就不断地为自己的团队添砖加瓦，壮大队伍。

徐建荣是领导，更是一位好导师。对于年轻人传道授业，毫无保留，不论是在办公室、还是在施工现场，他总是不放过任何一个机会，耐心地给身边的“小徒弟”们上课。正因为如此，新生力量才能迅速成长，绘图能力、解决施工现场突发问题的能力都得到了快速提升。他总是满怀期许地说：“世界是我们的，也是你们的，但是最终都是你们的！”

徐建荣就如那攀枝花的树根，树有多茂盛，根基就有多稳固，他不断地为新生代输送养分，只希望枝叶能直冲云霄。这种精神就是华东院技术立院之根本！

⊙技术骨干承上启下

大树有了稳固的根基，还需要有坚强的树干，唯有如此才能承受得住大风大雨，也才能承托得起枝繁叶茂、花团锦簇。一个好的团队也是如此，必须有强大的技术骨干力量才能挑得起大梁。

何明杰——华东院水电工程院副总工、白鹤滩项目副经理，拱坝设计掌舵人，精于不对称超高拱坝设计研究、强震区超高拱坝结构设计研究、超高强卸荷边坡抗震设计研究等。从 20 世纪 90 年代末就参加白鹤滩工程的前期设计工作，一直扎根于白鹤滩水电站工程。他工作严谨，却又勇于创新，凡是经过他指导的设计，总是能实现“力与美”的完美结合。

彭育——华东院水电工程院副总工、白鹤滩项目副设总，致力于窄河谷、高水头、大泄量枢纽泄洪消能设计研究，高流速长无压泄洪洞掺气减蚀设计研究，高坝枢纽区谷幅变形研究，复杂水文条件的坝基防渗安全研究等。彭育参与了白鹤滩水电站工程整个前期研究论证阶段，长达 10 多年的时光，自始至终兢兢业业，毫不懈怠。她对坝工设计规范了然于心，对白鹤滩的泄洪难题剖析得清清楚楚。白鹤滩水电站开工之后，谁敢说女子不如男？

何明杰和彭育，正是大坝及泄洪土建团队的技术骨干，起着承上启下的作用。他们接手老一辈的技术和精神，支撑着整个设计团队，同时还要将技术和精神传承给下一代新生力量，责任重大不言而喻！

他们潜心钻研搞创优，他们授业解惑培养新生代，他们身先士卒跑工地，图纸上、报告中每个设计方案都凝聚着他们的心血，大坝上、泄放洞中每个工作面都留下了他们的足迹。

⊙青春怒放，继往开来

大坝及泄洪土建团队是一支年轻的队伍，平均年龄 33 岁，半数以上队员不到而立之年。他们都将青春安放在了白鹤滩，就犹如那老枝上的攀枝花一般，在这里怒放。

张伟狄，白鹤滩设计组的组长，专攻拱坝设计数十载，技术过硬；水工院坝工室副主任，组织能力无懈可击。在白鹤滩水电站设计工作中，他不遗余力地发挥技术水平和组织能力，也正是在他的组织和指挥下，新生代的工作井然有序地开展。

王建新、郭传科是设计组的副组长，工作 10 年有余，从参加工作起就加入白鹤滩工程设计，目前已经分别是基础处理、大坝混凝土的专家。

顾锦健，工作 5 年有余，人高马大，头大、嗓门大，脑洞最大，人称“大头哥”。勤学习，爱钻研，乐分享，在短时间内迅速成长为新生代核心

力量。

王毅，工作两年多，人如其名性格坚毅，踏实勤学自不在话下，出得一手好活儿。他的座位是守门员的位置，在工作上也是一个守门员，事情交到他这里，总是让人很放心，严格把控，毫不含糊。

除此之外，团队还有薛阳、都辉、张石、魏国利、陶俊佳、蒋明、任超、陈小威、雷云建，“水电梦”将他们牵引到了一起，“白鹤滩梦”将他们凝聚成一股势不可当的力量。

技术攻关的道路从来不是简单、花团锦簇的，而是一条充满荆棘，又要耐得住寂寞的道路。事实证明：他们年轻，也堪当大任！白鹤滩大坝工程这么多的技术难题，都是这一群年轻的设计师们协助着几位设总一起完成并在施工现场实施的。

⊙众志成城

夜幕降临，华灯初上，白鹤滩工地依然在紧锣密鼓的建设中，不分昼夜，高空混凝土缆车川流不息，工程车辆来来回回，工程建设者挥汗如雨……白鹤滩水电站自开工以来就一直自带光环，哪怕在黑夜也是熠熠生辉。闪亮的成绩背后总有一大群无私奉献、默默付出的人在支撑。远山深处人家的阑珊灯火渐次熄灭，而上村梁子营地的华东院驻白鹤滩现场设代处，灯火依然明亮，讨论依然激烈。

自 2000 年起，华东院大坝泄洪土建设计团队来到白鹤滩，意气风发、满怀梦想，秉承着华东院“负责、高效、最好”的精神和众志成城的意志，从工程预可行性研究到现在，二十年如一日，始终保持着只争朝夕的工作状态。团队在拱坝、边坡、泄洪消能设计的过程中可谓历尽艰难险阻，但团队没人抱怨、没人退缩，大家依然严守岗位，不断拼搏、踏实敬业、敢于创新，顶着工程设计过程中带来的巨大压力，攻克了一系列的难题，为白鹤滩工程的顺利建设奠定了理论和设计基础。

⊙沙场秋点兵

滚滚金沙江流不尽，多少英雄往事！眺望日益挺拔的大坝，壁立千仞的边坡，脑海里浮现出高峡出平湖的宏伟景象。他们是历史的缔造者，是时代的弄潮儿，严阵以待，青春不悔！

金沙江畔，攀枝花依然矗立，在这个曾经的不毛之地坚强地生长，任性地开花，诠释着无畏！

团队档案

中国电建华东院白鹤滩水电站大坝及泄洪洞设计团队成立于2004年，主要负责白鹤滩水电站工程边坡、大坝、泄洪洞、水垫塘和二道坝工程设计，荣获水力发电科学技术一等奖、大坝工程学会科技进步一等奖、电力行业优秀工程咨询成果一等奖等多个省部级科技进步奖。

金沙江畔“超级地下宫殿”的设计者

——记中国电建华东院白鹤滩水电站引水发电系统设计团队

作者：万祥兵　方　丹　杨　飞

金沙水拍云崖暖，万水千山只等闲。在这川滇交界金沙江两岸的崇山峻岭中，藏着两个“超级地下宫殿”，它们是白鹤滩水电站的“心脏”，安装16台单机容量世界第一的1000MW水轮发电机组，其地下洞室群规模、地下厂房的跨度、调压室直径和数量均居世界水电工程之首。

这两个“超级地下宫殿”的设计工程师团队，由华东勘测设计研究院（以下简称“华东院”）50余位专业技术骨干组成。陈建林和江亚丽为帅，运筹帷幄；万祥兵、陈益民、方丹、杨飞是将，冲锋陷阵；带领一帮同甘共苦的战士：孟江波、补约依呷、钱军、李良权、陆健健、侯博、郑海圣、陈鹏、倪少虎、邵兵、程普、孙洪亮、李路明、叶辉辉、陈登义、洪佳敏、李鹏、王宽、曹新、何江等人；还有前期参与的黄可、郑芝芬、冯仕能、吕慷等人。这是一支技术型钻研团队，也是一个充满激情，富有凝聚力的团队，面对国内外水电工程中最大、最难的“超级地下宫殿”，厚积薄发，砥砺前行。

⊙逐梦金沙江

2011年，工程筹建开始，一群来自美丽西子湖畔的工程师，怀揣水电人的梦想，奔袭千里，来到了这山外有山的金沙江畔，用实际行动吹响了“现场即战场”的冲锋号。

万祥兵，冲锋陷阵的“带头大哥”，现任项目副设总。2011年6月作为“专家”来到现场查勘，就被它的“魅力”所折服，从此就扎根于此，完成了从雅砻江到金沙江的完美跨越。

方丹，2005年进入华东院就从事白鹤滩的前期设计，现任设代处副处长：“十载青春浙蜀滇，千里情怀金沙江；他年再看长江水，一坝拱波白鹤滩。”

叶辉辉：“心随金沙，白鹤为伴，大计未完，誓不还。”

李鹏：“每个人心中都有一条河，我心中的河，唯金沙江而已。”

邵兵：“水电人的执着，我的执着，岁月中最好的年华，我愿把它交给白鹤滩。”

王宽：“千年大计，与众同志为之，吾愿足矣。”

……

水电的梦，团队的梦，个人的梦，交织成一张金沙江的蓝图，描绘着一个工程史上的丰碑：200余公里的地下洞室群、34米跨度的地下厂房、48米直径的尾水调压室等。历史选择了我们，我们也将创造历史。

⊙攻坚克难

白鹤滩地下洞室群规模以及单洞室的尺寸均居世界之首，所处的地质条件十分复杂：层间（内）错动带发育、岩石硬脆易碎、高地应力，开挖过程中围岩易卸荷松弛、破裂、不协调变形等。面对这些挑战，团队的技术人员迎难而上，提出了适合的本构计算模型，对高边墙出露的主要层间错动带采用混凝土预置换、对拱顶出露的错动带采用预锚、对柱状节理玄武岩采用预应力锚杆支护等针对性极强的措施，确保大跨度、高边墙地下厂房的围岩稳定。

开工以来，仅地下厂房咨询会就召开了 12 次。凭借着过硬的技术实力与严谨的工匠精神，交出了一份令各方满意的答卷，获得了多位院士、知名专家、大学教授等相关人士的一致好评。

岩壁吊车梁是地下厂房的关键部位，承载着 2300 吨的重担。开挖期间，成立了由江亚丽总带队的处理小组，每开挖一段，都要现场查看开挖成形情况，用地质锤敲击每一块喷层，排查空鼓情况并做好标记，获得岩体质量第一手数据，及时确定处理方案。不经风雨，怎能见彩虹？2018 年 12 月，岩壁吊车梁经受住了桥机荷载试验的考验。

2018 年元旦，老天爷给了我们一个“新年礼物”——右岸小桩号围岩位移突变。“叮铃铃”，方丹的手机铃声响起，新年开心的笑容慢慢变成了眉头紧锁，放下电话，立刻奔赴现场。原来，右岸地下厂房小桩号洞段监测数据突然增长，喷层开裂脱落，衬砌混凝土开裂鼓胀。这是一场与时间赛跑的战斗。第二天，徐建荣、陈建林、万祥兵等人组成的团队就赶到了工地现场，快速响应。A201 办公室的灯光就此开启了白加黑模式，成为营地每天最后的那盏灯塔。他们 5 天内拿出了针对性极强的一期处理方案，并通过了参建各

方的审查。自此，团队开启了“右岸厂房小桩号时代”：在加强支护的一年时间里，每天参加现场生产碰头会，每两天一次现场巡视，1 个地下厂房，2 个交通洞，7 层排水灌浆廊道，两万的步数是必须的。

宝剑锋从磨砺出，梅花香自苦寒来。“超级地下宫殿”的挑战是前所未有的，设计团队毫不畏惧，迎难而上，攻坚克难，厚积薄发，铸大国重器，涌现了一大批优秀的人才。

呷子哥，全名“补约依呷”，一位地地道道大凉山的彝族大哥，黝黑而帅气。虽然家在西昌，但由于工作需要，三个月才回家一次。他精心照料着两岸地下宫殿这对“双胞胎”，见证着它每天的成长，却没有时间照顾上幼儿园的女儿，缺席了女儿迈开的第一步、说的第一句话、上幼儿园的第一天。舍小家顾大家，这就是工程师的责任感和使命感。

侯博，一个来自新疆生产建设兵团的孩子，从地下洞室开挖到结构混凝土浇筑，长期待在现场轮值设代，事无巨细认真负责，每个工作面、每个开挖循环都会到现场确定支护参数，对待工程精益求精的精神在他身上体现得淋漓尽致。

邵兵，大家叫他兵哥，不仅因为他的名字，还因为他是出图标兵。2015 年心怀作为工程师的责任感，来到了白鹤滩。每年出差 200 天以上，精干高

效的他还每年出图 300 张以上。孩子出生前 1 个月他还在工地设代，在孩子出生尚未满月的情况下，由于工程建设任务紧，他毅然主动前往工地设代。他坚守一个工程师的职责，殚精竭虑为工程，日月交替绘蓝图。

李路明是团队中唯一的一位年轻女生，表面看似文弱，实则内心坚强。第一次来到现场时，面对百米级的高塔、竖井，恐高的她，从开始的战战兢兢到后来的游刃有余，活脱脱变成了一个“女汉子”。在上半年 8# 尾水调最困难的时刻，她迎难而上，加班到凌晨 4 点，只为尽快完成处理方案，确保后续施工不受影响，真是“巾帼不让须眉”！

2017 年入职华东院的李鹏、王宽，是设计团队的新生力量，正值青春年少的他们，每年常驻现场 300 多天，与恋人遥距千里，每天只能梦中相见。虽然他们明白距离永远是婚姻和感情生活的一道坎，但兄弟俩怀着一颗赤子之心，立足本职，以信念为伴，执着为逑，扎根金沙江，建设白鹤滩。

⊙静待花开

靡不有初，鲜克有终；不忘初心，方得始终。怀揣着建设大国重器的理想，从“淡妆浓抹总相宜”的西子湖畔整装待发，来到这“山重水复疑无路”的大凉山，以愚公移山的豪情壮志，绘制数千张图纸，为把白鹤滩水电站建

设成世界一流的精品工程而奋斗，华东院人的初心从未改变！

不到长城非好汉，屈指行程二万。自 2011 年工程筹建开始，厂引专业的设计人员，夜以继日地在电脑桌前耕耘，披星戴月地在地下洞室里穿梭，“超级地下宫殿”的开挖支护已通过上级部门的安全鉴定，取得了阶段性的胜利。深夜的上村梁子营地静静地躺在大凉山中，像大海中的一个海蚌，而厂引办公室的微微灯光就像是其中的一枚珍珠，闪闪发亮。

行百里者半九十，我们将不忘初心，牢记使命，铸造新时代大国重器。待到 2021 年 7 月首批机组投产发电，将是地下宫殿初完工时，必将为党的百岁诞辰添上一抹亮丽的色彩。

团队档案

中国电建华东院白鹤滩水电站引水发电系统设计团队由 50 余位专业技术骨干组成，主要负责进水口工程、引水系统、地下厂房系统、尾水系统、交通系统、通风系统、出线系统、防渗排水系统等的设计工作，曾获建设部质量先进集体、金沙江流域先进集体等荣誉称号。

“大国工匠”金沙情

——记中国电建华东院白鹤滩项目部徐建荣

作者：李明熹

白鹤滩水电站可谓“出于其类，拔乎其萃”：论装机规模，它是金沙江流域 14 座梯级电站中的“老大哥”，是全世界在建规模最大的水电站；论工程技术难度，它是当今水电工程领域王冠上的明珠，堪称世界水电工程界的“难题库”。

有道是，欲戴王冠，必承其重。为攻克这些世界级工程技术难题，华东勘测设计研究院（以下简称“华东院”）技术总监、白鹤滩工程设计总工程师徐建荣和院技术团队，从 2000 年预可行性研究到 2004 年可行性研究，从 2017 年主体工程开工到现今的施工高峰，一步一个脚印，筚路蓝缕以启山林，用汗水绘就白鹤滩水电站的宏伟蓝图，用匠心传承老一辈水电人的伟大初心。

⊙描绘金沙宏伟蓝图

白鹤滩水电站地处金沙江下游河段，控制着金沙江 91% 的流域面积。20

年前的白鹤滩是一片困苦贫瘠之地，道路不通，缺水缺电。徐建荣作为项目设计总工程师，和华东院白鹤滩设计团队一起，风餐露宿，啃食干粮，凿石开路，肩扛马驮，在坝址区扎下根来，艰难推动着白鹤滩前期开发研究。徐建荣说："那时每日在两岸悬崖马道上奔忙，环境的艰险现在回想起来都很后怕，但看到一项项设计成果通过审查、一个个研究节点顺利实现，心中便有说不出的豪迈。"

白鹤滩坝址两岸地形不对称，对高拱坝设计建设极其不利，加之山体两侧和底部岩石断层发育、玄武岩有大量柱状节理、拱坝两端巨大的水推力，早期来到现场的一些外国专家多次质疑中国有没有能力在白鹤滩建设高拱坝、大水库。徐建荣和华东院设计团队不甘心这一绝佳的骨干电站轻易被放弃，他们坚信，只要肯下苦功夫，悉心研究，白鹤滩复杂的地形地质问题一定可以破解。

预可行性研究设计阶段，为查清坝址区复杂的地质情况，华东院在白鹤滩累计打了 20 万米钻孔、5 万余米探洞，利用物探、钻孔电视、现场真三轴试验等众多先进手段，彻底查清了坝址区域的地质情况，地下勘探量超过了三峡工程居世界第一。

可行性研究设计阶段，徐建荣带领团队与有关科研机构联合攻关，利用白鹤滩地勘获得的资料，结合各科研机构数十年积累的大数据，建立了大坝地质力学模型、枢纽边坡抗震模型、三维有限元模型等 200 余项技术攻关课题，并利

用现场前期开挖反复验证，获得成功。他和设计团队提出了综合性的大坝坝基综合处理方案——适当扩大拱坝底部尺寸，左岸多开挖、设垫座以适应地形，创新性优化拱坝体形线性等手笔，并在开挖最后阶段预留 5 米保护层，采取高强度预先锚固、灌浆等手段多管齐下，拿出绣花功夫精细处理 300 米级特高拱坝基础。这一方案在单项专题和可研审查过程中得到了专家们的一致认同，当初质疑白鹤滩高拱坝的外国专家也对华东院提出的方案竖起了大拇指。根据这一方案，大坝基础于 2014—2017 年顺利开挖完成，专家组一致验收通过，同意大坝开浇混凝土。

⊙探索水电工程难题库

大坝基础处理只是白鹤滩这一巨型工程众多难题中的一项，其大坝抗震、大坝混凝土温控、枢纽泄洪消能、巨型边坡开挖设计、世界最大地下洞室群设计、首创百万千瓦机组研究均为世界领先技术。徐建荣和设计团队在大坝坝身设置了两层共 13 个孔口，并在左岸设置 3 条泄洪洞，三套设施处于不同

高程，对于不同量级的洪水可联合运用，并互为保障、互为备份，大大提高了白鹤滩工程泄洪的安全性和灵活性。

在坝身上层孔口采取无齿坎大差动表孔出水，与下层孔口出水在空中对撞消能；坝下设置大型反拱水垫塘，有效保护底部基础不受上部水流冲击；左岸 3 条世界最大规模无压泄洪直洞为整个工程泄洪安全之关键，水头高、流量大、洞线长，大量技术指标超出现有规范。尤其泄洪洞末端水流时速超过 160 千米，巨大的水量对泄洪洞底板产生难以想象的冲击力。徐建荣提出在泄洪洞末端掺入空气，“底部 + 侧部”相互独立，从洞外联合掺气，大大降低了泄洪洞高速水流对洞身结构带来的安全风险。

⊙擘画国之重器建设新篇章

徐建荣在工作上善于总结、乐于分享。作为项目设计总工程师，他始终重视对年轻同志的培养，为年轻人答疑解惑，循循善诱、平易近人。他严谨的治学态度，积极乐观的工作心态，丰硕的学术成果，成为年轻员工成长道路的指明灯。徐建荣参与白鹤滩项目 20 年，尤其是担任设计总工 10 年，几乎把所有的时间和精力都献给了白鹤滩。

面对不断涌现出的新的技术难题，徐建荣和设计团队积极开展技术分析和设计优化，确保工程建设顺利推进。每年汛前，徐建荣都要组织精干力量成立三个专项工作组，对工程区开展严密细致的巡查，向建设单位提交度汛报告、地灾隐患排查报告和安全隐患风险评估报告三项重要技术资料，提出处理措施建议，保障工程平安建设。

多年艰辛的设计工作在业内受到高度评价和认可。白鹤滩可研报告获中国电力行业优秀工程咨询成果一等奖，多个单项成果获中国水力发电学会、中国岩石力学学会、中国电建集团奖项，白鹤滩设计代表处获金沙江下游水电站建设先进单位，白鹤滩坝工、厂引、地质团队也多次被评为白鹤滩工程建设安全、质量、进度先进集体。徐建荣也先后获四川省五一劳动奖章、白鹤滩工程建设质量先进个人、白鹤滩水电工程优秀建设者等荣誉称号。

徐建荣把20年的青春年华献给了白鹤滩、献给了金沙江。他扎根一线，无怨无悔，专业精湛，敢为人先。他的技术和他的作品——白鹤滩水电站一样，出类拔萃，他对人民和祖国的感情始终如一，竭诚相报。他的身上体现了新时代水利水电人的家国情怀和责任担当，是一位顶天立地的大国工匠。金沙江春潮激荡，建设者壮志飞扬，在新时代国之重器的建设进程中，徐建荣和华东院设计团队还将继续跋涉深山峡谷，不断擘画新的篇章。

人物档案

徐建荣，1964年1月出生，江苏苏州人，中共党员，工学硕士，正高级工程师，先后担任周公宅水库、卡拉水电站、杨房沟水电站等项目设计总工程师，现任中国电建华东院技术总监、白鹤滩水电站设计总工程师，荣获四川省五一劳动奖章、严恺工程技术奖、华东院优秀党员等荣誉称号，获多项省部级科技进步奖和技术发明奖。

一个水电设计人的十年写照
——记长江设计院机电院电气部杨志芳

作者：朱　钊

伴随乌东德水电站建设的各个阶段的10年历程中，杨志芳体验着工程设计者的酸甜苦辣。作为一个长江设计院设计人，她始终秉持着设计院“奉献、团结、创新、服务、实干”的精神，用自己最大的热情为这个世界级的工程、为这个优秀的建设和设计团队增添自己的一份力量。

电气一次专业在水电站机电设计中就像一条“主线”，将发电、变电、输电、配电各个环节串联起来；同时又像“助力剂”，随着设备供电系统渗透至其他专业中。杨志芳作为乌东德水电站电气一次专业的主设计人，用一个个设计成果，将这根主线勾勒出来，并助力相关专业协调运转。

⊙挑战变动力

乌东德水电站电气一次的许多关键设计都具有超强的挑战性和创新性，这里面既有世界首次采用的单机容量达850MW巨型水轮发电机组，其主体结构、温升限值、绝缘水平、冷却方式等主要性能指标尚无经验可依，也有

500KV 超高压主变压器，容量超过目前现有水电站主变压器最大容量，其选型、运输和布置是工程设计需要解决的重要难点之一；此外，还有世界水电工程中独一无二的、最大垂直段落差近 400 米、4 回路布置在一条通道中的 500KV 超高压 GIL 线路。所有这些设计关系到电站的发电、变电、输电过程，对水电站的安全稳定运行起着至关重要的作用。

困难和挑战激发出来的是责任感和动力，杨志芳和同事们不畏挑战，积极应对，在通过多次与国内水电专家的方案研讨、与国内外大型水电制造企业的技术交流，以及对国内大型水电工程的调研后，又经过反复的方案论证和模拟计算，终于完成了一个个关键设计的研究专题，为乌东德水电站机电工程设计奠定了重要基础。

⊙精益求精汇成果

视设计质量如生命，这是长江设计院设计人坚持的信念。

在乌东德水电站可行性研究设计中，一些前期边界条件尚未完全明确，

对设计工作影响较大。这些可能发生的变化，对设计工作提出了更高的要求。

乌东德水电站装机容量巨大，电力外送工程与西部地区经济社会发展、区域超高压电力网架的规划和建设息息相关。由于前期外送落点尚未完全明确，在保证电气安全可靠的前提下，电站电气主接线设计方案应最大限度地适应接入电力系统要求。杨志芳深知电气主接线设计方案对电站整个机电专业设计的重要性，为深入了解接入电力系统要求，她和同事们在与工程业主计划部门、建设部门、川滇两地电力部门、接入电力系统设计部门等单位进行多次沟通协商，并达成初步一致意见后，对拟定的近 10 个设计比较方案逐一建模计算，通过仔细分析计算结果、全面技术经济比较，最终每岸电站 500KV 高压侧均确定采用 6 进 4 出、3/2 断路器接线方案。最终接入系统的实践证明，该电气主接线设计方案完全满足电能消纳、输电方案、系统稳定、线路安全等方面的要求。

水电站接地系统应保证整个电站内部人员和设备的安全，接地设计需要大量的现场实测水和土壤电阻率资料。由于现场地势险峻、江水流速快，再加上前期交通道路缺乏，测量工作难度大，甚至有些现场区域很难到达。为了保证测量数据的全面、准确，以及测量人员的安全，杨志芳和测量工程师一遍一遍地反复比较、选择测量区段，最终确定了岸坡和河床的测量区段，对于难以到达的岸坡和流速急的河段采用分段渐进、分季节进行的方式测量，从而保证了接地系统设计中实测数据的完整和可靠。

乌东德水电站左、右岸 500KV 高压出线场初步选址位于两岸半山腰上，由于两岸山峰陡峭，局部山峰近乎直立，出线情况十分复杂，为确保高压出线顺畅、避免线路交叉跨越，需要进行实地查勘研究方案。没有进场道路，查勘途经高边坡爆破施工地段，作为唯一的女性，杨志芳与同事们共同克服查勘现场道路中的困难，冒着落石的危险，徒手攀爬，抵达现场，顺利完成左、右岸电站出线场的查勘任务，为确定左、右岸出线场总体设计创造了条件。

对设计质量的精益求精，终于浇灌出了可喜的成果。杨志芳和同事们参与编制的金沙江乌东德水电站可行性研究报告，于 2016 年、2017 年分别荣获湖北省、全国优秀工程咨询成果一等奖。

⊙追赶世界速度

作为世界级的工程，工程建设的速度也是世界级的。由于工程进展快，杨志芳经常要在现场、业主基地、制造厂家之间快速来回奔波，出差就像家常便饭。她已经连续 5 年出差时间超过了工作时间的三分之一，2018 年更是超过了二分之一，“两天三地”“三天三地”的情况经常接连出现，常规办公室里的设计工作只能抓紧一切可以利用的时间进行，就连旅途中火车上、飞机上的时间也常常被她用来看报告、改图纸。在机电设备采购高峰，出差密集，往往是一个设计联络会紧接着另一个合同谈判会，有时遇到涉及国外供应商的技术和商务问题非常棘手，会议就一直会延续到晚上，经常碰到会议延期错过返程航班的情况。有一次，合同谈判结束，已赶不上预订返回武汉的航班了，当天其他航班的机票也销售一空。在一遍遍刷新购票软件终于抢到 1 张退票后，马上打车直奔机场。飞机到达武汉后，换乘地铁时没有赶上最后一班车，不得已打电话让家人开车来接。站在深夜郊区昏暗路灯下等待将近 1 小时，看到家人的那一刻，她疲惫的心情顿时消失得无影无踪。回到家里已经是半夜一两点钟，为了不影响工作，第二天早上她又准时出现在办公室。

⊙大设备和小埋件

随着工程进展，进度跟踪、专业协调、设计联络、现场施工等问题接踵而来。

电站内的众多设备往往需要多个专业协调设计，例如，电站里的“大块头”主变压器，其布置涉及一系列设备和专业之间的接口。杨志芳在设计中既要与多个设备厂家进行设计联络，审查繁多的厂家图纸和资料，又要兼顾各个设备和专业之间的协调，同时还要掌握工程进度的快慢、考虑施工方法的便利，繁忙中还要挤出时间整理各种头绪。

除了设备，杨志芳对小埋件也一点不马虎。300 多米长的主变洞内，设置了几千个埋件，每个埋件都经过几个专业协调，看似小小的埋件，实际上“牵一发而动全身”，稍有疏忽就会影响到定位和接口。类似这样的埋件，电站里不胜枚举，但她对每一个都十分认真。

参加世界级工程建设，与优秀团队一起攻坚克难，杨志芳是自豪的；克服查勘路途危险，登高俯瞰群山，她是坚强的；对于设计方案、设计质量，她是精益求精的；对待同事，她是温和而耐心的；对待家人，特别是为了不让她出差挂念反过来关心和安慰她的 80 多岁的老父亲，她是愧疚的。这就是一个普通水电设计人的 10 年写照。

乌东德水电站的雏形正慢慢呈现，杨志芳和所有水电设计人一样，期待着世界级水电站展露雄姿的时刻。

人物档案

杨志芳，1967 年 6 月出生，湖北武汉人，工学学士，高级工程师，先后参加三峡、南水北调、葛洲坝、乌东德等水利水电工程设计，现任长江勘测规划设计研究院机电院电气部高级工程师，多次荣获长江设计院、机电院先进工作者，曾荣获全国、湖北省优秀工程咨询成果一等奖。

一名 80 后女性水利工作者的乌东德故事

——记长江设计院机电院水机部李玲

口述：李　玲　执笔：王　豪

作为一名 80 后水利人，能够跻身于乌东德世界级水电站的设计建设中，我内心澎湃不已：仿佛自己昨日还是三峡坝头好奇张望的雏鸟，今日已成乌东德山谷展翅翱翔的雄鹰。

对于充满挑战的设计工作，我时刻保持专注：一张施工图纸能够反复修改一个月以上，琢磨到施工细节；一个招标文件能够挑灯夜改数十遍，精确到标点符号；满满的工作会议，紧张有序地探讨，反复地确认对接，谨慎地修改变更；施工现场更是热火朝天，撸起袖子加油干，设代工作需要有理有节，成为后方与各参建单位沟通连接的桥梁。

当然，作为一名“80 后”女性水利工作者，我也遇到过重重困难。

⊙漫漫进山路

去乌东德工地的路上，山路蜿蜒，需要历经至少 5 个小时的汽车颠簸，我常常感到头晕呕吐，心慌无力。有的时候好不容易快到工地了，却遇到道路施工封闭，不得不绕更多更远的山路行驶，幸运的话可以披着星光半夜赶到，此时早已疲惫不堪，也就顾不上饥肠辘辘了。

乌东德海拔高，雨水少，气候十分干燥。作为一个在长江边上长大的湖北人，我适应得了潮湿却适应不了干燥，常常睡到半夜就难受得醒来，嘴唇干裂，鼻子呼哧冒火，痛苦难眠，于是想尽各种办法“人工降雨”：洗一堆衣服挂起来，地上不时地洒水，喝水……

⊙孤身下机坑成蜘蛛侠

下机坑检查管路铺设工作，我会经常在脚手架之间穿梭。有一次施工单位电话联系说现场有根管路安装出了问题，跟钢筋碰在一起，因为影响交仓进度，情况特别紧急，需要设计代表查看处理。当时常驻现场的杨工休假回家了，我只能一人孤身前往。我带了图纸跟司机来到洞内，下车钻进平时的那条查看路线，发现临时的脚手架走不通。当时进退两难，电话打不通，想着一群人等着我去解决问题，只能硬着头皮打起手电筒，摸索前进。还好有几个工人在那边扎钢筋，向一个安装工人打听了“捷径”，沿着蜗壳的浇筑混凝土钢筋往上爬翻过去。我当时心一横，把图纸往衣服里一揣，手电筒放进

衣兜，当了一把蜘蛛侠，四脚并用往上爬。到达最顶层的时候，我的脚直发抖。这个平时画了几十遍的家伙比我想象的要庞大好几十倍，我根本不敢往下看，踉踉跄跄地往预定地点走去。不小心被一个钢筋头绊倒，手机也险些掉入“无底深渊”，心里一紧，赶紧蹲下身子找到平衡后继续摸索前行。结果柳暗花明并不见一村，迷路了……当时，那个地方手机信号全无，把手机摇了数十遍也没有一格信号，吓得我手心直冒汗。仿佛全世界都静止了，只听到我一个人呼哧呼哧的喘气声，脑袋一片空白，没有想到还会陷入如此境地：可能方向感太差，可能在某个口子走错了方向。我脑海里一遍又一遍地回忆，还是找不到方向。后来，前面隐约出现了亮光，一个操着四川口音的工人向我走了过来：“你在抓啥子？”这可能是我听过的最美妙的声音！我来不及解释，向他奔了过去，询问了正确的路线，总算满头大汗、摸爬滚打地找到了事故地点，核对了施工图纸，找到了埋管跟钢筋打架的原因，并跟有关专业协商，及时给出了调整和解决方案。

⊙淑女要变泼辣

如果说身体的挑战是女性工作者的局限，那么工作能力受到质疑则更让

人难以接受。初次的机电及金属结构安装周例会、月例会（施工单位、机组厂家、设计代表、机电建设部组成），我都如坐针毡。一屋子男性为主的会议室，气氛热烈紧张，汇报工作，交代进度，解释问题。轮到我汇报或指出检查发现的问题时，总会有嘲笑不耐烦的话语："声音太小了""能不能大点声啊"……"大点声？我难道要吼吗？这个事情我说错了？"我一边心里不服气，一边暗自动摇。

最难受的一次，是一个关于刷漆工艺的问题，我要求按施工图纸说明进行，结果被告知"刷什么漆啊？"我语塞，紧张，加之缺乏一定的经验，心里没了底气。对方得寸进尺："你会不会啊？啊？""我，你，你按规范执行吧。""呵呵，你想清楚了再说哟。"我当时觉得脸火辣辣的，委屈地想落泪，愤懑不已，恨不能找到时光机把这次的会重新来一遍。吃晚饭的时候杨工安慰我："小李，没得么事的（没有什么关系），工地上待久了，没得（不用）那么斯文的，你大胆一些。我们这批老革命也是这样过来的，你已经做得很好了。""嗯。"我当时眼里噙着泪花，哽咽着说不出话来。

⊙妈妈是超人

作为一名"80后"女性水利工作者，还有一个身份是"妈妈"。对于身体上的局限可以适应，工作上的难度可以努力完成，但对于两个孩子期盼的眼神却总是于心不忍，最怕在外出差时接到家里孩子生病的电话。有次我在乌东德，家里打来电话的第一句就是："几时回？孩子发烧3天了，老人也病倒了。"听到这话，我心里仿佛打翻了五味儿瓶，只能强行振作，把工地前方的事情交接完，一周后才终于回到家中。孩子面黄肌瘦，嘴里异味红肿，赶紧送去口腔科找发烧病因。老人眼神不好，老公不细心，孩子年纪小又不会表达，以至于白白忍受了一个多星期的病痛折磨，全家人也都身心疲惫。我当时心情非常复杂，但我不能责怪家人，只能责怪自己无法及时照料孩子。婆婆后来发短信给我："你是外面的一片树叶，却是家里的一棵大树。"我竟无言以对：我早已不是一片树叶了，我是乌东德建设的一块砖瓦，怎能中途退出？

也许前进的道路总是曲折的，也许妈妈本身就是超人。正如乌东德这个浩瀚雄伟的工程一样，整个乌东德建设团队也如温暖宽厚的大家庭。我带大女儿来到乌东德工地上的设代处，刚开始时我忐忑不安，既害怕她是个“麻烦精”，更担心她影响我们设代处的工作，最担心的是她生病了山上的医疗设施不能及时救助。但是，在去的路途中，友善的同事们就打消了我的疑虑。同行的同事们跟我讲工地上带孩子的趣闻，还跟女儿聊天，缓解她的不安和晕车。到了工地，食堂的师傅听说来了个小朋友，二话不说帮忙开小灶，给她蒸鸡蛋羹，满心爱护地看着她吃光。遇到我要下去检查工作或开会，还没等我开口，隔壁的周大姐就一挥手：“你放心去吧，蒙蒙挺乖的，有我在。”好几次开会的时间长错过了吃饭的时间，周大姐还在陪伴女儿等妈妈。当时太阳正落山，看到周大姐和女儿在楼下等我，我除了愧疚还有幸福。楼下的吴小弟也是热心肠，买来彩笔送给女儿画画用，要知道在工地上这类物资是非常紧张的。我当时的感觉简直是雪中送炭。

乌东德设代处总是充满和谐欢乐的气氛，女儿说明年放暑假她还要去乌东德。回来之后，她跟同学和老师们分享了乌东德暑假之行的愉快经历。老师邀请我去给孩子们上一次科学小课堂。讲课那天，我从女儿脸上看到了前所未有的自豪和快乐。我的工作得到了孩子们的理解和敬佩，她们为妈妈的这份职业感到骄傲，家里再也没有听到“你别出差”的哭闹声，而是可爱的期盼“你早点回来”。

乌东德设计工作还在继续，孩子们也猫一天狗一天地长大，我的设计生涯也将继续……

人物档案

李玲，1984 年 12 月出生，湖北武汉人，中共党员，博士，高级工程师，现任长江勘测规划设计研究院机电院水机部设计人员。2017 年度获得机电院党总支优秀共产党员，多次获得设计院、机电院“先进工作者”称号。

呕心沥血二十载 尽善尽美谱华章
——记中国电建华东院白鹤滩水电站唐鸣发

作者：楚文杰　李明熹

大山里的五月，艳阳当头，行走在海拔1000多米的不足一米宽的马道上，脚下是百米高的悬崖，手上还拿着地质锤不时敲一敲刚挖出来的岩壁，两个年轻的地质工程师小邹和小洪心里怦怦跳，脑门儿直冒汗。

在他们前面健步如飞地走着的，是一个身形略有些佝偻、帽檐儿露出些许白发的中年人，他不时回头指点一下两位小徒弟，让他们注意岩壁上出露的断层。他，就是华东勘测设计研究院白鹤滩勘测总工程师、四川省五一劳动奖章获得者唐鸣发。这已是他在白鹤滩的第20个年头。

⊙身先士卒，攻坚克难，挑起千斤担

20世纪初的金沙江河谷，人迹罕至，贫穷落后，物资匮乏。已近不惑之年的唐鸣发自告奋勇率领华东院勘探队伍，从美丽的西子湖畔，横跨3000里的辽阔山河，在金沙江畔扎下根来，吹响了白鹤滩水电站开发的攻坚号角。

“当时的白鹤滩，山上是没有路的，我们找当地的马队，把钻机驮上山，

有一次还给摔坏了，我可心疼了！”每次谈起刚来白鹤滩的情景，唐鸣发就像打开了话匣子。

白鹤滩水电站前期勘察阶段，坝址区不通电、不通路，通信不畅，勘探工作面临着重重困难。唐鸣发带领勘测人员，荒山筑营地、绝壁凿险径，在沉寂亿万年的巍巍群山中为巨型水电站建设呕心沥血、潜心钻研。

地质工程师们谈起唐鸣发，印象深刻的是他穿着那身多年不变的军大衣，两手夹着烟，站在长桌前仔细钻研地质探洞图的背影。办公室里烟雾缭绕，他像个运筹帷幄的将军。有时一站就是几个小时，忘记了时间，却记下了白鹤滩峭壁陡崖里的每一根断层、每一条裂隙。

大坝建基面挖成的时候，记者采访唐鸣发："您钻研白鹤滩地质快 20 年，最难的问题是什么？”唐鸣发说："我也排不出个顺序来，是世界最高的特高坝地震烈度，还是世界首次在柱状节理玄武岩上建高坝，是左岸坡上深大卸荷裂缝，还是地下厂房超高的地应力。当时我们请外国专家来，他们直摇头，但你看，我们现在还不是干下来了。只要我们横下一条心，不怕下苦功夫，还有中国人啃不下的硬骨头？”

可行性研究阶段，唐鸣发带领华东院勘探队伍在白鹤滩累计完成了 20 万米钻孔、5.5 万米探洞和巨量的现场试验，雄居国内外水电工程地下勘探量第一位。用苦功，换成功，为白鹤滩水电站可行性研究工作取得全面胜利奠定了坚实基础。

⊙精诚合作，事无巨细，铸精品工程

随着白鹤滩水电站工程全面开工，唐鸣发的主要工作逐渐从前期地质勘探转变为施工地质技术支撑。唐鸣发每天最牵挂的不是家庭琐事，而是白鹤滩水电站全面开挖揭露的地质条件与勘探符不符合。坝基、高边坡、导流洞、泄洪洞、地下厂房……唐鸣发每天现场巡视的日程排得满满当当，生怕有哪个工作面没有及时去亲眼看一看、亲手敲一敲。

他白天巡视现场，到了晚上，还要到每个地质办公室去转一转，听大家讲讲今天有没有发现什么地质疑难杂症。有时候，在年轻地质工程师眼中表面小小的断层，在总揽全局的唐鸣发眼中就是一个会与深部错动带联系起来的重大隐患。大家常常开玩笑说，唐鸣发脑袋里装的东西，快要赶上他们的地质三维数据库了。

每年刚过春节，唐鸣发还要带领地质工程师对白鹤滩水电站所有的边坡、冲沟、坡地、洞室进行全面巡视排查，用他深厚的经验预判施工区内地质灾害的隐患风险，形成专题报告报送建设单位，作为建设单位每年汛前安全隐患专项治理的重要技术支撑。

白鹤滩水电站开工至今，还没有发生因地质工作深度不足而导致的安全事故。唐鸣发用他的一腔热血，在为工程平安建设保驾护航。

⊙不忘初心，牢记使命，显奉献担当

壮志豪情的背后，唐鸣发也有内心柔软的一面。偶尔与同事们聊起家庭的时候，他的眼圈总是红红的。他说，大工程他担得起，小家庭他却对不住。

自打扎根白鹤滩，他每年常驻工地 300 天以上，最忙的年份甚至一年

330天都泡在工地上，一家人聚少离多。他说，自己对爱人与女儿亏欠太多，但她们对自己的理解和支持，让他感到非常知足和欣慰。

从中青年，到老专家，唐鸣发二十年一如既往。白鹤滩水电站每个重要的建设环节他都亲身经历，而女儿成长的各个阶段他却总是缺席。舍小家，顾大家，有很多人对此不解，他却总是说：“我很感谢组织的培养，感谢组织给了我一个施展人生抱负的平台，白鹤滩这个级别的工程，一辈子能参加几个？女儿快要大学毕业了，白鹤滩也快要投产发电了，这两个都是我的孩子，我一样高兴！这就是我的初心和使命，我感到无比光荣！”

⊙活到老，学到老，孜孜不倦育新人

唐鸣发虽然是个老专家，却不是个守旧派。他勤于理论学习并善于吸纳新技术、新方法。他常说，应对白鹤滩超常规的地质问题，就要用超常规的高新科技。在他的鼓励和启发下，华东院在白鹤滩地勘工作中采取了现场三轴和压剪、模拟试验洞、无人机、激光扫描、可视化地质综合平台等前沿技

术，才得以破解这里世所罕见的众多地质难题。

唐鸣发不仅自己善于学习，而且善于指导年轻人学习。在他的指导下，一批年轻的地质工程师迅速成长为技术骨干。他常说，从事白鹤滩地质工作不是一朝一夕的事，必须要有肯下苦功夫的决心和毅力，也要对得起这样的工作平台。

在唐鸣发高标准、严要求的指导和带领下，白鹤滩水电站地质团队成为一支能战能胜的水电铁军，获得十余项省部级科技进步奖，荣获白鹤滩水电工程建设先进班组、质量先进集体等荣誉称号，他本人也荣获四川省五一劳动奖章、浙江省“能工巧匠”等荣誉称号。

巍巍金沙畔，悠悠还梦兮！愿早日高峡出平湖，愿这位追求尽善尽美的地质专家早日梦想成真！

人物档案

唐鸣发，1963 年 10 月出生，浙江建德人，中共党员，工学学士，正高级工程师，注册土木工程师，长期从事水电勘测工作，2001 年起承担白鹤滩水电站勘测工作，现任中国电建华东院白鹤滩勘测总工程师、设代处副处长。荣获四川省五一劳动奖章、中国水电顾问集团优秀党员、浙江省省部属企业工会“能工巧匠”、白鹤滩施工区标杆党员荣誉称号。

第三篇

监理篇

裴成新 摄

监理，水电工程建设的千里眼、顺风耳，为工程施工过程提供监督保障。

他们穿梭在施工现场，用火眼金睛紧盯施工过程，找到施工纰漏和缺陷。他们不参与设计，却无比地熟悉工程难点；他们不参与施工，却熟练地掌握施工技术。

他们深知，当监理就要做眼睛里容不得沙子的人。他们更知道，优秀的监理人员不是纠正了多少个违章，画了多少个“×”，而是有了他们的存在，工程建设中不再有偷工减料；有了他们，工程建设中不再有弄虚作假；他们是工程按期、高质量完成的一道防线，他们是工程建设中最前线的质量监督员。

美丽水电人
——记中国三峡集团三峡发展公司乌东德监理部邢海燕

作者：邢海燕　马洪高

宝剑锋从磨砺出，梅花香自苦寒来。自古英雄多磨砺，云南大山深处的乌东德水电站是最严苛的试金石。邢海燕是铁血柔情的水电汉子，也是祖国水电建设的一员。本着对理想的追求，对信念的坚守，从溪洛渡水电站转战乌东德水电站，他饱尝了水电建设者的辛酸、苦楚、孤独，但他怀揣着对水电建设的热诚之心、对大国重器的敬畏之心，十五年如一日，扎根建设一线，在平凡岗位上创造佳绩。

⊙巧用方法助安全

一次偶然的机会，邢海燕发现几位工友集体违章作业，立即制止并召集他们开会。几个工友原本以为他会大发雷霆，对他们采取处罚措施。但出乎意料的是，他亲切地招呼工友席地而坐，没用华丽的言语，也没摆什么架子，而是询问工友“孩子几岁了？”“家里几个老人？”“一天挣多少钱？”等情况，逐渐将话题转到违章作业。他了解工友们的文化水平，没有使用太多专业术语，而是用通俗易懂的语言给工友们讲“什么能做，什么不能做，应该怎么做”。谈话时，他就地取材打比方，同类比较讲方法，用更易接受、更易掌握的方式，将真正的安全教育和培训落实到基层人员。他用接地气的语言强调安全规范施工的极端重要性：“一人出事，老婆改嫁、孩子改姓、财产归别人。”工友们听完，都心悦诚服地说：“这下晓得了。”

久久为功，邢海燕用这种方法让更多工友自觉接受安全生产教育，助力工程安全生产。

⊙细审方案保工程

任何有效的技术措施都要依托现场、服务现场，脱离了现场的技术措施好比“纸上谈兵”。将技术措施有效、据实地运用到现场，十分考验监理工程师的能力。

炎热的乌东德工地，空气被热浪笼罩，大家仿佛生活在一个巨大的温室中。再过几天，又将召开一个危大工程审查会。几年来，数不清召开了多少次会议，但邢海燕还是像往常一样，伏案在办公桌前，事前自审方案，对比招投标文件，查阅同类工程经验和工程技术文件等，从技术可行性、安全保障性、施工便利性、经济合理性等方面进行研究，并安排下属也事前审查，收集不同观点，集思广益、制定对策，起到事前消化、有效应对的作用。

审查会上，参建各方各抒己见，会场气氛严肃，难以统一意见。由于事前消化、事前准备十分

充分，他能够深入细致地与参会人员讨论，把各方所思所想逐步统一，在满足规范标准、合同要求、施工安全的前提下编制出安全可靠、经济合理、施工便捷的技术措施，从而为施工安全、质量、进度保驾护航。

⊙身先士卒做表率

七月的一天，午后的天气酷暑难耐、异常燥热，嫩绿的枝丫没了朝气，穿梭在工地上班途中的人们用遮阳工具把自己武装起来，与太阳做斗争。这天下午，首个引水渐变段支撑排架要验收，这个衬砌厚度达 4.5 米厚的支撑体系，在邢海燕的工作履历中还是头一次，而且监理部有个不成文的规定，首个危险性较大的支撑体系必须由项目部负责人验收。进入作业区时，双立杆排架与单立杆排架异常密集，他那高大的身躯难以直立，只得半蹲才能前行。才进入工作面，他已是汗流浃背，汗滴也随着帽带从脸颊跌落。他慢慢移动身体，在排架中穿梭，走一步检查一步，到了关键点就拿尺子量、与方案对比，保障方案执行落地。仓内受施工条件的制约，电焊烟尘四处弥漫缭绕，空气中还夹杂着刺鼻的气味，此时的他已是全身湿透，仿佛在蒸桑拿，但他还是高标准、严要求地检查拉筋的焊接质量、角度，并详细询问混凝土浇筑

的施工方法、控制手段、监测措施和管理措施等。当他从仓里钻出来时已经接近下班时间，在里面已经待了两个多小时，白色的口罩已变成乌黑色，衣服上已出现了多条汗斑。这是一次非同寻常的验收经历。施工管理人员半开玩笑地说："这种仓还需要这么过细检查吗？我们办事还不放心吗？"他微微一笑，认真地说："不是不放心，而是多一双眼睛检查、多一个角度分析，更能保证大家的安全和工程质量。"

到了夜间，混凝土开仓浇筑，邢海燕交代值班人员要做技术交底、要做变形监测、要控制浇筑速度、要做好过程记录等。当第二个黎明来临时，他迫不及待地想了解实际浇筑情况、排架的稳定性、浇筑的保障性。他打开QQ群，看到值班人员发来的消息，特别叮嘱他们要坚守好最后一个班，坚持就是胜利，把一个渐变段整个施工过程搞清楚、弄明白，验证方案的可行性和安全性，并在后续的施工中升华改进，从而更有效地保障现场的施工安全和质量。

邢海燕通过在一个点的严格要求，带动整个面同步提升，影响、激励身边的人，真正起到了模范带头作用。他热爱监理工作，执着坚守，默默奉献，他带领的地厂项目部全体人员也都勇往直前、脚踏实地，多次被评为先进集体，他个人也获得了"四川省五一劳动奖章""金沙江流域优秀建设者"等荣誉。这些荣誉是对他的鼓励和鞭策，也是责任和嘱托。他将继续率先垂范，在基层发挥好模范带头作用，带领全员以更加饱满的热情、更加昂扬的斗志，发扬工匠精神、三峡精神，牢记习近平总书记嘱托，竭尽全力，把乌东德水电站这一大国重器建设成精品工程。

人物档案

邢海燕，1984年6月出生，青海互助人，大学毕业，工程师，先后参与溪洛渡、乌东德等水电站建设，现任中国三峡集团三峡发展公司乌东德监理部地厂项目部主任，荣获四川省五一劳动奖章和金沙江流域优秀建设者。

乌东德钢铁巨龙的守护者

——记中国三峡集团三峡发展公司乌东德监理部金结项目部

作者：王志勇

3月的乌东德又迎来了一次11级大风，像是一头发了疯的野兽在嘶吼，扬起数十米高的沙尘，瞬间将蓝蓝的天空变成了灰黄的颜色。然而，却有一群人，他们对此浑然不觉。他们就是三峡发展公司乌东德监理部金结项目部的监理们，他们日夜奋战在乌东德水电站地下厂房和泄洪洞室。洞室内没有四季变换，没有阴晴雨雪，更没有白天黑夜，一道道电焊弧光悄悄地记录着他们每一个人的足迹。

电站压力钢管、蜗壳、尾水管宛如钢铁巨龙，闸门、启闭机犹如龙头和龙尾，巨龙盘踞在乌东德大坝两侧的大山中，而他们就是钢铁巨龙的守护者。

⊙精细管理，严控质量

2016年，金结项目部负责人王志勇从向家坝转战乌东德，妻子在白鹤滩水电站负责机电设备监造，女儿在宜昌上学，一家三口分居三地。每当聊起他的这些家事，他总是无奈地摆摆手说：“这么多年了，已经习惯了。”2018年，他的女儿参加中考，他原本答应女儿会提前回家陪她备考，可当时正是左岸地下电站机组埋件安装最繁忙的时候，眼看中考的日期一天天临近，女儿每天都打电话问他什么时候回家，他总是说“快了，快了”。直到女儿中考结束，他也没能赶回家。每次谈到这件事，他都难忍对女儿的愧疚之情。然而，他毫无怨言，依然怀着对水电事业的无限热情默默地奉献在金沙江畔。

乌东德水电站在国内首次将800MPa级高强钢板大规模应用于机组蜗壳，焊接工艺要求高，且没有成熟经验可借鉴，这对金结项目部来说是一个巨大的挑战。蜗壳安装启动期，王志勇组织项目部成员将现场情况与方案结合，积极建言献策，为焊接工艺的确定及过程管控措施提出大量合理可行的建议。蜗壳安装现场，焊缝预热和焊接温度高达170℃，项目部全体成员不分昼夜轮流值守，汗流浃背也全然顾不上。尺寸验收、吊装检查、焊缝验收、焊接工艺过程检查、防腐验收、探伤抽检等，是他们每天必做的过程验收工作。蜗壳混凝土浇筑期间，他们全过程对座环、蜗壳各方位尺寸进行监测，蜗壳浇筑后监测结果达到座环抬动≤0.25mm、蜗壳变形≤2.5mm的优良成果。

左岸地下厂房6台850MW机组蜗壳安装历时17个月顺利完成，焊缝一次性合格率高达99%，蜗壳浇筑无抬动异常，各项尺寸指标均满足标准要求。更重要的是，他们为800MPa级高强钢板在后续其他水电站及我国装备制造行业的应用积累了宝贵的经验。

⊙守护安全，防患未然

乌东德水电站金结安装点多面广，安全风险大。项目部刘进清同志充分利用质量安全管理QQ群、微信gala系统等信息平台，及时提醒、消除安全隐患，形成了良好的沟通机制和安全文化宣传氛围。他长期驻守施工现场，排查安全隐患，并督促施工单位及时整改，全年检查并督促整改安全隐患434条，有效地避免了多起安全事故的发生。

2018年6月的一天中午，他因感冒发烧在坝区医院打针，突然接到电站进水口塔机运行单位的电话："M900塔机起升动作异常，可是我们检查却没发现机械损坏、电气故障。"他深知问题的严重性，立即要求停止塔机运行，随即带领部门成员对塔机进行了安全检查。在向塔机运行单位了解现场情况后，部门65岁的设备专家朱道国提出大胆猜想，认为可能是塔机的工作制动

器出现了问题。刚说完，他就主动请缨要爬上塔机。大家知道他做过心脏支架手术，不让他上去，但他仍然坚持要亲自上去检查才放心。看着他在 80 多米高的塔机爬上又爬下，大家都为他捏了一把汗。他仔细检查后，发现塔机起升工作制动器各铰支点锈蚀、力矩弹簧在工作过程中有卡阻现象，出现工作制动器动作迟缓、上闸时间滞后问题，若塔机继续使用，可能造成起升机构溜钩、甚至飞车的严重安全事故。在他的督导下，故障维修完成，消除了重大隐患。

项目部的监理们用甘于奉献、恪尽职守的精神品格，守护着乌东德水电站的安全生产，金结项目部连续 3 年实现了“双零”目标。

⊙巾帼英雄，铿锵玫瑰

“爸爸生病了，医生判断是高血压引起的脑出血，县医院没有信心治疗，现在正在送往西昌市医院的救护车上，县医院的医生说病情严重，随时有生命危险。”面对哥哥的电话和父亲突如其来的病情，她一下子手足无措，待了好久才反应过来要给领导打电话请假、申请车辆。话还没有说完，她已经语无伦次、泣不成声了。当时已经晚上 11 点，从乌东德到西昌路窄坡陡，最快

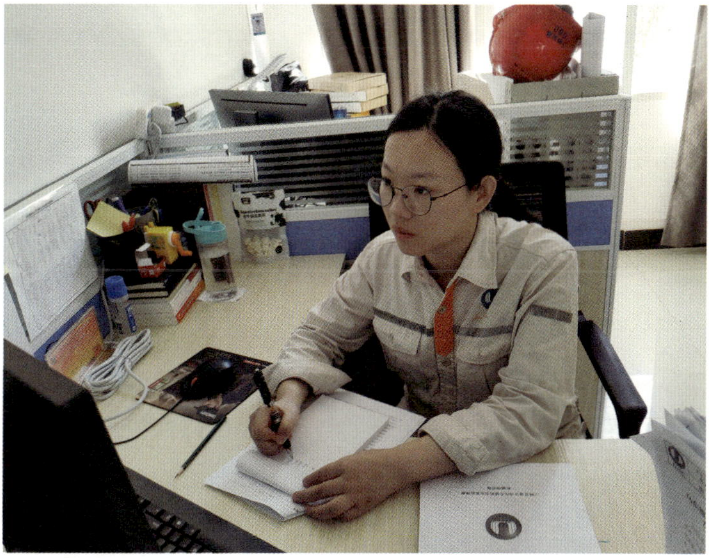

也要6个多小时车程。她本不抱太大期望，没想到领导一口答应了下来，安排了车连夜送她赶往西昌，并在第二天一大早打电话询问她父亲的病情，是否需要帮助。从那一刻起，她决定要更加努力工作来回报领导的关怀、回报公司。父亲病情稍稍稳定后，她便迫不及待地返回乌东德水电站，继续坚守岗位。

她就是曾丹，监理部的同事们私底下称呼她为“金结女强人”。她是地厂金结工点组长，负责左岸机组埋件、压力钢管的安装监理工作。一双黑手套，一把手电筒，一个与她的小个子不搭的大大的工具包是她的标配。

机组埋件安装、焊接期间，她带领组员全过程站在一旁，发现问题立即批评指正。经过长期纠偏和整改，作业人员由被动执行施工工艺到自觉遵守，有效保证了机组埋件的安装质量。

⊙胆大心细，迎难而上

乌东德水电站机组小埋件是水轮发电机组的“血管”，分布范围广，且种类繁多，任何一根埋管出现问题都可能导致机组运行异常，甚至发生事故。埋件安装是一个“细活”，也是一个“难活”。白桂元同志迎难而上、主动请缨，全面负责机电小埋件安装监理工作。为确保机电小埋件将来运行可靠，他提前到办公室熟悉大量的施工图纸，阅读相关标准和规范。机电小埋件验收时间通常在凌晨，为了确保安装质量，他总是任劳任怨。由于长期作息时间不规律，他已经患上了严重的肠胃疾病，可他总是说现在部门里每个人的任务都很重，他还扛得住。

2018年度，左岸电站一万余件机电小埋件，未出现错、漏、堵问题，验收一次合格率达99%以上。

江水滔滔，重山巍巍，成就和荣誉的背后离不开每一名成员的辛勤付出。他们，深藏着对家的眷念，凭着自己满腔的热情和强烈的责任感，脚踏实地、锐意进取，为乌东德水电站金结安装工作奉献着自己的青春年华、聪明才智，用行动书写着“截断金沙云雨，再造高原平湖”的人生豪迈。

团队档案

中国三峡集团三峡发展公司乌东德监理部金结项目部成立于2016年，主要负责乌东德左岸地厂和泄洪洞压力钢管、机组埋件、闸门、启闭机、桥机、其他机电设备安装监理及乌东德水电站金结设备监造工作。曾荣获2017年金沙江流域劳动竞赛先进集体、2018年乌东德建设部优秀党员示范岗、2019年金结金沙江流域劳动竞赛先进集体等各类奖项10余项。

乌东德灌浆人的平凡世界

——记中国三峡集团三峡发展公司乌东德监理部基础项目部

作者：何　源

“一山有四季，十里各不同”，这句话描写的是在山川沟壑中，气候拥有立体性和局部性的特点，会随着海拔和所处位置的不同而呈现出多样的气候差异。而在川滇交界，金沙江下游，正在建设的乌东德水电站，正好处在一个干热河谷地带，似乎正好成为这句话的反例，从营地到坝址，全都是热浪十足的干热天气，正值阳春三月，就已经发出温度高达 37 摄氏度以上的“高温橙色预警”。炎热的天气下，一批热火朝天的工程建设者正在满怀希冀地建设乌东德水电站这一伟大工程。

千年大计，安全为本。要想保证如此庞大的水电站正常安全运行，就必须做好防渗基础工程。有一群青年人就在为此努力，他们大多在一些廊道或者高排架上，身处钻机轰鸣的施工现场。灌浆施工质量直接关乎乌东德水电站运行安全与使用寿命，他们不敢有丝毫怠慢，日夜坚守在工程前线，在为乌东德水电站构筑最基础的“生命底线”。他们必须确保隐蔽工程能够阳光作业，确保地下所伫立的隐形大坝滴水不漏，确保任何一个角落都能满足防渗要求。他们就是三峡发展公司乌东德监理部基础项目部的灌浆工程建设者。

⊙电光相伴致匠心

翻开放在床底的鞋盒，呈现在面前的是一双破旧的劳保鞋，它对于我来说就像是功勋章一样的存在，有着不一样的意义。这双劳保鞋是我步入灌浆建设的第一双战靴，鞋身整体都有着被水泥浆液涂抹后冲洗的痕迹，鞋身两侧因为被浆液侵蚀加之弯折次数较多，已经断裂。这双鞋给人一种沧桑感，实际上它只服役了 200 余天。我穿着它主要去的地方是一条地下廊道，由于开挖断面并不大，经常要在钻机和边墙的缝隙里或是迈着大步，或是弯着腰进行穿梭。灌浆作业面通常都是浆液迸溅，钻机轰鸣，一台台高压泵在哼着高亢而绵长的曲子，一条条灌浆管路随着浆液的注入而律动。

于是，处处可见的水管和大嗓门成了灌浆工作的刚需，水管方便冲洗鞋上的浆液污渍，洗去手上的油污，大嗓门方便在噪声 100 分贝以上的环境下，喊人帮忙，互传口令。验收灌浆孔，复核浆液密度和灌浆压力，签认灌

浆资料是最基本的施工过程控制，这是我们这群人现场管理要做的事情。每日步数近两万,四百个签字是我们的家常便饭；给施工方提供高效热情的技术服务、协调各项管理事务，是我们的专长。有时也不知道是汗水还是水管迸溅的水渍，裤腿、上衣时常都处在湿透—潮湿—干燥—湿透这个状态中循环。

每日忙完工作，去集合地点等待班车的路上，黑暗中，唯一可以消遣的就是手电光绘了，它可化为光剑，也可利用地面大大小小的水坑化为满洞光斑，整个场景神秘又有趣。我们灌浆人与这电光相伴，用它探路、验孔、观察岩芯，它不仅照亮了我们灌浆人对优质工程孜孜不倦的追求，更照亮了我们奋力前行的方向。

⊙点滴举动现温情

那是一个暑假，我在办公室见到一个小女孩，她非常乖巧地坐在一个椅子上，原本是用来绘制工程进度示意图的水彩笔在描绘图案。后来才知道她是同事的女儿，因为爸爸在工程一线事务繁忙，就只能利用暑假时间来这里找爸爸了。那几天，时常会看到小女孩看着爸爸在开心地笑，同事脸上也比平时多了几分温情，这就是生活中的“小确幸”，场面普通而又温暖。

其实这种温暖在我们这个小集体内有很多，有的同事填写休假计划会选择在每年的儿童节或者孩子的生日那天，他们深知选择了水电就是选择了奉献，家国难两全，在做好大国重器建设的前提下，只能尽自己的心意，在一些对孩子有意义的时刻尽可能多陪孩子过好每一个节日。夫妻双双在工程建设一线的，每顿饭后，老公都会帮老婆洗碗擦盘子。同事会经常提及自己的家人孩子，那眼神里有过温暖有过担忧有过想念。这里没有人潮涌动的城市生活，只有这单一的、规律的、每天连见的人都一模一样的世界，每一份的真挚感情都蕴藏在每一个小计划、小举动中，我想这里的人应该比外面世界的人更容易感受到爱的存在吧。

⊙苦中作乐建伟业

由于点多面广，部门内的同事并不能很频繁地相遇和沟通，但每两周一次的部门内部例会，给了各个同事展示自我的平台。我们相互培训，讲讲自己眼中的世界，喜欢的事物，在一张又一张的演示文稿切换中，共同成长；我们讨论技术难点，知无不言，言无不尽，每个人都大胆地讲出自己的观点。

通过交流，大家拉近了彼此之间的距离。我非常佩服部门的各位同事们，大家似乎都是天生的乐天派，不论天气多么炎热，工程建设多么艰难，后方家庭的事情多么难以照顾，大家坐到一起就会很开心地笑，欢快地聊着家常。苦中作乐，这也许才是我们灌浆人最宝贵的品质吧。我想，这是因为灌浆本身就是隐蔽工程，施工完成前后，用肉眼根本观察不到有什么变化，没有气势宏伟的工程形象，更不会有炫耀的心态，一切都归于平淡。灌浆工作本身这种特殊性质，让每个灌浆人都拥有了几分乐观和包容，大家都甘愿做这伟大工程的幕后英雄，做这乌东德水电站“生命底线”的守护神！

我相信，每一种生活都有值得被记录的权力，这些是工程建设一线每一个灌浆建设者的奋斗缩影，每一个人所付出的艰辛汗水，他背后的家人感受得到，伟大工程感受得到，这个世界一样也会感受得到。

这，就是乌东德灌浆人的平凡世界！

团队档案

中国三峡集团三峡发展公司乌东德监理部基础项目部成立于2013年，主要负责乌东德水电站左岸地下电站工程与泄洪洞工程基础灌浆监理工作，曾荣获全国质量创新大赛三等奖、四川省水力发电科学技术奖三等奖。

一个在水电工程建设中成长的人
——记中国三峡集团三峡发展公司乌东德监理部泄洪项目部唐艳青

作者：唐艳青　许　懿

心若没有栖息的地方，到哪里都是流浪。

毕业 14 年，唐艳青，同事眼中“可爱的小胖”，一直从事溪洛渡水电站、乌东德水电站的工程监理，始终不忘初心，不畏挑战，勇于担当，务实肯干，为清洁能源工程不倦地努力着，奉献着自己的青春和热情，在工程建设中坚守、成长，拥抱着自己的小幸福。

⊙第一次独立监理

老人说，推开自己喜欢的东西就是成长。

2007 年春节，溪洛渡水电站寒风凛冽，“小胖”见习期满，主动申请到工地值班，适逢主变室需实施锚索支护。

这是他第一次接触锚索，更是第一次独立监理。面对挑战，他没有退缩。为了确切地掌握锚索施工方法和质控要点，他从第一批（20 束）锚索孔位放样到张拉封锚，全程旁站。遇到不明白的，他就主动请教工人、质检。慢慢地，施管人员也就理解了，接受了，配合了。连续 10 天“白 + 黑”在工地值守，20 束锚索均张拉锁定成功，满足设计及规范要求。他很满足，第一次感受到了满满的成就感。

“那年春节的任务让我感受到了监理工作的意义，给了我从事水电工程建设监理的信心。”他开心地说。

⊙转岗后的第一次现场争论

任何事情，都有一个过程，坚持一下，再坚持一下，播种和收获，本来就不在一个季节。

2008 年，担任地质专业师的“小胖”，因工作表现突出，被调任溪洛渡左岸地下电站尾水工点任副主任。一次，他现场轮值，1# 尾水洞底板衬砌仓位验收：卷尺检查钢筋间距合格，9 米仓统计主筋 43 根，差两根，量测仓位长度 8.65 米。“仓位长度不够，钢筋数量不够，应拆除端模，增设钢筋……”

话音未落，质检急了：“这个仓就不要加了，下一仓我们加上，多浇 35 厘米，现在返工太耽误事了。”

“那怎么行，设计要求和施工方案必须执行，要不然它们不就成了摆设了？”

“方案是死的，人是活的，事情可以灵活处理嘛。”质检继续纠缠。

“这个能灵活处理吗？仓位长度、钢筋数量不够，不符合设计要求，也不符合施工方案，更不符合后期台车衬砌要求，施工缝不能正常拼接啊，台车也没有 9.35 米长啊？”

质检不语，沉默良久，回头对带班班长说：“没办法，改！”

“注意了，问题源头在于测量，请制定措施，杜绝此类问题再次出现哦。”他善意地提醒到。

从事现场监理管理以来第一次争论，让他体会到检查认真的重要性，与人沟通切中要害的重要性，也促使他不断摸索完善监理团队管理方法。

⊙一次集中歼灭战

境遇难以改变，你唯一能改变的是面对它的态度。

2016 年，导流洞工程清量验收停滞不前，给监理工作带来巨大挑战。他临危受命，调任导泄项目部主任，通过各种途径详细了解项目停滞状况、事件缘由及施工诉求，找出问题症结。他深知问题的复杂性，不厌其烦地倾听着施工代表的诉说，反复说着自己的理解和计划，组织召开专题会议，制订清量验收计划，说服施工方接受对遗留项目的现场取证，并亲自组织现场验证、确定抽样检测方案、标定检测位置，监督检测过程……经过半年时间，终于成功完成了河道护坡、排导槽回填碾压等多个项目验收计量，增强了施工单位、建设单位对监理的信任，形成了良好的团队氛围。

⊙爱的春天

都说岁月如梭，犹如白驹过隙。他，可爱的“小胖”，相信岁月的河流不会把一切都带走，有些东西会慢慢沉淀下来，固结成岩。十几年，他坚守在金沙江畔大山里，远离喧嚣得到平静，也远离了太多的浪漫，个人情感也随之深深地藏了起来。每次休假时，同事们都会戏说：“小胖，这次回去得加油哦，菜籽油不好用就用猪油啊！”他总是乐呵呵回答道：“ok，没得问题！”其实大家都了解他的感受。就像很多年轻单身的人一样，他也希望在休假或过节回家时能够圆满地完成家里长辈们的期望和嘱托。

值得庆贺的是，爱神总算是让乌东德干热的风吹醒了。2017 年的秋天，乌东德的太阳火辣辣的，风热乎乎的，让人感觉很不舒服，然而它们却给“小胖”送来了爱情的春天。美丽的姑娘向他射出了爱情之箭，射中这颗为了工作而忘却浪漫，却又沉淀、期盼已久的心。他为之欢欣鼓舞，果断出击。经过半年的努力，两人成功步入婚礼殿堂。如今，慈祥的母亲、可爱的千金也来到乌东德，陪伴着忙忙碌碌的夫妻俩。那个坚毅的“小胖”，身上又增添了一份爱的色彩，空闲时抱着牙牙学语的丫头，感受着幸福，感受着金沙江水奔腾不息，生命中再添动力，展开双翅，迎接美好的明天。

人物档案

唐艳青，1982 年 6 月出生，湖南省永州市人，中国三峡集团三峡发展公司乌东德监理部泄洪项目部主任，注册监理工程师。曾荣获“先进个人”“安全先进特别奖”“优秀员工”“青年文明号”“工人先锋号”等多项荣誉称号。

打造大国重器的一把利刃

——记中国三峡集团三峡发展公司 白鹤滩监理部林宏

作者：陈雪万

白鹤滩，一个多么美丽的名字，这里山清水秀，民风淳朴，村民们怀有对美好生活最单纯的向往。时光倒推十年，沿着湍急陡峻的金沙江两岸，两条宽度不足 4 米的泥结石土路蜿蜒前行，从葫芦口大桥到水电站坝址，不足 30 公里的路程，山猫越野车来回一趟也要五六个小时，别说建设世界级的超级大工程，就连进行勘探工程施工都很困难。

在白鹤滩工地，有一个大高个，常年一身简朴的工装，总是微笑的脸庞，带着极为友爱的亲和力。他在白鹤滩工地一待就是 9 年，就像一台卡特 D70，坚定地带领他的团队攻坚克难，一路向前，为大国重器的打造保驾护航。他就是长江三峡技术经济发展有限公司（以下简称“三峡发展公司”）白鹤滩监理部总监、党支部书记林宏。

⊙从零开始，宏伟工程翻扉页

一年没回家的林宏，刚从三峡工地回家休息 2 天，正准备陪家人出去散散心，可就在半路上，突然接到一个电话，林宏简短地跟爱人说了一句：“工地上有点事，我先回去了。”说完立即下了大巴车，几经辗转，当天夜里就赶到了白鹤滩临时驻地，来到了真正的荒郊野岭，又开始了水电人一个新的轮回。

万事开头难。初来白鹤滩时，一切都是从零开始。金沙江两岸的泥结石土路是白鹤滩工程建设初期进出场的唯一通道，道路的拓宽修建成为关键，前期项目施工组织散、小、乱，施工单位对现场施工作业队管控力量相对薄弱，监理人员也不够用。“那我们就以勤补拙。”管理前移，指挥前移，林宏带领一班人迅速投入左右岸低线路绑宽加固，提升通行能力的施工现场，一片树荫下就是办公室，一个斜挎包就是办公桌。早上天蒙蒙亮就出发，晚上回到驻地已是繁星满天。一天下来 200 公里路程，尘土能让车子辨不出原来的颜色。道路通了，勘探项目顺利启动，白鹤滩这一水电巨著翻开了扉页。

⊙要求严格，火眼金睛辨质量

“我们是工程监理，同时还是三峡人，无论是站在维护集团公司的立场还是站在维护监理行业的立场，都不允许有丝毫麻痹大意。当监理就要做眼睛里容不得沙子的人。”一次现场工序检查中，林宏发现施工人员闪烁其词。经过仔细观察，他发现锚杆的孔口溢浆不正常，随手敲了敲声响也不对，孔口的砂浆很容易就能够砸碎，再一使劲居然徒手拔出了一根待验的锚杆。他的脸立即黑了下来，当即口头指令暂停施工、全面检查。现场作业队小老板知道事情暴露了，开始卖弄可怜："农民工打工不易，挣不到钱生活困难，行行好，放一马。"见不起作用又话锋一转，开始放狠话。可他哪里知道，林宏是一位规格严格、敢于碰硬的人。他严格依照合同条款进行追究，很快就下达了全面返工的决定。

他经常对同事们说："一名优秀的工程监理人员，不是你纠正了多少个违章，而是希望因为有了你，很多人就断了偷工减料、违纪违规的念想。"从小事着眼，从大事规划，他带领的监理团队，以刚正不阿的气度，构筑了一种强大的威慑力。他始终以一名共产党员的品质，践行和维护着风清气正、干事创业的良好氛围。

⊙团结协作，众志成城攻难关

独木难支，孤掌难鸣。在工作中，林宏深知一个人的力量毕竟有限，始终秉承充分依靠群众、发挥团队力量、打造一流服务型监理团队的理念。

白鹤滩水电站地下厂房地质条件复杂程度位居世界前列，厂房跨度和单机容量世界第一，高地应力、岩爆、片帮掉块、围岩变形等都将困扰施工安全和开挖成形质量。随着白鹤滩工程进入主体工程施工，技术难度和管理要求更高。同时，集团公司又提出了打造"五大工程"的创新理念。为了将管理要求转变为实际工作效果，他与同事们一起夜以继日地研究创新监理工作思路的方法。从开挖施工启动的那一天起，林宏只要有时间就坚守在厂房施工现场。白天看守现场，晚上查阅参考文献，分析地质特性和破坏机理，讨论优化施工方案，开展一系列开挖试验。时间一天天过去，他们的研究和探索从未间断过，超前孔、装药量、层高、区块划分、爆破方式、布孔方向等等，能想到的措施一个不漏。功夫不负有心人，历经8个月的研究和试验，终于有了效果：他提出的调整开挖分区，预留保护层提前释放应力方案，在厂房岩锚梁和高边墙开挖中有效保证了开挖成形质量，使厂房围岩变形始终保持在设计允许范围内。

在林宏的带领下，他们的团队不断攻坚克难取得累累硕果，先后获得 QC 活动成果、职工技术创新等成果 70 余项，获得作品著作权 5 项，国家实用性新型专利 7 项，发表技术论文 100 余篇。他本人也先后被评为三峡工程优秀建设者、三峡集团公司优秀共产党员、杰出员工和白鹤滩工程优秀建设者。

⊙无私奉献，坚守阵地育新风

白鹤滩工地远离城市，远离家乡，对于来自全国各地的工程建设者来说，工地生活心酸劳累，孤独难耐。林宏经常叮嘱员工一定抽空回家看看家人，可是一转眼 9 年过去了，他自己却早已把距离家乡千里的白鹤滩工地当成自己的家，就连过年也坚守在岗位上。

“我们无论付出多少，必须一次成功。”他说这话时站在大坝上，注视着这一倾注了无数人汗水与心血的世纪浩大工程。远远望去，他像是一块最普通的石头，但这一刻，他又宛如一个巨人。他不忘初心，始终把责任与担当铭记于心，用对水电事业的执着和敬业拼搏奉献，用优秀的人格魅力和卓越

的领导力为公司培养出一批又一批优秀的技术人才，用过硬的专业技术和严谨的工作作风为白鹤滩工程建设保驾护航。

“打造大国重器”“将核心技术牢牢地掌握在自己手里”，习近平总书记的谆谆教诲，每一位三峡人铭记在心间。如今的白鹤滩还未完工，就已经创下了六个世界纪录，无数像林宏一样的白鹤滩水电站工程参建者就像那点点繁花，装点着美丽中国，更如同一把把利刃，为艰难的工程开凿出一条康庄大道。在往昔和未来，昨天和明天的经纬上，我们已经看到了，看到了“高峡出平湖”的波澜壮阔，看到了水木湛清华的春色满园，看到了星光照万里的辉煌灿烂，看到了丰碑垂千古的万众欢腾。

人物档案

林宏，1968 年 8 月出生，湖北秭归人，中共党员，本科学历，正高级工程师，先后参加过三峡、白鹤滩等巨型水电站的建设监理工作，现任中国三峡集团三峡发展公司白鹤滩水电站监理部总监、党支部书记，荣获三峡工程优秀建设者、三峡集团公司优秀共产党员、三峡集团公司杰出员工、白鹤滩工程优秀建设者等称号，获多项国家专利及作品著作权、科技成果等。

金沙江畔的监理情怀
——记长江设计院白鹤滩监理部吴军华

作者：赵金贵

当一个个中国超级工程屹立于世界之巅，祖国的强大令国人为之骄傲。在川滇交界处，滔滔金沙江畔，又一个堪称国之重器的超级工程令世界瞩目。

白鹤滩水电站，在建世界第一大水电站，其建设技术与难度，亦是世界之最，有诸多世界第一。

在建设这项大国重器的征程中，水电建设者的担当与奉献、汗水与成就呈现在人们眼前。他们扎根深山大川，历尽艰辛，就为了心中那个强国梦想。

吴军华，长江设计院白鹤滩监理部副总监，是众多水电建设者之中平凡的一员，他把青春和热血与心中的水电强国梦绑在了一起，用真情和付出告诉人们，中国正在走向强盛，世界将为之震动。在他平凡的人生里却有不平凡的业绩，让我们感动。

⊙不忘初心迎挑战

来到白鹤滩水电站后，他牵头负责右岸引水发电系统工程现场监理管理

工作。为了迅速融入这个世界级工程，他走遍了右岸引水发电系统工程的每一个洞室，每一个角落，摸清了各部位的地质条件和施工环境。在工作中，他以身作则，对施工质量和安全紧咬不放，面对右岸工程前所未有的世界级难题，始终不忘初心牢记监理的使命：质量、安全是电站的生命线。

2014 年 6 月，白鹤滩水电站主体工程正式开工进入开挖阶段。为了保证开挖质量，不辜负世界与中国第二大水电站的美誉，吴军华牵头成立开挖、支护试验小组与质量联合管控小组，在主厂房、尾调室等部位，针对不同的围岩类别，多次组织开展了水平光面爆破、垂直光面爆破、预裂爆破等工艺性、生产性试验。

在爆破试验实施时，不管是白天还是深夜，总是能在工地现场看见他查看爆破效果的身影，总是能听到他在现场与爆破人员讨论的话语。

面对地质条件差、交叉作业多、高排架多、特种设备多等施工现状，吴军华特别重视安全工作。在他的工作理念中，安全无小事，在他看来，施工安全、工程质量是整个电站建设的重中之重。因此他总是说，作为监理，必须高度重视施工安全和工程质量，要有水电人的担当，要无愧于心。

⊙肩挑重任铸辉煌

白鹤滩水电站出线竖井深达 310 米，吴军华参加工作以来第一次在这么深的竖井采用滑模浇筑。竖井埋件较多，体形控制尤为重要，如何在滑模浇筑过程中控制好体形和施工质量是个极大的挑战。在滑模浇筑的第三天凌晨 1 点，现场打来电话反映滑模出现偏斜，吴军华当即赶到现场了解情况，和滑模厂家一起分析原因讨论处理措施，并督促现场处理，直至凌晨 3 点处理完成后才回到宿舍。第二天，他又回到滑模浇筑部位进行检查，确认无误后才放心。

工作到凌晨是常有的事情，他无怨无悔。他曾经说过这样一句话，没有付出，就不会得到，那个水电强国梦一直支撑着他，再苦再累也没有怨言。

2017 年底，右岸主厂房桩号（0+20）~（0-75）米处受 C4 层间错动带及其下盘应力调整影响，顶拱及下游边墙围岩变形呈持续增长状态，日变形最大达 4 毫米，部分锚索超载，顶拱及周边洞室、边墙开裂增多，总体变形较大。为保障围岩整体性，防止发生顶拱及边墙失稳现象的发生，建设部成立了“建设部第二党支部右岸地厂应急加固党员先锋号”，此次应急加固施工难度大、时间紧、任务重，施工排架最高达 56 米，安全隐患十分突出。面对困难，吴军华不惧艰险、迎难而上，在高风险、高排架施工抢险加固过程中，56 米高的排架每天上下好几次，对排架连墙件、剪刀撑、安全防护进行重点检查，确保施工安全。

2018 年，白鹤滩水电站正式进入混凝土转序阶段，为确保工程开挖向混

凝土顺利转序，吴军华带着监理部地厂工程部与建设部、施工单位一起研究施工方案，检查转序准备工作，拟制混凝土转序事项清单等。主厂房 14 号机组蜗壳混凝土第一层浇筑时，吴军华从早上 8 点旁站到晚上 11 时才回去营地休息，第二天凌晨 5 点又赶到工地现场查看。有人问他：“早上 7 点多就来了，晚上 11 点才舍得回宿舍，天天如此不累吗？”吴军华爽朗地笑着说：“人这一辈子总要认真负责地干点事，工地上的事情忙不完，我睡不着啊！”

⊙自古忠孝两难全

2019 年，是吴军华在白鹤滩水电站工作的第 6 个年头。在白鹤滩水电站工作的 6 年，是与家人聚少离多的 6 年，他在白鹤滩工地现场平均每年出勤天数达 320 天，在工地度过了 3 个春节。

2011 年，美丽的小天使女儿出生。在女儿成长的过程中，父亲陪伴的日子屈指可数。他的父母渐渐年迈，身体每况愈下。想起父母渐渐苍老的面容，吴军华的内心无比愧疚。作为儿子，也作为父亲，在他们每个生日，每个节日，每一个需要陪伴的日子里，他却永远只能在手机视频里为家人们祝福。

既然选择了远方，便只顾风雨兼程。他总说，作为水电人，肩负使命和责任，所幸父母和妻儿能够理解并支持他的工作，让他尽心尽力为水电事业施展才华。

一路走来，虽然充满了艰辛与苦累，但他心里却是满满的荣誉感。他用责任和专业展示了水电建设者恪尽职守、竭诚奉献的高大形象，用行动诠释了“不忘初心，牢记使命”的水电强国梦的真正内涵。

人物档案

吴军华，1971 年 1 月出生，陕西省安康市人，中共党员，高级工程师，先后参与乌东德、白鹤滩等水电站建设，现任长江设计院白鹤滩水电站监理部副总监；多次获得白鹤滩水电站先进个人，2017 年获得金沙江劳动竞赛白鹤滩“优秀建设者”称号。

让青春在平凡的岗位上闪光
——记中国三峡集团三峡发展公司白鹤滩监理部泄洪洞项目部

作者：沈 杰 吴世斌

三峡发展公司白鹤滩监理部泄洪洞项目部是一个具有刻苦钻研和开拓创新精神的团队，从开工至今，从开挖支护转战到混凝土施工，面对泄洪洞“高洞室、大断面、高流速、地质条件复杂”等一系列世界级施工难题，为保证2021年白鹤滩水电站发电目标，以“打造白鹤滩水电站泄洪洞精品工程”为目标，以“立足本职、敬业守信、团结一致”的工作理念，经过5年多的不懈努力，攻克了一个又一个难关，创造了泄洪洞工程一个又一个辉煌，泄洪洞施工质量优良，混凝土达到镜面效果，泄洪得到了业主及相关单位的高度赞誉。

⊙攻坚克难，创造行业奇迹

白鹤滩泄洪洞无压洞室群规模世界第一，泄洪洞设计最大流速达50m/s，因此，设计对泄洪洞混凝土抗冲耐磨、温控、体形和平整度等方面提出了极

高的要求。面对泄洪洞世界级施工难题，在泄洪洞负责人的带领下，他们从技术入手，认真研究施工方案，以技术指导施工，并在工作中不断学习，汲取经验，以更好地指引施工。“工程有亮点，管理有创新，个人有收获。”这是泄洪洞项目部工作理念，也是对团队的殷切希望和工作要求。

团队中大多数人员是从溪洛渡转战来到白鹤滩的，有些人从事水电行业已经几十年，转眼之间，早已从风华正茂的年轻小伙变成了两鬓斑白的行业专家。白鹤滩水电站属于国家重点工程，施工难度大、质量要求高，他们深知肩上的责任重大，必须兢兢业业对待每一项工作，才能建设好我们的国家工程。团队根据以往的施工经验，并结合现场实际情况，积极采取新技术、新工艺，组织开展多项试验，在技术可行前提下不断进行技术革新，优化、固化施工工艺，攻破了一个又一个难关，创造了一个又一个奇迹。

泄洪洞龙落尾大坡度变断面边墙施工时，团队经多次方案改进，在上平段边墙钢模台车和上料系统基础上，研制了大坡度变断面液压自行式混凝土衬砌台车和大坡度重载快速自动供料系统，实现了衬砌宽度可调节的功能，解决了大坡度常态混凝土运输难题。精心设计的低坍落度混凝土上料系统，采用自卸车卸料至供料小车，再传输至斜向皮带，最后通过台车水平皮带入仓，解决了 5~8 厘米低坍落度混凝土入仓的难题，创造了国内大坡度边墙浇筑常态混凝土的新纪录。该上料系统在卷扬机和供料小车上采用了 PLC 系统联动控制，设置了车轮编码器、断绳检测系统、制动系统、互锁装置、报警装置和网络摄像头等大量数控装置，实现了设备精准就位和安全运行的目标。泄洪洞洞身边墙低坍落度混凝土的成功浇筑，打破了国内纪录，填补了行业技术空白。

⊙精雕细琢，打造世界精品

为了满足底板混凝土体形精准、平整光滑的要求，团队成立技术攻关小组，白天跑现场，晚上大家一起攻克技术难题，经常与施工单位一起召开技术方案可行性研究讨论，成功将三辊轴进行设备革新，采用跨度 8.5 米进行底板混凝土初评和提浆工作，确保大面混凝土体形平整光滑。混凝土抹面采用一道初平、二道整平、三道压抹、四道精抹，共计 10 道工艺，使得底板混凝土表面达到了 1∶1 的镜面倒影，并形成标准化工艺，编制了《上平段底板混凝土标准化工艺手册》。他们的成果被参建各方和质量监督总站形象地称为“镜面混凝土”，成为参建各方竞相观摩的样板工作面，得到大家的高度赞誉。

“白鹤滩工程是国家重点打造的大国重器，泄洪洞工程位于高速水流区，对质量要求最高，任何缺陷都会对泄洪洞造成毁灭性的破坏。项目部负责人带领团队致力于精益求精，只有脚踏实地做好每件事情，把好每道质量关，把工程建设像培养自己孩子一样进行精心呵护，才能让它茁壮成长，经得起人民和时间的检验。建好白鹤滩工程是每个人的责任。多年以后，他们都将为能参加白鹤滩这样的大国重器建设而感到骄傲和自豪。”为此，他们扎根现场，查看施工中存在的各类问题，有时为了一个工序在现场同一个地方琢磨半天时间，多次组织班组和施工队伍召开现场会议，研究制定工艺改进措施，孜孜不倦地追求完美工艺，达到零缺陷质量目标，努力把泄洪洞工程打造为世界一流的精品工程。

⊙艰苦奋斗，绘制未来蓝图

白鹤滩工程建设是一项旷日持久的工程。为了它，多少人挥汗如雨，多少人背井离乡，多少人牺牲了无数个节假日和与家人团聚的机会。这其中就有泄洪洞进口组全体成员的身影，他们在工作中经常受伤，甚至有时要冒着生命的危险，但是他们没有退缩，秉着流血流汗不流泪的精神，毅然决然地在工地坚守着、奋斗着，只为心中的那一份理想和信念，为打造大国重器奉献自己的一分力量。

项目部的每个成员每天背包里总是装满了图纸、方案和检测的工具，穿梭于泄洪洞 6.7 公里的昏暗洞室和 70 米高的边坡排架上。他们的工作服每天被汗水浸湿，上班期间基本没有干过。每个部位的钢筋、排架的型号、间距、位置和形式，他们都会拿着图纸、方案和卷尺进行认真检查，对施工参数可以做到脱口而出。洞身段顶拱施工空间狭小，且为弧形结构，要想进入仓号进行检查，他们基本上是匍匐前进，经常会被钢筋、绑丝扎伤，每次出来后都是伤痕累累、衣衫褴褛。他们对待工作几乎达到苛刻的程度，很多人不理解，问他们这样做是为什么？值得吗？他们总是笑呵呵地答道：“工作嘛，问心无愧就好。”一句简单而朴实的回答，饱含多少辛酸，只有自己心里最清楚，但是为了国家建设，他们坚持着、奋斗着，在平凡的岗位上做着不平凡的事情。

白鹤滩工地上，每天都在书写着一个又一个传奇。泄洪洞项目部就像一颗螺丝钉，有一股不服输的钻劲儿和韧劲儿，认准目标，一步一个脚印，朝

着既定的方向前进，坚持到底，不达目的不罢休。年轻就是资本，年轻就是能力，年轻就是希望。在这个充满希望与挑战的年代里，年轻的脚步勇敢向前，奉献的青春更加色彩斑斓。

团队档案

中国三峡集团三峡发展公司白鹤滩监理部泄洪洞项目部成立于2014年，主要负责白鹤滩水电站泄洪洞工程洞室及边坡开挖支护、混凝土浇筑等监理工作，曾获金沙江流域水电工程劳动竞赛先进集体、四川省和云南省“工人先锋号”、三峡建设公司“红旗班组”等奖项，共在核心期刊发表技术论文15篇，科技创新等各类成果16余项。

金沙浪涌奏凯歌

——记中国电建西北院乌东德水电站监理中心胡启斌

作者：李卫华

胡启斌是中国电建集团西北勘测设计研究院（以下简称“西北院”）乌东德水电站监理中心的总监。他熟悉这里的一切，熟知工程各部位每天发生的细微变化。自 2013 年 6 月来到这里，他已历经 6 个春秋，每年在工地的时间都超过 300 天。乌东德的群山和峡谷已是他记忆里的最美风景。

⊙临难不却

胡启斌自 1998 年参加工作以后，先后参与三峡、汉坪嘴、小湾、向家坝、东水峡、缅甸其培等水电站项目建设，是“老水电人”。然而，初来乌东德时，这座“世界级”的水电站，导流洞重大地质情况变化、百米级围堰防渗墙施工、大坝地形狭小并近乎垂直的高陡边坡施工、面临八大地质问题的世界最高地下厂房施工、每年长达八个月的干热河谷里的高拱坝温度控制等诸多“世界级”难题让他愕然。

导流洞抢险施工，首当其冲。那时，右岸三条各约 1.6 公里的导流洞施工正在艰难进行。围岩历经多次松弛和变形、地质条件发生重大变化，招标文件中以Ⅱ、Ⅲ类围岩为主的地质形态，在实际工作中却是 75% 的Ⅳ类围岩。掘进不断受阻，局部坍塌、掉落频繁，正常的隧洞作业变成了抢险工程。参建各方心急如焚、倍感压力，临时组成的应急处理小组驻扎在施工现场，对随时出现的险情和变化随时研究，果断处置。

胡启斌每天都在现场，带领班子成员和监理工程师，奔走在不同的洞子里，“消防队”一样随时随地处理险情。及时拿出解决方案是对工期的保障，更是对所有现场人员的生命负责。状况各自有别，方案必须立竿见影，碎石就在眼前掉落，渗水可能忽如雨下，谁能不急呢？胡启斌的嗓子喊哑了，嘴角也起了燎泡，忘记了喝水吃饭，更没有时间休息，和参建各方随时讨论、提前预判、现场决策、统筹意见、当场拍板。

最终，导流洞工程实现了在岩层破碎、极薄层围岩大跨度不良特殊地质洞段安全开挖支护施工的奇迹。2014 年 9 月，顺利通过过流安全鉴定和验收。胡启斌常说，监理人要有直面困难的勇气，要有临难不却的担当，更要有攻坚克难的底气。

胡启斌是监理中心的负责人，也是一位技术型的管理者。“胡总监工程经验丰富，综合能力强，技术层级高。”业主方负责人就胡启斌的专业技术能力，给予这样的评价。

⊙临战不怯

从乌东德坝址顺河道上溯 30 公里，就是赫赫有名的“皎平渡”。1935 年 5 月，红一方面军 3 万多人马在此强渡金沙江，跳出了数十万国民党军围追堵截的包围圈，实现了渡江北上的战略转移。

胡启斌常和同事聊“长征”，聊长征精神，聊红军的担当和“巧渡金沙”的智慧。他说，干监理就要向红军学，要更能吃苦、更能忍耐、更有智慧、更能生存。

监理中心不断践行着红军的“担当”精神。会议室一整面墙的奖牌就是对团队业绩的最好证明。仅以2018年为例，监理中心的上级单位——西北院咨询公司组织的“客户满意度调查表”24项内容中，22项为“非常满意”；监理中心获得“金沙江流域乌东德工程先进单位”称号，还获得业主授予的4个先进单位、7个先进集体、21个先进个人等荣誉称号；胡启斌获得云南省“五一劳动奖章”，金宝双同志获得“金沙江流域乌东德工程优秀建设者”，大坝工程部获得四川省“工人先锋号”。

胡启斌主张，要“看重”荣誉，荣誉是对团队和个人工作成绩的肯定，也要“看轻”荣誉，荣誉意味着过往，未来需要重新起步。

2018年是乌东德水电站工程建设的高峰年、关键年、攻坚年，大坝、地厂工程重大进度节点目标全部完成，实现“双百”，质量、安全事故实现“双零”。国家能源局质量监督总站，对乌东德的工程建设郑重给出评价：可控！

干监理，既要“承上”还要“启下”，既要监督管理，也要沟通协调。胡启斌是这么说的，也是这么做的。

⊙临风而立

在监理中心，胡启斌是“班长”，是“领头人”。

一位即将调离的部门负责人，谈到这位“领头人”连用了两个“感激”。他说，一开始，胡总的一些要求我们并不是完全接受，比如，对班子成员和干部，他的“严厉”和高标准甚至让我们有种“找碴儿”的感觉。那年，右岸地下厂房混凝土施工过程中的凿毛、排水、下料等工作局部存在一些问题，在我们看来并没有多大影响，胡总得知后，把我们主任、副主任一通批评，强调了这些部位工程质量的重要意义，然后，带着我们去现场，查实际问题、堵管理漏洞、改惯性思维，那“当头一棒”敲醒了我，让我对监理工作、对职业操守、对世纪工程、对国之重器有了清醒的再认识。

一位副总监跟我们谈起过一件事。一年汛前，胡启斌例行巡查工地现场，发现一家施工单位新建的营地就近选择在一处滑坡体上，存在重大安全隐患。他到现场时，前期临建已经开始。胡启斌当即要求该单位负责人到场，严厉批评，限时拆除，另选地址。现场山高沟深，难有空地，这里离作业点比较近，工期又紧，那位负责人起初很有抵触情绪，嘀咕着，不会那么倒霉吧，哪有那么危险。听见这些话，胡启斌马上安排安全总监为该单位组织了专题安全培训，特别播放汛期安全事故录像，加强安全教育。之后，该单位主动拆除了已建设施。

安全和质量是工程建设的“生命线”，是监理的红线和底线，没有商量的余地，也没有通融的空间。

除了在工作上严格要求外，胡启斌对干部的自身学习和“传帮带”也有较高的要求，无论是业务知识，还是政策理论，他都要求干部们先学一步、多学一点、善于总结、乐于分享。监理中心推行“晚自习”制度，规定周一至周五晚上 19：30 到 21：30 为学习时间，每周各部门要针对当前工作中的重点、难点，梳理总结，由年轻员工讲解，部门负责人点评，从而促进年轻员工监理工作技能和业务水平不断提升；还结合设计图纸、技术要求、施工方案、规程规范等方面的工程要求编制试题，不定期组织“考试”。

乌东德监理中心有时候更像是一所“学校”，有着世界级巨型电站方方面面的实践积累，有着技术全面、乐于指导的前辈和专家在这样一个“学习型”的大家庭里，学习早已从“制度”变成了“习惯”。

2019 年 10 月，导流洞将开始下闸蓄水，意味着乌东德这一大国重器的建设进入了最为关键的决胜之年、收官之战。金沙江上又一个包罗诸多“世界第一”的世纪工程，即将完美亮相于世界。

人物档案

胡启斌，1975 年 10 月出生，湖北武汉人，中共党员，水利水电建筑工程学士，高级工程师。2013 年 6 月任中国电建西北院乌东德监理中心总监、党支部书记。监理中心获得“金沙江流域乌东德工程先进单位”、大坝工程部获得四川省“工人先锋号”。2018 年，胡启斌获得云南省“五一劳动奖章”。

乌东德金牌的铸造者
——记中国电建西北院乌东德水电站监理中心大坝工程部

作者：苏夏清

每当清晨，薄雾弥漫于飞流直下的金沙江上，逆着湍急的水势远眺，依稀可见一座雄伟神秘的建筑体横亘于山谷之间。这是中国电建集团西北勘测设计研究院（以下简称“西北院”）参建的又一座世界瞩目的双曲拱坝，也是目前世界上最薄的300米级拱坝、世界7大千万千瓦级水电站——乌东德水电站。

“打造最值得信赖的工程建设管理品牌”是西北院“西北咨询”品牌的奋斗愿景。“西北咨询”扎根国内绝大多数特大型水电工程，直接参与建设管理的水电装机容量超过110GW。在乌东德水电站，“西北咨询”承担着主体工程65%的监理任务，这其中70%的工作落到了大坝工程部的肩上。

⊙齐心协力治顽疾

3月，干热河谷里的乌东德已热浪滚滚，正在巡检的庞国伟汗如雨下，站在右岸坝顶平台上俯瞰大坝，上千人同时作业、近乎 90° 高陡岩壁、近 1000 米高边坡开挖及治理，一切如火如荼。他眺望着对面山头，锚索墩头密密麻麻点缀其上，一时间回忆如潮，浩瀚工程中的这每一个“小点”当年却如婴儿一般被细心呵护。

4 年前，同样是 3 月，左岸进水口边坡一派热火朝天的施工景象。坡面在锚索造孔过程中，遇到大片溶蚀区及溶洞群，多处隐于山体内不可见，成孔难、注浆难等问题导致开挖支护施工进度整体滞后。以 K21 溶蚀区 MS-20 号孔为例，最大注入水泥量达 86 吨仍未注满。

为确保工程质量、节约工程投资及促进施工进度，参建各方商讨决定对锚索施工工艺进行调整，采用西北院在小湾水电站监理的技术攻关成果——“布袋法”进行施工。“布袋法”施工，通俗理解即“索体外套一布袋、透水不透浆”，能彻底解决钻孔注浆时浆液无休止地流失这一重大难关。但施工工艺的难题接踵而来。副总监普新友立下军令状，监理人员从“人、机、料、法、环”各个方面对生产性试验全过程跟踪摸排。大家自觉取消中午休息时间，分作两班扎根于现场，班子成员身先士卒留守现场指导作业，结合实际

情况不断优化调整参数和改进工艺。最终提出并推广了内锚固段“电阻注水检查法”，有效解决了技术难题。这场历练，保障了工程质量及进度受控，同时降低了施工成本，显示了“西北咨询”的技术实力。

⊙狠抓细节筑精品

2016 年是大坝拱肩槽开挖的攻坚之年，也是关系大坝混凝土顺利开浇的关键之年。在进度方面，为确保 9 月底拱肩槽开挖全部完成的节点目标，左右岸拱肩槽需以 13 天 / 层的速度下挖，但实际开挖进度却大打折扣；质量方面，由于拱肩槽体形不规则、必须一次成形，开挖指标控制严格；安全方面，由于拱肩槽一坡到底，不设马道，不设系统支护，安全风险突出，存在孤石滚落、高空坠落、大坡面无防护措施等风险。

为保质、保量、安全地完成年度目标，监理中心成立了“乌东德水电工程大坝拱肩槽开挖项目青年突击队”。突击队结合以往工程经验，通过摸索、研究，优化了拱肩槽施工管理程序，完善了“三定”“五校”制度；通过采用“超欠平衡法”、钻杆加装扶正器、创新测量工具、“一爆一设计、一爆一总结”等措施，固化了拱肩槽开挖流程及质量控制标准，保障了施工质量及进度。开挖质量被院士及专家们称赞为“岩石上的雕刻”。

在金沙江乌东德水电站大坝工程建基面专项验收会上，验收委员会一致同意通过专项验收。同时，相关开挖支护成果业主已申报国家级优质样板工程。

⊙集思广益搞创新

百年大计、质量第一。特高拱坝混凝土施工是一个不可逆的过程，只能成功、不许失败。大坝工程部深知开挖向混凝土转序的技术准备工作的重要性，在大坝首仓混凝土开浇前半年，就开始组织参建四方研究制定了 186 项转序技术准备工作，并在坝体以外开展了多次模拟浇筑演练，以进一步对选定的技术方案进行验证。精心的技术准备和模拟浇筑演练为后续大坝混凝土

的高质量快速施工奠定了坚实的基础。

为建造一座无裂缝的300米级特高拱坝，大坝工程部与参建各方系统研究了小湾、锦屏一级、溪洛渡等类似工程的经验和教训，全面总结、不断创新、扎实推进，最终保证了全坝基采用无盖重固结灌浆+表层引管加强灌浆、全坝采用低热水泥混凝土等一系列技术创新和智能建造成果，确保了“建设无裂缝大坝”的理想目标一步步成为现实。

大坝工程部始终坚守“管住过程、守住标准、热情服务、奉献精品”的质量理念，现场严格落实“一仓一设计、一仓一总结、仓仓有提高”的监理过程管控要求，实现了工程设计指标和施工技术要求的符合率均在98%以上。功夫不负有心人！在参建各方的共同努力下，2018年大坝工程在顺利完成“双百”目标（一年大坝混凝土浇筑100万立方米，大坝均衡上升100米）的同时，实现了安全事故、质量事故的“双零”目标。

筑无裂缝精品大坝的终极目标近在咫尺。在一道道难题面前，监理人不忘初心、冲锋陷阵，最终脱颖而出。这，便是“西北咨询”的特色烙印。

⊙人才培养传佳话

下午时分，监理中心会议室被洒进的金色阳光和奖牌映照得十分明亮。“中国大坝工程学会技术发明一等奖”，四川省“工人先锋号”“五一劳动奖章”，陕西省“青年安全生产示范岗”，金沙江流域乌东德工程建设先进集体、先进班组……这是“西北咨询”人克服重重磨难换来的结果。

“西北咨询”尊崇“诚信、负责、务实、利他”的企业精神，替业主分忧，为工程着想，在监理任务中承担了大量的设计审查工作，承担了许多施工科研攻关项目，提出了许多合理化建议，解决了许多工程施工技术难题。乌东德艰巨复杂的工作特点为西北咨询培养了一批优秀人才，使乌东德监理中心成了西北咨询又一个人才培养基地。

在推动工程稳健向前的同时，岁月亦在众人脸上留下了风霜的痕迹。当初从向家坝转场过来的小黄到达乌东德的当晚，突遇电闪雷鸣，看着闪电映

照出大山及路边悬崖峭壁的轮廓，那一瞬间感觉自己像是被“流放”了。如今他已从最初的不适应到得心应手，并从现场监理走上了部门领导岗位。大坝工程部小吕也通过自身努力考取了“一级建造师”资质，由当初的“小鲜肉”成长为部门中流砥柱的工程师。在极端最高气温达 42.7℃的乌东德，小杨当年的白皙已不再，俨然变成了“小黑”。

在与他们的交谈中，落脚点常常是对困难的不言放弃，对水电事业的那一份执着与热爱。他们在一线的艰苦环境中不断修为、历练，自身的内在素质也在潜移默化下得到提高，如今已经成长为监理的业务骨干，并且将他们的经验毫无保留地“传帮带”给更多的新人。

团队档案

中国电建西北院乌东德水电站监理中心大坝工程部成立于 2013 年，主要负责大坝土建及金属结构安装工程、左右岸高位自然边坡治理和工程边坡开挖支护工程、金坪子滑坡体和 K25 溶洞治理工程以及场内绝大部分辅企项目施工监理。曾荣获 2016 年度、2018 年度四川省总工会“工人先锋号”、金沙江流域乌东德工程建设先进集体、国家工程建设（勘察设计）优秀 QC 小组二等奖等多项荣誉。

金沙江巨型高坝的“护航者”

——记中国电建成都勘测设计研究院白鹤滩水电站监理部杨秀国

作者：邱　云　余东延　李　爽

金沙江，发源于各拉丹东雪山。涓涓细流是她最初的模样，穿横断山脉一路向东，接纳百川、大气初成，流成长江最具个性的一段。然而，多少年来，滔滔江水白白流失，丰富资源没有得到开发利用。

伴随着国家西部大开发号角的吹响，跨越千山万水，金沙江上掀起了前所未有的水电风云——向家坝、溪洛渡、白鹤滩、乌东德，一座座水电巨制在开发大潮中冉冉而起，一批批建功金沙江的水电人在战役中生动而立。

成都院四川二滩国际的杨秀国，就是他们中的典型代表。从 1991 年二滩水电站开工的那天起，30 年来，杨秀国几乎是在工地现场度过，为大坝建设的安全、质量、进度“保驾护航”。作为总监，杨秀国全过程管理了金沙江上的溪洛渡、白鹤滩等世界水电的顶级工程，以江河情怀和工匠精神，为项目建设贡献力量，也享受着工程成长、蜕变带来的喜悦与收获。

⊙世界工程的护航者

溪洛渡，作为当时世界在建的最大水电工程，被潘家铮院士称赞为“世界级伟大工程”，其高达 285.5 米的巍巍拱坝，让世人瞩目。成都院二滩国际承担大坝主体监理，二滩国际副总经理杨秀国，被委以溪洛渡项目总监一职。

作为团队的领队来监理一个巨型工程，这名水电老兵肩上的担子，着实不轻。

在很多人眼中，杨秀国具有让人敬佩的创新思维和整体把控能力。事实上，他既能把握好宏观，又对细节“咬定”不放松。2009 年，溪洛渡大坝即将进入混凝土浇筑高峰期，为保证人员充足，监理项目部各部门都充实了一些新同志。将松散人员变成有机整体，达到配合默契，发挥出团队最大能量，是杨秀国经常思考的重要“细节”。他组织项目部全体人员进行项目分工与工作交底，让每个人胸中有数，做到“有的放矢”。各级人员的岗位职责，每个人所负责的范围，工作内容，需要衔接配合的事项，他都进行细致安排。类似于这样的协调会定期开展，有时一开就是好几个小时。

在溪洛渡的那些年，杨秀国严格自律，率先垂范，早起、早到，迅速投入工作状态。这种自律默默影响着周围同事，整个

项目部几乎无人迟到早退。良好的精神状态对工作的推进、工程的建设作用毋庸置疑。

溪洛渡工程注定是一代水电人的骄傲。坝肩、坝基的开挖，犹如精雕细琢的艺术品；横跨两岸的双曲拱坝，犹如巧夺天工的山间彩虹。这其中，倾注了杨秀国团队的汗水。

他们和衷共济与众多建设者一道，将这一浩大的、影响深远的工程成功地屹立在金沙江上。

2016 年，溪洛渡水电站揽获菲迪克工程项目杰出奖，这是对中国“水电名片”的肯定，也是对包括杨秀国在内的建设者们的褒奖。

⊙工地为家的奉献者

2012 年，对二滩国际而言，注定是不平凡的一年。

这一年，溪洛渡水电站建设取得全线胜利，因在溪洛渡监理工作中表现

优异，二滩国际再次中标白鹤滩大坝主体工程监理。业主要求将溪洛渡监理团队逐步全面转战白鹤滩，能获得如此高的信任，在公司监理业务拓展史上堪称典范。

但是，难题接踵而来。白鹤滩水电站拱坝左岸坝基660米高程以下属于柱状节理玄武岩，完整性较差，松弛变形较快。确保坝基岩石完整坚固，是高拱坝巍然矗立大江的先决条件。因此，必须防止与减少坝基柱状节理玄武岩松弛，这对施工提出了非常高的要求。

当时没有成熟的工程经验可以借鉴，杨秀国认定了一个“死理”，那就是不断地试验对比研究。他带领团队反复对左岸坝基预锚试验、开挖试验、机械开挖试验、固结灌浆试验的参数进行比对，经过夜以继日的多次论证，终于摸索出坝基开挖爆破新工艺。

对工程充满热爱，才能长期坚守工地；对员工充满关怀，才能不断壮大队伍。杨秀国是这么想的，更是这么做的。在白鹤滩大坝24小时不间断施工阶段，上夜班的员工习惯了他在班车旁的检查，以及“注意安全”的温暖叮嘱。在重要工期节点、重大施工难度的多重压力下，杨秀国率工作组扎根一线，与团队一起头顶烈日、餐食盒饭，为工程建设保驾护航。

杨秀国打造了铁的营盘，也成就了一批忠诚的勇士。2012年，基础工程部一位表现优秀的员工因故想离职，而他的专业素养正是现场急需的。在一次聚餐上，杨秀国举起酒杯，动情地对他说：“我敬你三杯，希望你留下来，我们一起把这个伟大的工程建设好。”杨秀国一向豪爽，但偶尔的“婆妈”却深藏着他对工程对团队满满的爱。正是因为这种情怀，杨秀国凝聚了一个团队，筑就了一个营盘，从溪洛渡转战白鹤滩，在金沙江上继续建功立业。

杨秀国每年的工地出勤天数均在320天以上，在他看来，选择了水电，就选择了以工地为家。当白鹤滩稳步推进，大坝浇筑步入正轨，工程即将迎来累累硕果时，杨秀国母亲病重的消息传来。一心扑在工程上的他猛然觉察，这么多年，对家人对父母，都是一种无法弥补的缺位。作为一名水电建设者，哪里需要就要在哪里扎根，却是杨秀国的自觉选择。

⊙水电技术的传承者

少了对家庭的陪伴，换来的是工程面貌翻天覆地的变化，工程难点一个接一个的解决。杨秀国用初心与使命积累下丰富而高超的筑坝经验，也时时不忘“传、帮、带”团队中的年轻一代。

传承，是一个团队永葆生命力之关键所在。早在溪洛渡工程建设时期，杨秀国独具慧眼，发现了有个叫黄正海的年轻人，是个好苗子。

在工作中，杨秀国给他压担子，耐心引导，大胆启用，严格要求，成为一名“伯乐”。作为黄正海清华大学水利水电工程硕士论文的企业联合导师，杨秀国总是以丰富的工作经验和理论知识，不厌其烦给予帮助指导。黄正海也没有辜负这位领导兼导师的期望，毕业论文获得清华大学优秀硕士学位论文奖，以优异的成绩和丰硕的成果回报了导师的付出。黄正海也只是这个团队中的一个生动例子，监理部在杨秀国的带领下，成长为一支不断超越、不断进取的学习型团队。

有了优秀的团队，解决棘手的难题、创造优秀的成绩便是水到渠成的事——白鹤滩大坝主体混凝土顺利开浇；大坝创造了最高强度固结灌浆的世界纪录；解决了柱状节理玄武岩坝基的世界难题；世界最大缆机群，零安全事故完成安装并全部投产；长距离砂石系统的骨料运转，与混凝土拌和楼运行，呵护大坝快速生长。

让杨秀国津津乐道的，是那横跨金沙白云间的 7 台缆机。它们是目前世界上塔架最高的缆索式起重机，也是安装施工最困难的缆机，缆机小车行走速度达每秒 8 米，达到目前国内缆机运行效率最高水平。杨秀国从关注它们搭建到顺利运行，付出了自己的无数心血。

中国水电事业发展迅猛，离不开一代又一代人的传承与创新。杨秀国注重科研总结与成果转化，希望自己也能为这份事业传承力量。2018 年，他组织参与三峡集团 QC 小组活动，荣获三项中国水利工程协会颁发的 QC 小组成果奖，参与编著《特高拱坝智能化建设技术创新和实践》，意在将优秀经验广泛推广。

从雅砻江到金沙江，从二滩到白鹤滩，杨秀国不忘初心，将足迹镌刻在祖国西南的江河之畔，亲历了座座高耸大坝的壮美蜕变，见证了中国水电建设事业的蓬勃发展。他自豪地说，这是水电建设者的骄傲与荣光，也是自己坚守一线、不断前行的动力源泉。

人物档案

杨秀国，1964 年 7 月出生，四川省射洪市人，中共党员，大学本科，正高级工程师，先后参与二滩、龙滩、溪洛渡、白鹤滩等水电工程建设，现任中国电建成都院四川二滩国际工程咨询有限责任公司顾问，荣获金沙江流域劳动竞赛优秀建设者称号。主持开展的课题曾获中国水电监理协会一等奖、中国岩石力学与工程学会一等奖、中国电机工程学会一等奖以及中国水力发电工程学会特等奖等。

第四篇

施工篇

肖佳法 摄

施工，水电工程建设的主力军。

他们来自五湖四海，从四面八方走来，集结在汹涌肆虐的金沙江畔。江畔连绵不绝的高山草甸枯荣之间，见证了他们用汗水修筑的水电站一点点雏形具现。

在机器轰鸣的现场，在人流涌动的坝上，随处可见他们穿梭忙碌的身影。没有人比他们更熟悉，享誉世界的水电站，是如何从一粒沙土成长起来的。

这里环境恶劣，生活单调。然而这群世界级水电站的建设者，正在用钢筋和混凝土奏响水电赞歌。

创造奇迹的一群水电人
——记中国能建葛洲坝集团白鹤滩施工局地下厂房应急加固党员突击队

作者：张林茂

“参与建设白鹤滩这座国家重点能源工程，务必要做到政治站位高，党性意识强”——中国能建葛洲坝集团白鹤滩施工局局长龚世桨对地下厂房应急加固党员突击队员们提出了明确而坚定的要求。在白鹤滩水电站建设中，党员突击队员们不忘初心，牢记使命，用忠诚和胆略，以铁的意志、铁的担当、铁的作风，创造了奇迹。

⊙险情急于星火，排险刻不容缓

2017 年 12 月 25 日，一个让葛洲坝人惊心动魄的日子，一份来自监测单位对白鹤滩水电站右岸地下厂房的监测报告，让他们焦思苦虑，夜不成寐。

报告里提到：“右岸地下厂房 0~40 顶拱及 0~55 下游拱肩围岩连续三天变形量达到了 4mm，多束监测锚索受力显示锚索荷载已超设计 50%，周边洞室混凝土开裂掉块现象严重。”若不及时采取有效措施进行处置，随时会面临洞室顶拱坍塌的风险，后果不堪设想。

险情十万火急，让承建右岸地下厂房的白鹤滩施工局每一位建设者牵肠挂肚，昼夜难眠，更引起了三峡集团公司各级领导的高度重视和极大关注。

2018 年 1 月 1 日，白鹤滩工程建设部组织相关部门召开紧急会议，分析原因，汇总险情；

2018 年 1 月 2 日，时任三峡集团副总经理樊启祥亲临现场，组织召开了如何处理白鹤滩水电站右岸地下厂房小桩号洞段围岩突发变形专题会议，商定对策；

2018 年 1 月 30 日，白鹤滩工程建设部再次组织召开《右岸地下厂房小桩号洞段应急加固施工安排专题会议》。会议要求无论采取什么措施，遇到多么大的艰难险阻，都必须排除险情，确保工程整体安全稳定。

⊙不负祖国重托，敢担千钧重任

龚世柒是白鹤滩施工局的“领头羊”，更是党员突击队中的一员。面对险情，他镇定自若，主动放弃节假日，昼夜加班，和班子成员制定出应急加固工作方案和保障机制，并及时成立了由 23 人组成的“右岸地下厂房围岩应急加固党员突击队”。这是一支始终不忘共产党员初心，牢记党员使命，有忠诚和胆略的队伍。他们用钢铁般的党性意志和对党、对人民的无限忠诚，撑起了排除白鹤滩水电站右岸地下厂房重大险情的重任。

突击队员们知道在施工时会遇到不可预见的困难和危险，但没有一人临阵退缩，他们不负祖国重托和人民期望，把一切献给了祖国大国重器事业。突击队员技术部长李英说：“地下厂房的险情和难度是众所周知的，每个突击队员的心里都沉甸甸的。可是我们是共产党员，我们不上谁上！”突击队员陈红明说：“当我从龚局手中接过党员突击队旗时，感到无比的光荣和自豪，心潮澎湃，感慨万千！也感受到这面旗帜的分量有多重。党把这么光荣的任务交给我们，是对我们的信任和鞭策，再险、再难、再苦，我们也要坚决完成这项使命！”多么朴实的语言，它发自一位普通党员的口中，却代表了全体党员突击队员的心声，真实地反映出共产党员在险情面前自觉听从党的召唤，服从党的安排的英勇气概。23 名党员突击队员以精卫填海的大无畏精神接受了任务，承担起筑梦大国重器，福泽子孙的重任。他们的表现凸显出坚强的党性。接受队旗时，全体突击队员表情严肃，齐声喊出“一个党员就是一面旗帜”“请党组织考验我们吧！”的铿锵誓言，喊出了热爱祖国的豪言壮语！掷地有声，在右岸地下厂房内久久回荡。

⊙攻克世界难题，彰显崇高境界

右岸地下厂房小桩号侧洞段顶拱及边墙围岩有几十米高，高度相当于 14 层楼房，施工难度和危险度可想而知。明知虎尾春冰，突击队员们仍置生死

于度外而赴汤蹈火，这是多么崇高的境界。

大年三十和初一，是神州大地阖家团圆的日子，突击队员们却昼夜奋战在应急加固排险第一线。施工现场灯火辉煌，着红色施工服的突击队员们穿梭于排架上，就像朵朵小红花点缀在围岩上。十几台锚索钻机突突轰鸣，岩尘弥漫，热火朝天。为了所肩负的使命和重任，他们远离亲人，奋战在白鹤滩水电站右岸地下厂房内，争分夺秒，扎锚灌浆，无间隙作业施工，发扬共产党员特别能吃苦、特别能战斗的优秀品格和精神。面对险情屏气慑息，不畏艰险，其磅礴之气势和胆魄，足以“惊天地，泣鬼神”。这惊心动魄、感人心脾的场面，仿佛歌唱家刘秉义演唱的《咱们工人有力量》之豪迈而热烈旋律的演绎。

每一名突击队员都有闪光而动人的故事。两鬓斑白，现年 57 岁的农民工党员李加荣在成立抢险突击队时主动请缨，立下军令状。他负责应急物资的组织并投入数十台锚索钻机和百余名劳力，仅用数月，便高标准、高质量完成了所负责的锚索施工任务。

因施工通道狭窄，无法实施设备运输，突击队员们每人每天要背负几十斤重的零星材料在 49 米高的排架上上下攀爬三趟，其中苦累，常人难想。突击队员祁光鹏说：“上下爬一趟膝盖就疼一次，一天三次下来，劳筋伤骨。今年我本来要回老家过春节的，领导都批了，后来被选中为抢险突击队员，我只能放弃回家过年的打算。我已经好几个春节没回家了，觉得很愧对亲人！”说到这里他突然鼻子一酸，眼里瞬间盈满了泪。

“我连续几年未回家与妻儿团聚了，今年又不能回家与家人共度除夕，妻子和孩子便从老家赶来工地陪我。做了‘水电人’后，我欠她们的太多太多了！”提到亲情，灌浆工程部经理陈红明的眼圈一下红了。

突击队员刘彦龙，与妻子（双职工）共同留守工地，爷爷突发脑梗瘫卧在床，因应急加固任务重，直到爷爷离世，他俩也未能与爷爷见上一面。

龚世柒、王林、李英、吴正茂、刘彦龙、喇顺勇、李江涛等多名突击队员的情况，都与祁光鹏、陈红明、刘彦龙一样动人心扉。他们胸怀国家利益，装着祖国梦想，有一颗强烈的责任心，舍小家而顾全局，几年除夕和春节都坚守奋战在白鹤滩水电站的工地上，他们平凡的人生在金沙江畔熠熠生辉。

顶拱及边墙围岩变形应急加固任务，从 2017 年 12 月 25 日到 2018 年 7 月 5 日结束，历时七个多月。突击队员们凭借高超的技艺、精湛的技术、灵巧的双手、惊人的毅力和胆略，攻克一个又一个险阻和世界难题，最终彻底控制了地厂围岩深层次变形。经精密测试，变形量终于控制在了 0.5mm 范围内，这是多么伟大的一项壮举。“想起当时的险情，现在都还后怕。”技术部部长李英这样说。这些大国重器筑梦人在白鹤滩水电站建设中，“捧着一颗心来，不带半根草去”，创造了世界地下水电建设工程史上的神话，他们应急突击的成功事例，具有不言自明的说服力。

团队档案

中国能建葛洲坝集团白鹤滩施工局右岸地下厂房围岩应急加固党员突击队成立于 2018 年 1 月，主要负责右岸地下厂房围岩变形应急加固，排除险情工作，在抢险加固中始终不忘共产党员的初心，牢记党员使命，用忠诚、胆略和民族精神，以铁的意志、铁的担当、铁的作风，圆满完成该项急难险种施工任务，向党组织交上了一份满意的答卷，受到业主高层领导的高度好评和认可。

白驹过隙　无怨无悔
——记中国能建葛洲坝集团白鹤滩施工局龚世柒

作者：郭洪兴

30 年，时光悠悠，而对于龚世柒来说，这一万多个日日夜夜仿佛只在弹指一挥间。

父母都是“葛一代”，他是标准的“葛二代”。沿着父辈的足迹、带着“葛洲坝人”的精神，他走进了水利水电行业。日复一日，年复一年，这一干就是 30 个春秋。

如今，龚世柒担任中国能建葛洲坝三峡建设公司总经理助理兼任白鹤滩施工局局长，带领一帮人战斗在一线建设“大国工程”——白鹤滩水电站。

“离开水利水电行业，我都不知道能干什么，”龚世柒说，“为了上一辈水利水电人的梦想，我将不离不弃。”

30 年来，龚世柒一直奔跑在中国水利水电的路上。这一路上，有汗水、有成就、有辛酸、有骄傲，他用自己特有的方式谱写出了精彩而又华丽的人生篇章。

⊙情怀：进入水利水电行业无怨无悔

时光流转，岁月更迭，从 1989 年到 2019 年，从刚满 19 岁的小伙子变成已近天命之年的水利水电人，龚世柒进入中国水利水电行业已整整 30 年。

白鹤滩电站，在建规模世界第一，建成后单台发电机组 100 万千瓦、装机总容量 1600 万千瓦。中国能建葛洲坝集团白鹤滩施工局成立于 2011 年，作为工程建设主力军，主要承担白鹤滩水电站右岸导流洞、右岸排风洞、右岸锚固洞及右岸引水发电系统四个标段施工任务。龚世柒作为白鹤滩施工局一线的总指挥，肩上的担子和责任不言而喻。作为白鹤滩施工局建设一线的“领头羊”，他皮肤黝黑、身板挺拔，浑身散发出一股子坚韧的气概。

一个职业干三天，那叫新鲜。干三年，那是一份工作。干 30 年，那一定是情怀。龚世柒在水电水利行业为何能够坚守？这源于他受父母影响颇深，从小与水电结缘。

回想起小时候，虽然父母成天忙于工作，家里兄弟四人只能大的照顾小的，但是却十分快乐。

“小时候，看见父母在葛洲坝建设中获得一朵红花的奖励就非常开心，”龚世柒说，“我们的父辈那才叫奉献。”话语中流露出深深的自豪。

“今天来看，我就是为中国水利水电而生，”龚世柒说，“感谢我们国家水利水电建设大高峰这个时代。假如再给我一次选择的机会，我仍将义无反顾，继续选择中国水利水电。”

⊙管理：既严苛又温暖

白鹤滩电站的建设举世瞩目，作为一线建设的总指挥谈何容易？在工作上，龚世柒要求严苛，在生活上，他传递给下属的是一种温暖，刚柔并济、张弛有度。

“大国工程”的建设不是纸上谈兵，如何增强凝聚力提升战斗力？企业文化建设是关键。

作为“领头羊”，龚世柒努力更多、付出也更多。“无论晴天下雨，他始终是第一个到。”中国能建葛洲坝三峡建设白鹤滩施工局办公室主任孙博说，“他以身作则，不用说，大家也都以他为榜样，为实现水电报国梦而努力着。”

2017 年底，正值年关岁末，地下厂房开挖出现险情，龚世柒身体力行、率先垂范，带领 20 余名党员迅速组建“党员抢险突击队”，同一线工人并肩作战，直到险情排除才抽出几天时间回家与家人团聚。

“小项目谈利润，大项目谈文化、谈影响力和价值。”龚世柒说，“把经验转换成成果传承给下一代，就是我心目中的最大价值。”

他工作上对下属要求十分严厉，生活上对同事关心无微不至。

白鹤滩一线建设者，常年面对大山，与亲人分离，难免有情绪上的波动。龚世柒领导着施工局，把营地打造成“家”。从建立健身房、卡拉 OK 室、职工书屋等职工文娱活动中心，到组织篮球赛、羽毛球赛、乒乓球赛等，通过精神引领来丰富职工及民技工群众业余文化生活，尽量满足职工及民技工日益增长的精神文化需求。

“我结婚后有了小孩，龚局长到总部协调，把我爱人从一线调回后方，目的是方便照顾小孩。”中国能建葛洲坝三峡建设公司白鹤滩施工局工程技术部部长李英说。

白鹤滩施工局关心下属职工，采取了多样化的做法。“留守儿童慰问”“金秋助学”“捐款帮扶”等活动充满着人情味。

⊙选择：为了水利水电“放弃”了家人

自古忠孝难两全。30 年间，龚世柒与家人聚少离多，每年虽有两次休假机会，但多因工作需要而主动放弃。

“说实话，回想起来我都不知道女儿是如何长大的，”龚世柒说，“面对父母和妻子，我不是一个合格的儿子和丈夫。”

常年生活在大山，常年战斗在水利水电一线，磨炼出龚世柒的铮铮铁骨，谈及家人时，却自然流露出一份柔情。

“脚下是白鹤滩电站，属于在建世界规模第一，”龚世柒说，“从这方面讲，我很有自豪感。”

诚然，见证中国水利水电发展的人不多。龚世柒此语一出，直言了他奉献水利水电事业的决心。而从那方面讲呢？剩下的话他没有说完，沉默表达了内心那份对家人的愧疚。

有人问他曾经动摇过吗，想要离开过吗？“如果说没有那是假的，”龚世柒回答说，“但 2005 年我参与三峡电站的建设，项目受到国家最高领导人的

关注，从那时起我就立志把水利水电当成我一生追求的事业。”

如今，参与白鹤滩电站的建设后，龚世柒感觉肩上的担子愈来愈重。他说，中国水利水电已经走到了全世界的前列，高处不胜寒，我们不仅要考虑从传统技术到智能制造设备上的升级更新，更重要的是要对中国民族的信仰和文化进行传承和发展。

龚世柒，中国水利水电人代表之一，30 年来奔跑在中国水利水电的路上，始终不忘初心。让人慨叹的是他对梦想的坚定和执着，让人动容的是他内心深处的那份水电情怀！

人物档案

龚世柒，1970 年 5 月出生，湖北竹山人，中共党员，大学本科学历，高级工程师，先后参与三峡、隔河岩、水布垭、溪洛渡、白鹤滩五座大型水电站建设，现任中国能建葛洲坝集团三峡建设公司总经理助理兼白鹤滩施工局局长，荣获云南省五一劳动奖章、湖北省国资委优秀共产党员、葛洲坝集团模范共产党员。

妙手绘蓝图　匠心铸辉煌
——记中国能建葛洲坝路桥公司白鹤滩项目部朱辉煌

作者：丁　卉

层峦叠嶂的群峰萦绕着神秘深邃的金沙江，傍晚时刻，两岸习习微风吹拂着山川绿水，落日挂在山头久久不愿离去。追梦白鹤滩的水电人朱辉煌，却无心欣赏这金沙江畔的美丽景色，已经在工地奔波了一天的他，刚擦去脸上的汗水，就扑在了电脑前。一个新的优化布置方案渐渐在他的脑海中酝酿成形，妙手绘制的一张张系统设计蓝图定稿了，对于他来说，这个夜晚与无数个夜晚一样，又将是挑灯不眠的一夜。

43 岁的朱辉煌，现任中国能建葛洲坝路桥公司白鹤滩项目部总经理。2000 年大学毕业后，他被分配在水电一线从事施工技术工作，水布垭、景洪、居甫渡、溪洛渡等重点水电工程项目上都留下了他深深的足迹。到 2012 年从溪洛渡转战白鹤滩时，他已在金沙江畔连续奋战了 12 个春秋。12 年风霜雪雨，朱辉煌始终心怀崇高的使命感和新时代工匠精神，恪尽职守、开拓创新，为金沙江流域水电工程建设奉献着青春和智慧。

白鹤滩荒田、砂石及混凝土生产系统是白鹤滩工程的三大“粮仓”之一，承担着为水电站导流洞、泄洪洞、尾水系地下厂房系统及水垫塘、二道坝等重要工程生产供应优质砂石骨料和成品混凝土的重任。面对责任重大的任务，这位经历过诸多大型砂石系统设计、建设及运行管理的水电将士，以其扎实的技术功底和精益求精的工作作风，带领项目部广大员工攻克了一道道难关，为推进白鹤滩水电站工程建设作出了不朽的贡献。

⊙脚踏实地的实干家

随着白鹤滩水电站混凝土浇筑全面铺开，荒田砂石拌和系统迎来了建成投产后的供料高峰年，面对巨大的生产压力和设备老化、人员短缺等困难，朱辉煌始终把诚信履约、优质供料挂在心间，他亲自参与并指导开展以“践行新理念、建功‘十三五’”为主题的劳动竞赛，一方面加强生产组织与设备维护保养，合理调配资源，确保混凝土 24 小时全天候供料；另一方面鼓励员工不只要把工作当作养家糊口的手段，而要穷尽一生磨炼、提升业务技能。通过积极的竞赛，系统创下单月最高月供应混凝土 12.88 万立方米和最高年产量的纪录。

在水电砂石骨料加工领域，朱辉煌是公认的行家里手。他参与编写了《DL/T 5311—2013 水电水利工程砂石料开采及加工系统运行规范》《DL/T

5724—2015 水电工程砂石系统废水处理技术规范》两本行业规范，并有多项科技成果先后获得“2011 年度中国电力建设科学技术成果二等奖”“葛洲坝集团公司科技进步一等奖”。他申报的“一种用于混凝土生产的防堵节能输冰系统”实用新型专利，于 2016 年获得授权。他还在《人民长江》和《水利水电技术》核心期刊上，发表了《骨料针片状含量控制研究与生产实践》《硐室爆破技术在人工骨料加工系统毛料开采中的应用》等多篇科技论文。

⊙安全质量的标杆

荒田混凝土预冷系统液氨加注量达 80 吨，被白鹤滩工程建设部和葛洲坝路桥公司双重确定为重大危险源。在生产系统设备众多，加工环节复杂，劳动力密集等巨大安全生产压力下，朱辉煌以如履薄冰、如临深渊、敬畏生命的态度，将安全管理贯穿于工作的始终，以白鹤滩工程的“四大”“五防”为抓手，深入推进安全管理工作前移，层层压实安全生产责任制，强化职工安全意识、安全技能提升和隐患排查治理工作。通过不懈的努力，项目部安全生产始终处于受控状态，连续六年实现了在高温、强风、地震灾害多发的复杂环境中安全工作“零事故”目标。

在质量管理上，他深耕细作，朝着把白鹤滩工程打造成“国之重器”的目标，以强化试验室管理为抓手，从源头把关、过程控制和仓面质量跟踪等方面严把质量关。荒田系统所供混凝土出机口坍落度、含气量、温控指标合格率长期稳定，达到了白鹤滩“超一流精品工程”的质量标准。

⊙环境保护的践行者

水电工程砂石加工系统大多采用湿法生产工艺，但湿法生产必然产生大量高泥沙废水，在建设美丽中国的今天，如何经济高效地处理这些废水，成了砂石加工一道绕不过去的难题。在没有成功案例和成熟工艺可以借鉴的困难面前，朱辉煌没有退缩，与技术人员一起研究分析水质特点，开展大量针对性试验，依托溪洛渡和白鹤滩人工骨料加工实例，成功总结出“石粉回收

预处理 + 混凝沉淀 + 压滤脱水 + 中水循环利用”的废水处理工艺，解决了废水处理难题，首次实现了砂石加工废水零排放。该工艺被三峡集团确定为标准工艺，在白鹤滩、乌东德、卡洛特等工程中推广应用。朱辉煌用智慧把昔日荒草乱地化为“花园式”骨料工厂，把砂石骨料加工难关化为科技创新的成果，在金沙江畔打造了一个绿色环保“亮点”工程。

正如他在一篇新闻报道里写的那样，“产绿色砂石，还一江碧水”，他用一名水电人的责任和使命，向祖国的大好河山许下了庄严的承诺，践行了“绿水青山就是金山银山”的发展理念。

⊙廉洁奉公的表率

作为项目的领头人，朱辉煌坚持加强政治学习，增强党性修养，深刻领会习近平新时代中国特色社会主义思想，以《党员领导干部廉洁从政若干准则》严格要求自己。在工作上，他主动作为，项目经营管理各个环节有章有节，规范有序；在生活上，他艰苦朴素，与员工同吃一个食堂，对外不搞“变质、变味”交往，坚决反对“吃、拿、卡、要”等违规行为，他勤政廉洁的高尚品德受到了外协队及员工的高度赞扬，为干部群众作出了表率。

“路漫漫其修远兮，吾将上下而求索。”十二载的春华秋实，朱辉煌用奋进与智慧为座座水电丰碑添砖加瓦。一串串丰收的硕果，让他华丽蜕变、延续辉煌。在孜孜不倦的探索中，他诠释和践行了一位追梦白鹤滩的水电人无怨无悔的初心和梦想。

人物档案

朱辉煌，1976 年 6 月出生，湖北通山人，中共党员，硕士学历，高级工程师，先后参与水布垭、景洪、居甫渡、溪洛渡、白鹤滩等水电站建设，现任中国能建葛洲坝路桥公司白鹤滩荒田砂石及混凝土系统施工项目部总经理，曾获四川省“五一劳动奖章”“金沙江流域水电工程建设优秀建设者”等荣誉；他研发的“石粉回收预处理 + 混凝沉淀 + 压滤脱水 + 中水循环利用”废水处理工艺获“中国电力建设科学技术成果二等奖”“2015 年度电力建设工法”等多项荣誉。

白鹤滩“地下铁军”的主攻手
——记中国能建葛洲坝市政公司白鹤滩水电站工程项目部朱旭

作者：金莉华

2015 年 3 月 6 日，中国能建葛洲坝市政公司第五工程处处长朱旭，被正式任命为白鹤滩水电站工程项目部经理。流水易逝，时光荏苒，不知不觉他和他的团队已在此项目中工作了四年有余，对于一名从事了 37 年的水利人来说，他从开始投入白鹤滩水电站工程，就知道身上所肩负的责任和使命。作为一名“葛二代”，他时刻牢记和传承了父辈的“葛洲坝精神”，勤干、苦干、实干加巧干，不畏滚滚长江水，在白鹤滩头再筑巍巍“葛洲坝”！

⊙建设团队的“主心骨”，攻坚克难的“主攻手”

白鹤滩水电站灌浆施工工程量大、工期紧、点多面广、地质条件复杂，施工过程中出现诸多复杂情况。作为项目经理，朱旭深知责任重大，进场后他就马上组织技术、施工和相关人员进行安全、施工方案及成本分析，狠抓质量管理，严格执行“三检制”，定期到施工部位进行安全和质量检查。在帷幕施工中，由于移交施工面滞后，他带领项目团队到现场深入研究，制定了廊道衬砌和没有衬砌同时进行主帷幕施工的施工方案，得到了设计、监理和业主的认可，三方质量检测达到合格率 100%，质量优良率 95% 以上。在主厂房及底板施工时，他针对施工面分散、工期紧的特点，优化施工设备，采用多臂钻和 135 风钻相结合、移动灌浆平台的施工方案，将工期由原来的 8 天缩减为 4 天，为后续施工赢得了宝贵的施工时间。在 8 条引水下平施工洞施工时，如采用常规的排架施工，会造成工期长，成本高，他针对施工洞径大的情况，经现场查看研究采用多臂钻和吊车阻塞的施工方案，把本来需要三个月的施工周期压缩到一个月完成，为后续的压力钢管安装提供了充足的施工时间。在大家的眼中，他就是这个建设团队的“主心骨”、攻坚克难的“主攻手”，只要有他在，不管遇到什么困难险阻，都可以面对克服解决。

⊙“军功章”有我的一半，也有她的一半

对于在“外营点”的水利人来说，长年累月出门在外，家里如果有什么事情，基本指望不上。即使春节过年，这种全家团圆、开开心心的日子，作为项目部经理，他也始终带头坚守在白鹤滩水电站工程第一线。

2019 年 1 月 8 号，正是年前赶工期的关键时间段，当天他刚从乌东德工地赶到白鹤滩工地，正在组织项目部管理人员召开年前施工安排及过年放假的会议，就接到家里的电话：他的爱人因摔倒造成髌骨骨折，不敢告诉两边的老人，孩子又

在外地上班，当晚检查结果出来后，医生说必须马上手术。他只能委托在宜昌的亲戚和朋友帮忙照看他的爱人，在布置好白鹤滩工地的工作事项后，回宜昌待了两天，又立即赶回了白鹤滩工地。幸运的是，同样是“葛二代”的爱人，心里清楚自己的丈夫是一名水电工作者，为了白鹤滩水电站工程的建设，能够理解和支持他，让他没有后顾之忧，把更多的精力用在建设白鹤滩水电站工作中。

有时候在和同事聊天中聊到此类话题，他也难掩愧疚，深有感触地说：“说实话，心里总是觉得挺对不起家里的老人、孩子及爱人的，更多的担子就压在了爱人的肩上，她要照顾两边的老人，老人年纪都大了，有个头疼脑热和身体的不适，都得她去跑，对于孩子的成长教育、生活，她付出了更多的心血。对于爱人，我是有愧疚感的，心疼的。军功章有我的一半，也有她的一半！”

⊙身患疾病仍坚守岗位，只为万家灯火

一般来说水电站都是建设在交通不便利、人迹罕至的地方，这样的情况

就造成了水电建设者们生活、就医和出行的诸多不方便。白鹤滩大桥营地没有就医门诊，平时有个感冒、胃疼的小毛病只能去镇上，开点药或输完液再回营地，严重点的就要花费好几个小时去县城。因为怕耽误工期，他经常是忍一忍继续坚持工作。2017 年 10 月，他从工地回来后，中午和晚上都没到食堂吃饭，同事喊他吃饭，他说："有点不舒服，自己吃了点感冒药和消炎药，休息一下，估计第二天就好了，大家不用担心。"第二天，他病情更严重了，头昏、全身无力。单位同事强行将他送到镇上医院后，医生建议立即住院治疗，他却说："小毛病、没事，我还扛得住！"每天打完针后，马上又赶回白鹤滩工地坚持工作。打了几天的吊瓶，病情刚好一点，因乌东德水电站他分管的项目有事情，他又连夜赶往乌东德水电站工地。

他经常说："自己在一线从事水电工作这么多年，已经习惯了，虽然我们都是平凡普通的人，但幸运的是，自己的这份工作可以为千万家的灯火通明和国家水电事业尽自己的绵薄之力，也算自己的价值实现了。"

金沙江走过了洪荒千古的无边岁月，历经了百折千回的艰难行程，最终逶迤徜徉于正在建设中的白鹤滩水电站工程。在曙光升腾的明天，我们将看

到“高峡出平湖”的波澜壮阔、丰碑垂千古的万众欢腾的壮观情景，想到此情此景，每一位参加白鹤滩水电站工程的建设者内心都充满愉悦与激动，为参与中国第二大水电站的建设而奉献出他们全部的工作激情和动力。

人物档案

朱旭，1965年12月出生，中共党员，大专学历，工程师，国家一级建造师（水利水电），1982年12月在葛洲坝集团基础公司参加工作，历任项目施工员、施工负责人、施管部部长、项目副经理、工程处处长和项目经理。现担任中国能建葛洲坝市政公司第五工程处处长、乌东德水电站及白鹤滩水电站项目经理。2015年3月他带领市政公司第五工程处转战乌东德及白鹤滩项目，在乌东德水电站100m级超深层覆盖层地下防渗墙施工中，创下滴水不漏的奇迹，获得业主高度赞誉。

敢截大江筑高坝

——记中国能建葛洲坝集团乌东德施工局

作者：魏祖强

一条缆机，倾注着一种执着的信仰；
一台蜗壳，焊接着一股拼搏的汗水；
一面围堰，凝结着一份坚毅的决心；
一座大坝，汇聚着一道无悔的使命。

浩荡的金沙江川流不息，巍峨的大山分立两旁，在云南省昆明市禄劝县和四川省会东县的交界处形成了最为壮阔的峡谷，有一群源自三峡的葛洲坝人沿着向家坝、溪洛渡、白鹤滩逆流而上，再一次截江筑坝，孕育着乌东德水电站这座新时代大国重器。他们，就是中国能建葛洲坝三峡建设公司乌东德水电站施工局。

⊙决战导流洞工程

2011 年 10 月，中国能建葛洲坝三峡建设公司中标乌东德左岸导流洞工程，随即葛洲坝乌东德施工局在乌东德山脚的一个小旅馆诞生。几间租来的土坯房民宅，几十名初入工地的前战人员，在“三通”不具备的艰苦工作环境和生活条件下，硬生生地形成了施工局前期的临时指挥中心，顺利打开了施工局面。

2012 年 9 月，两条导流洞上层中导洞顺利贯通。

2013 年 7 月，首仓边顶拱混凝土开仓浇筑。

2014 年 4 月，左岸导流洞开挖施工完成；8 月，混凝土浇筑全面完成；9 月 25 日，乌东德左岸导流洞工程顺利通过过流验收。

……

经过 3 年艰苦卓绝的努力，乌东德水电站左岸导流洞工程按期实现下闸、度汛、过流等一系列预定目标，于 2014 年 12 月 31 日顺利实现过流。这 3 年来，葛洲坝乌东德施工局勠力同心，攻坚克难，深入开展各类劳动竞赛、专项质量检查活动，将各类施工问题和解决措施融入制度建设，形成项目治理的长效机制；全力完善管理机构，充实管理人员，明确各层级的管理职责，在施工方案优化、生产进度推进、安全质量控制、生产要素投入等方面攻下一个个难关，啃下一块块“硬骨头”。

当时，在乌东德电站左岸导流洞出口导墙一次性成功取出长度 20.28 米、直径 19.3 厘米的完整纯碾压混凝土芯样，该长度接近国内碾压混凝土取芯最长纪录，标志着左岸导流洞出口导墙碾压混凝土施工质量达到国内较高水平。

⊙鏖战无渗围堰

乌东德水电站河床围堰设计为 3 级挡水建筑物，挡水标准按 50 年一遇洪水设计，围堰防渗墙最大深度 91 米，厚度均为 1.2 米，总工程量约 25000 平方米，堰体填筑总量约 234 万立方米，为国内目前深度最大、承担水头最高的围堰防渗墙，其施工难度之高、施工强度之大、施工任务之重世所罕见。

“凡事预则立，不预则废。”葛洲坝乌东德施工局积极通过试验段施工，及时确定了防渗墙的施工方法。同时，定期召开施工技术、工程质量会议，

优化施工方案，制订详细施工计划，科学组织安排施工生产，并始终坚持质量优先，要求全体员工以高标准、高规范、高效率严格约束自身，为打造“精品工程”不懈奋斗。

尤为值得称赞的是，葛洲坝人在基坑完成下挖后，日均排水量（包括山体渗水、施工弃水）仅2000余方，平均每小时不到100方，达到“滴水不漏”的高标准，创下业界奇迹。

⊙向大坝浇筑发起最后冲刺

乌东德水电站大坝主体工程为混凝土双曲拱坝，是目前世界上最薄的300米级拱坝，大坝底部厚51米，顶部厚12米，工程结构复杂、等级要求极严、技术含量极高。

“世上无难事，只要肯登攀！”在近23个月的“苦难行军”后，葛洲坝人终于在2016年12月18日顺利完成了大坝坝基427米的开挖任务。其中，大坝坝肩槽开挖平均超欠挖仅7厘米，不平整度5厘米左右，半孔率为90.1%，质量水平被国家能源局质量监督总站专家组高度赞扬为“达到或超过国内同类电站水平”，开挖水准行业领先。不仅如此，自2015年5月启动坝肩槽开挖以来，葛洲坝乌东德施工局严格遵循“10至13天下挖一层”的高标准，从1145高程顺利下挖至718高程，创造了水工高边坡开挖的新纪录。

大坝坝基固结灌浆是建设无裂缝双曲拱坝的关键一环。乌东德水电站坝基施工总量达 14025 米，全面采用全孔无盖重加表层引管灌浆的方式，完美解决了坝体均衡上升和温控防裂等方面的问题，对于乌东德水电站后期大坝工程的结构稳定和施工质量有着非常重要的作用。

值得一提的是，乌东德工程在此前已形成砂石骨料输送、混凝土拌制以及缆机浇筑“一条龙”施工生产线，且施工局在大坝试验仓浇筑期间及时完善相关施工方案，技术标准和施工工艺，大大提高了施工效率，为后期大坝坝体混凝土浇筑提供了科学决策依据和有力保障。

⊙大坝浇筑“双百”目标实现

“艰难困苦，玉汝于成。”2018 年是乌东德水电站大坝工程不平凡的一年。年初，葛洲坝乌东德施工局在年度工作会上下达了一道“铁令”：为确保乌东德水电站按期实现蓄水发电目标，2018 年大坝混凝土必须实现浇筑超百万立方米和坝体全年上升高度超百米的“双百”目标！

这是命令！目标任务下达后，施工局从上到下都对“双百”目标给予极大的关注。大家深知，“双百”目标是否顺利实现，不仅关乎乌东德工程进

展，更是为葛洲坝品牌增光添彩的绝佳机会。

面对如此艰巨的任务，以及资源调配紧张复杂、现场环境恶劣复杂、钢衬吊装交叉施工等重重障碍，葛洲坝乌东德施工局组织局属相关部门、工程处、集团内各二级单位负责人、协作队伍负责人，召开大坝“双百”目标专题动员会议，全面部署相关工作。与此同时，要求技术部门、施管部门全面分解施工任务，严格倒排工期，落实施工进展“日报制、周报制、月报制”，对各单位、各坝段的施工计划进行对照跟踪，发现问题迅速反应；狠抓大坝混凝土生产、运输、浇筑“一条龙”生产效率，建立了混凝土浇筑滚动循环管理机制，对各标段节点工程量、完成时间等进行明确，定人定责。

任务迫在眉睫，工期时不我待。接到任务后，局属各单位、集团内各二级单位以及各协作队伍的负责人长期驻守前方工地，广大施工人员全身心扑在工作上，守在岗位上。

11 月 16 日，乌东德水电站大坝主体第 12 坝段浇筑至高程 875 米，年内坝体上升 103.82 米，成为 2018 年乌东德水电站大坝主体首个上升高度突破 100 米的坝段；12 月 26 日 15 时，乌东德水电站大坝主体工程 2018 年混凝土浇筑突破 100 万立方米。至此，施工局年内制定的大坝混凝土浇筑超百万立方米和坝体上升超百米的“双百”目标顺利实现。

团队档案

中国能建葛洲坝集团乌东德施工局成立于 2011 年，主要负责乌东德水电站大坝工程、左岸地下电站、泄洪洞等 14 个标段的施工任务，承担了乌东德水电站约 75% 主体施工任务。施工局创造了百万平方米自然边坡治理、国内最深围堰防渗墙施工、国内最大地下厂房开挖以及世界最薄 300 米级双曲拱坝浇筑等多项世界纪录，为乌东德水电站工程当之无愧的主力军。曾荣获云南省“工人先锋号”、四川省“五一劳动奖状”、湖北省“青年文明号”等荣誉。

金沙江畔铸辉煌

——记中国能建葛洲坝集团乌东德施工局张建山

作者：魏祖强

“走！修大坝去！”36 年前，他高中毕业，听闻三峡工程急需人手，怀揣着“到祖国最需要的地方去”的理想，加入葛洲坝集团的前身——葛洲坝工程局，在浇筑分局成为一名普通的施工员，开启了自己的水电之路。

36 年后，在 2019 年金沙江流域水电工程劳动竞赛表彰大会上，抱着四川省五一劳动奖章的张建山站在了领奖台中央：“要把乌东德水电站打造成为新时代的大国重器！”

作为两次进出三峡工程，且奋战过 3 个水电站的张建山，以自己的人生历程诠释着“爱国、奋斗”的深刻内涵。

⊙重回三峡，利剑回炉再淬火

2007 年 5 月，经历了三峡文化 20 余年熏陶的张建山，接受组织的安排，转战到了向家坝工程并担任混凝土项目部副经理。当时的向家坝工程正处于左岸一期基坑开挖阶段，即将迎来大坝主体混凝土浇筑重大节点目标。为了确保大坝混凝土按期开仓浇筑，在三峡工程中积累了丰富经验的他率领着大家起早贪黑先后完成了380拌和系统、上纵碾压混凝土围堰等重点部位土建施工。

2008年6月，葛洲坝集团喜中向家坝水电站二期土建大标，葛洲坝集团从二期工程长远发展考虑，派遣他重回三峡，协助时任三峡厂房项目部经理滕东海主抓三峡地下电站和升船机生产工作，为后续的向家坝水电站升船机工程积累经验。

三峡升船机工程是世界上最大的通航建筑物，在建过程中不仅技术要求高、精度控制严，而且施工难度也是空前。特别是自动爬升模板、布料杆、高精度测量仪器的应用，颠覆了过去许多传统的、经验式的施工观念和施工方法。

张建山作为主管生产的常务副经理，十分清楚高精度要求所带来的施工难度和复杂性，因此，他一方面带领施工管理人员，打破过去工序之间口头移交的常规做法，推出“筒体工序移交规范”，消除了各参建单位相互埋怨、推诿、扯皮的现象，大幅度提升了生产能力；另一方面他积极组织施工人员进行科技攻关，探索出了一套成熟的升船机施工技术，尤其是葛洲坝集团首次

应用的液压爬模，更是体现升船机塔筒施工快速、精确上升的前沿技术，使升船机施工过程中各项技术指标都锁定在规定的设计范围内，进度和质量受到了国务院质量专家组的一致好评。

“当时我们签订了军令状，只想通过自己的努力，在 2010 年 12 月初完成主变楼、辅助楼土建的全部主体工程，实现年底前交面目标，维护葛洲坝的品牌和信誉。”张建山说。

⊙临危受命，向家坝攻坚克难

正是因为在三峡工程取得了丰富的升船机施工管理经验，2011 年 2 月他被任命为向家坝施工局升船机项目部经理，再次溯江而上，一头扎进了向家坝水电站火热的工地中。此时的向家坝水电站升船机工程面临着施工手段紧缺、施工人员经验不足以及物资材料匮乏等困难。

相比三峡升船机工程，向家坝升船机平均每仓混凝土量和平衡重导轨条数高于三峡近三倍且筒体结构时刻发生变化，这些难题无疑给举步维艰的施工进度雪上加霜。

作为敢为人先、敢于超越的葛洲坝人，张建山不为困难所阻，他指导相关部门日对周、周对月、月对照进度计划进行工期倒排，并坚持24小时不关手机，随时接听施工情况汇报，及时解决施工中发现的问题。同时，他带领施工和技术团队，日夜盯守施工现场，不断和设计、监理、业主沟通，总结出了五大对策，全面深入解决了向家坝升船机面临困境，保证了筒体仓位循环周期控制在11～13天，其中最快已达到9天，超过了三峡升船机曾创下的11天仓位循环纪录，顺利地赶回了滞后的2.5个月工期。

同时，他改革了三峡贝雷架采用钢桁架支撑施工，取出了20.27米的世界级混凝土芯样，带领升船机项目获评中国能建一级安全生产标准化项目。正是他的奋力拼搏，让他获得了“金沙江流域向家坝工程优秀建设者”的荣誉称号。

⊙再战金沙，铸重器勇展雄风

2017年4月24日，时任向家坝施工局局长的张建山再次收到公司的命令，调往乌东德施工局主持乌东德工程建设。此时的乌东德工程全面由开挖施工转向混凝土施工，大坝、左岸地下电站、泄洪洞三大标段均面临大规模的混凝土浇筑施工，灌浆和机电金结也逐渐进入施工高峰期，施工任务异常繁重。

面对新环境、新形势、新任务，张建山再次发扬了不怕苦、不怕累的葛洲坝精神。白天深入现场，跑遍各个施工工点，了解掌握施工现状；晚上仔细学习招投标方案、设计图纸、施工方案，思考谋划后续施工任务。

通过数月的探索，他带领团队拿下了大坝水垫塘、地厂集水井、泄洪洞有压洞等重难点部位的施工，总结出了一系列切实可行的施工经验、管理办法。

2018年，在他的精心指挥下，大坝砂石骨料输送、混凝土拌制以及缆机吊罐浇筑“一条龙”有序运行，实现了大坝主体年浇筑量超百万立方米及大坝上升高度破百米的目标，左岸地下电站6个进水塔全线封顶、6台机组正有序向机电安装交面，泄洪洞工程 3 个进水塔全部封顶，葛洲坝速度在大国重器的建设中得到彰显。

乌东德施工局副局长胡军说：“张局长从三峡到乌东德做事一直都是雷厉风行，面对困难从不退缩，总是能以百折不挠的信心和充沛精力，带领着我们按照既定目标勇往直前。”

两出两进，书写担当豪情本色；三大电站，彰显奋斗时代风采。正是凭着这种爱国、敬业、奉献、拼搏精神，他带领施工局干部职工锁定目标、攻坚克难，努力把乌东德水电站工程打造成为新时代大国重器，为葛洲坝人在金沙江上再扬美名。

人物档案

张建山，1966 年 11 月出生，福建省莆田市人，中共党员，大学本科学历，高级工程师。先后参加三峡工程、向家坝工程、乌东德工程建设，现任中国能建葛洲坝三峡建设公司总经理助理兼乌东德施工局局长，2019 年获评四川省五一劳动奖章、2015 年获评四川省电力安全生产先进个人、2014 年获评金沙江流域向家坝工程优秀建设者。

活跃在乌东德建设一线的 57 岁总工

——记中国能建葛洲坝集团乌东德施工局张耀华

作者：武正芳

⊙现场指导亲力亲为

下午三点一刻，葛洲坝金属结构加工厂，细雨迷蒙。

一位年过半百的老师傅正在指导工人进行锥管焊接和打磨作业。伴随他多年的眼镜透出一层薄薄的水雾，火红的工装衬托出他挺拔的身姿，谆谆教导和专注的神情感染了一众同事驻足观摩。

张耀华，葛洲坝乌东德施工局总工程师，主要负责机电设备管理和金结施工管理工作。

从新村营地生活区到金坪子金属结构加工厂，再到施工一线的地下厂房，张耀华早已习惯了这三点一线的忙碌常态。当问起缘由，他谦虚地笑笑：“我从年轻时就干水电这行了，金结施工和技术设备这方面是水电站建设的一个重点和难点，工人们总是很忙碌，我也不能闲着啊！”

⊙工程建设无小事

张耀华总工做事沉着稳重，教导员工耐心细致，在许多同事眼中，他不仅是一位负责任的领导，也是一位慈祥的长辈。机电设备部的王青对张耀华总工印象深刻："张总工为人和蔼，待人亲近，尤其是对待工作严谨认真，一贯严格要求自己和身边的同事，上报的书面材料哪怕是错了一个标点符号也要特别指出来。"

"工程建设没有所谓的小事，所有的事情都应当作大事来处理，追求完美才能做好工作。"张耀华总不厌其烦地对同事这样讲。

在这一点上，机电设备部部门总工郭涛深有体会。据他介绍，刚开始和张耀华总工打交道时，没想到他是那样一个"钻牛角尖"的人，印象最深的是一次地厂设备的施工方案竟被驳回修改了七八次才宣告通过。然而，郭涛坦言："直到后来我才明白张耀华总工的良苦用心。科学标准的施工方案不仅仅是为了提升工程品质和施工效率，更是为了保障广大施工人员的人身安全。"

⊙创新攻克技术难题

乌东德水电站是一个极为复杂的系统工程，机电金结工作是其中最重要的环节之一。它不仅涉及施期砂石系统、拌和系统、缆机平台、门塔机、胎带机等现场大型施工设备的安装布置，还包含水轮发电机组、引水压力钢管、闸门、启闭机等永久设备的制造和安装。庞大的工程总量和复杂的施工工艺需要高水平的创新和先进技术作支撑，乌东德施工局面临的挑战不可谓不大。

为提升机电金结加工水平和现场的施工效率，张耀华与同事们创新引用组圆台车进行压力钢管的“立式组圆”，占用的施工场地大大缩小，从而减少了洞室开挖量和混凝土回填量，保证了项目的顺利履约。最值得张耀华自豪的是，在全体干部职工的共同努力下，乌东德施工局克服了高强度钢材的焊接技术等难题，大规模使用 80 公斤等级的高强度钢进行压力钢管的蜗壳制造，这在世界范围内尚属首次。

⊙永不消退的干劲

自 2015 年加入乌东德工程建设以来，张耀华身体力行，始终走在施工一线。带头研究机械图纸、牵头设计施工方案、指导工人现场施工，他与工区的小伙子们比毅力、赛体能，一次又一次完成了预定施工目标，极大鼓舞了员工们的士气和干劲，为乌东德工程实现一个又一个工程节点做出了不可磨灭的贡献。

当谈及目前的施工形势时，张耀华神情严肃："乌东德工程在 2017 年进入了首个机电金结安装高峰，大坝、地厂、泄洪三个标段的施工任务更加繁重，施工难度更大，技术要求更严，容不得我们有丝毫马虎大意。"

据现场同事讲，张耀华总工今年已经 57 岁高龄，最迟在 2020 年就会退休，但他工作的那股劲头却没有消退，他说："从葛洲坝水利枢纽、三峡工程到向家坝水电站，再到如今的乌东德工程，我在水电这行干了有大半辈子。希望在乌东德水电站能够站好最后一班岗，为自己的水电生涯画上圆满的句号。"

显然，张耀华是一个富有魅力和感染力的人。他把"干一行，爱一行"当作人生的座右铭，用几十年如一日的方式坚守着初心，用一言一行践行着理想信念，并期待生命最终的圆满。

下午五点半，迷蒙的天空拨云见日，乌东德云山雾罩，宛若仙境。张耀华又要启程去地下厂房监督工人施工了，车子渐行渐远，逐渐消失在灿烂的夕阳之中。

人物档案

张耀华，1961 年 10 月出生，湖北省黄石市人，中共党员，大专学历，正高级工程师。先后参加葛洲坝工程、三峡工程、向家坝工程、乌东德工程建设，现任中国能建葛洲坝集团乌东德施工局总工程师，2014 年获评四川省五一劳动奖章。

金沙江畔的混凝土“巨匠”
——记中国能建葛洲坝集团乌东德施工局赵贤安

作者：魏祖强

从学徒到技术能手，再到全国五一劳动奖章获得者，赵贤安实现了人生的一次次精彩跨越。在鲜花与掌声的背后，是他20多年来在艰苦岗位上无怨无悔的坚守与奉献，是他对混凝土浇筑新技术、新工艺孜孜不倦的学习和钻研，是他一路追求卓越的辛劳与汗水。他把平凡的工作当作毕生的事业用心经营，把每方混凝土当作艺术珍品精心浇筑，终于，这位金沙江畔的混凝土“巨匠”，成就了一段不朽的传奇。

⊙追求卓越美名扬

赵贤安身材高大，声音洪亮，行走如风，麻利中透露出精明与干练。在乌东德水电站，赵贤安是个无人不知、无人不晓的“明星”。但是，这位上过央视的湖北省首席技师、湖北省五一劳动奖章获得者、全国五一劳动奖章获得者，却是一个十分低调的人，在他身上，不仅有老一代葛洲坝人坚忍的意志和扎实的作风，更洋溢着新一代葛洲坝人刻苦钻研、争创一流的崭新精神风貌。

作为乌东德施工局混凝土工程处副经理，赵贤安是地厂、泄洪、大坝三个标段混凝土浇筑质量卫士。他说："混凝土质量关乎乌东德工程的命脉，一定要从细节完善，踏实做好本职工作。"一直以来，他严格要求自己和下属员工，自己随身携带卷尺和温度计，走到哪量到哪，遇到不符合质量规范的部位，立即让人停工整改，直到合格为止。连工区的农民工兄弟都打趣他说："赵经理，我看您厨师出身的吧，您都可以在混凝土上雕花啦！"

在上级眼里，赵贤安是位做事细致、踏实肯干的好员工。在下级眼中，他是个业务扎实、考核严厉的质量掌门人。他一丝不苟，紧盯现场，从混凝土缝面施工、人工振捣，再到止水施工、成品的温控防裂，每一道工序，他都确保尽善尽美。

赵贤安说，干工程就像是在完成一件工艺品，要从细节着手，使它既好看，又实用，这样才能保证最佳质量。他对细节的执着追求一直感染着身边的人，从未停止。

⊙醉心质量把好关

赵贤安面对混凝土的质量管理，可谓是个“痴人”。

浇筑工，是一个又苦又累又不被看好的职业。当年 21 岁的赵贤安，却选择了在葛洲坝三峡指挥部当一名大坝混凝土浇筑工。为学好技术，搞好浇筑质量，刚参加工作的他，总是用心观察师傅工作时的一招一式，仔细揣摩其中的奥秘。1.8 米的大个，在施工现场一泡就是一整天，常常一身泥、一身水。20 多公斤甚至 50 多公斤重的振捣棒，一握就是半天不松手。

“既然选择了这行，再苦再难都一定要干好。”仅仅 3 个月，赵贤安便掌握了混凝土振捣操作技术，工作效率和浇筑质量令师傅们刮目相看。

为确保混凝土内部密实，解决表面汽水泡、收仓面不平等质量问题，他总结出“五控制、五及时”操作法；对于收仓面质量控制，总结出“32 字要诀”，这些源于实践而创造出的混凝土质量精品的操作方式方法，在三峡三期工程乃至向家坝工程混凝土浇筑中屡试不爽，也让他成为公认的混凝土施工质量管理专家。

“我得先成就它，它才能成就我。”这是赵贤安的名言。正是靠着对混凝土浇筑质量的这股子痴劲儿，才有了如今的混凝土浇筑专家赵贤安。

⊙不为虚名遮望眼

面对采访，赵贤安显得有些不耐烦，挥挥手说：“你去写别人，别写我了，大家都看烦了。”这就是傻人赵贤安，视名利如浮云，一身本事却从未忘记初心——创造精品工程，浇筑大国重器。

公司对这样的人才自然是十分重视，多次想将他调回总部，安排当个质量系统的领导，可总是被他拒绝。旁人不解，常年在工地，生活艰苦不说，更是远离家乡、远离亲人，为何不把握住这些机会，回公司后方去当个部门领导呢？赵贤安说：“我这辈子离不开混凝土，办公室里的高大上环境我看不上，哪有混凝土迷人？”大家都知道他不是真的看不上后方公司优越的环境，

而是他知道基层缺人，缺真正了解混凝土、真正了解质量控制的人，所以他甘愿留在艰苦的环境，忘却自身的“名”，用自己的“痴”和“傻”谱写水电人的豪迈篇章！

人物档案

赵贤安，1977 年 6 月出生，湖北省宜昌市人，中共党员，大专学历，混凝土高级技师。先后参加三峡、向家坝、柬埔寨额勒赛和乌东德水电站建设，现任中国能建葛洲坝集团乌东德施工局混凝土工程处副经理，曾荣获全国五一劳动奖章、全国技术能手、三峡工程优秀建设者等荣誉称号。

大国重器的铸造者
——记中国电建水电八局白鹤滩施工局

作者：庞　卡

位于云南省和四川省交界的金沙江大峡谷的白鹤滩水电站，是继三峡工程之后，中国水电开发的又一大国重器。由于特殊的地质条件和环境，工程建设与管理面临众多的世界级难题的挑战。中国水电八局把建设白鹤滩水电工程，看作巩固和发展坝工优势地位的重要舞台，在这座超级工程的建设中，不断超越，向共和国呈交了一份又一份优秀的答卷。

⊙敢在悬崖绝壁上“剥鸡蛋壳”

2012 年 4 月 5 日，中国水电八局中标白鹤滩水电站右岸坝顶以上边坡开挖和支护工程。其开挖长度 980 多米、垂直高度 380 余米，70 余度的坡度，总开挖方量 1000 多万立方米，支护面积达 43 万平方米，相当于 60 个足球场的大小。由于这里山高谷深，施工场地狭窄，道路坎坷难行，施工极为困难，所以被专家喻为“在悬崖上剥鸡蛋壳”。为了确保白鹤滩水电站 2020 年发电，三峡总公司要求将工期压缩近一年。

“干就要干出效率、干出智慧，干出一流！”这是水电八局副总经理、原白鹤滩施工局局长谢卫东常挂在嘴边的一句话。工程开工后，他带领团队快速完成了《项目策划》《经济分析》《经营策划》等制定。其中《管理手册》第一版50万字，第二版30万字，而《标准化手册》则四次推倒重来。为了完成开挖任务，谢卫东率领工程技术人员经常通宵达旦地工作，优化施工方案。有的一个方案改了七八次，甚至十几次调整。最终，他提出了“分区开挖、渣料分流、确保强度，实现边坡快速下降；分区排架、快速周转、跟进开挖，实现边坡快速支护”施工组织原则和具体实施方案，终于把一个工作面施工变成了多个工作面施工，突破了自然条件的限制，跨越一个又一个障碍。在之后持续半年的边坡开挖和支护中，项目团队以平均每月开挖高程下降26.2米的速度、68万立方米的开挖量推进，创造了国内外巨型水电站边坡开挖最快速度，工程质量被专家誉为“用钻机和炸药雕琢的艺术品”。

⊙攻坚克难，勇攀坝工建设新高度

2016年4月27日，中国水电八局又中标右岸大坝及金属结构安装工程，承担了白鹤滩水电站大坝一半的工程量——13个坝段367.2万立方米混凝土浇筑任务。三峡公司提出，要把白鹤滩水电站打造成“溪洛渡水电站2.0版”。

为了打造超级拱坝“升级版”，项目团队积极推广应用新技术、新工艺，保证安全、质量、进度和文明施工。在基坑开挖中，首次在国内采用聚消能爆破新技术，攻克了柱状节理玄武岩地质缺陷，坝基开挖面不仅成型好，而且质量优良，使爆破对坝基面扰动由 1.2 米下降到 0.7 米。在廊道施工中，为了加强廊道混凝土养护，精确控制廊道湿度，保证养护效果，项目团队进行了一系列创新，像呵护婴儿一样，精心打造每一寸廊道。过流倒悬体牛腿是大坝导流底孔施工最关键、最难的部位之一，他们将混凝土预制件加工模具化，模板安装标准化，工程质量优于设计标准。

⊙鏖战干热河谷，酷暑严寒写春秋

白鹤滩大峡谷属于干热河谷，不仅气候炎热干燥，而且风很大。据当地气象部门统计，在这段峡谷里，每年 6 级以上的大风天气多达 200 余天，有时风力甚至达到了 12 级。

在这样的环境里作业，无论是大坝混凝土入仓，还是水垫塘塔机群的运行均受到严重的影响，安全风险极大。风力达到七级以上时，七八吨重的混凝土吊罐，在空中像荡秋千一样，很难保证精准入仓；特别是浇筑结构物复杂的仓面，稍有不慎，便可能造成混凝土罐与钢筋、模板相撞的严重后果。若风力达到 9 级，缆机必须停止运行，如果已经浇筑的仓面得不到及时处理，便会形成初凝，造成混凝土表层龟裂，影响混凝土质量。

为了克服难题，建设团队一方面加强与当地气象局、业主的联系，及时掌握每天、每小时的气象情况；另一方面，在大坝仓面安排专人，对风速全天候进行监测。为了减少模板安装对缆机的依赖，他们大胆进行技术革新，与制造厂家通力合作，研究制作了液压自爬式模板。在水垫塘，为了降低大风对混凝土入仓的制约，他们优化设计，改用胶带机、布料机入仓。同时，加强对员工的安全教育，对工作爬梯、栈桥、防护网等进行加固，安装红外线防碰撞装置，做到未雨绸缪，防患于未然。

白鹤滩大峡谷气候变化无常，夏季烈日炎炎，气温高达 42 度，钢筋、脚手架被太阳晒得滚烫。冬季，寒风刺骨，风刮在脸上像刀割一样疼痛。到了雨季，暴雨一场接着一场。尽管如此，建设者没有一天因恶劣天气停止施工，更没有一次因恶劣天气造成弃仓和浇筑质量事故。每次大雨来临，前方工地便是一派紧张的抢险景象——领导、机关人员、工区人员，迅速用彩条布覆盖仓面，排水保仓，大家因此常常被大雨淋得透湿，却没有半句怨言。

⊙敢超越，创新路上竞风流

在白鹤滩工地，项目团队围绕工程建设开展技术攻关活动，使许多奇思妙想在白鹤滩工地变成了现实。

在总工程师杨静的办公室里，有这样一串科研项目清单：大坝柱状节理玄武岩基建面开挖关键技术研究、特高拱坝水垫塘开挖施工技术研究、特高拱坝低热水泥混凝土研究、特高拱坝大型坝面模板研制与应用、特高拱坝智能温控关键技术研究、特高拱坝水垫塘反拱形底板混凝土浇筑施工技术研究、特高拱坝进口门槽埋件一期直埋施工技术研究、特高拱坝 BIM 技术研究及应用等。这些科研课题成为大坝建设强有力的引擎，成为大坝工程建设的新工法、新专利，成为中国超级拱坝建设新的利器。

不仅如此，群众性的技术革新技术改造活动层出不穷。吴永志创新工作室，这个以普通员工名字命名的创新工作室，相继完成了自动材料申报系统、自动供水控制系统、自动洗车平台、旧模板修复平台研制、自卸车进气系统改装、振捣车棒杆尖端设计安装等20余项技术创新和技术改造，不仅提高了效率，保证了安全和质量，而且降低了工程成本。

“革新迷”曾文斌带领综合厂的员工，自己设计制造液压冲压设备，加工铜止水片定型接头。他们将闲置的钢模台车液压泵撤下来做冲床的动力，又利用废旧钢材自己制作冲床架，还自己加工模具，相继研制出了四台加工“一字形”“丁字形”“十字形”“正反九十度形”等铜止水片液压加工冲床。加工的产品经业主、监理、设计联合检查验收，满足设计要求。

目前，白鹤滩大坝工程正在如火如荼地进行。中国水电八局建设团队在新时代的追梦中，正继续高扬“自强不息，勇于超越”的精神大旗，在白鹤滩工地砥砺前行，以更加优异的成绩向中国共产党建党100周年献礼！

团队档案

中国电建水电八局白鹤滩施工局成立于2012年，主要负责白鹤滩水电站右岸边坡和基坑开挖支护、大江截流和上游围堰填筑、坝基基础处理、右岸大坝混凝土施工和金属结构安装等工作，拥有一支自强不息、勇于超越的专业人才队伍。他们创造了大型水电站高陡边坡开挖支护最快速度，创造了大坝深孔钢衬部位备仓施工纪录，联合其他承包人创造了单月混凝土浇筑量的世界纪录。曾荣获四川省五一劳动奖状、中央企业五四红旗团支部等多项荣誉。

情系金沙江　建功乌东德

——记中国电建水电六局乌东德施工局

作者：王树理

作为水电建设者，和大江大河之间总有着说不完的故事。中国电建水电六局注定和金沙江有着不解之缘。从向家坝到溪洛渡，从白鹤滩到乌东德，几代六局人都曾围着这段汹涌奔流的大江打转，一批又一批的六局人在金沙江畔成长。

乌东德水电站作为世界水电史上超级工程之一，水电六局承建其右岸地下引水发电系统等主体工程，六局人立志把乌东德水电站建设成世界级样板工程。于是，水电六局乌东德施工局应运而生。

乌东德施工场面之大，在大型机械化设备横行的今天也超出传统水电施工人员的想象。在施工高峰期，施工局员工达三千余人。

⊙打赢攻坚战

六局人习惯在与困难、压力斗争的过程中，凝聚精神、磨炼意志、锻炼队伍、取得荣誉。乌东德水电站右岸进水口于 2017 年 6 月 10 日交面，这时，

已经因各种原因延误工期一年半之久。对施工局来说，这是一场艰难的攻坚战，只有打赢这场攻坚战，塔体才能按期封顶。

为了确保完成施工目标，施工人员加班加点，很多时候为了能够按期、优质完成施工任务，常常不分白天黑夜地坚守工地。乌东德施工局的领导班子集合了老中青三代人，其中既有经验丰富的老专家，也有刚刚成长起来的青年骨干，算得上是技术与经验并重、实力与激情齐飞的管理团队。为了保证工程的安全质量进度，施工局领导班子几经研究，通过着力于创新驱动，坚持开展“五小创新、岗位创新、党员攻关小组带头创新”，用创新创成果，向创新成果要效率。

技术层面的效率有了，但工程归根结底是人在掌控，怎么调动全员的积极性呢？乌东德施工局的领导班子通过现场摸底后，几次商讨研究，决定依照“内容单一、组织简便、效果实在、场地随机”的思路，开展大规模技术比武活动，连续开展了“测量技能、CAD 制图、锚杆无损检测、混凝土试块检测”和“开挖、锚杆、钢筋混凝土”及“电工、电焊、钻工”等技术、专业、工种比武，有效提高了技术、技能素质和工艺水平，不仅提升工作效率，还顺带收获了意料之外的成果——施工局先后获得了金沙江流域“劳动竞赛先进集体”“工人先锋号”等荣誉称号。

⊙打好安全战

不要以为乌东德施工局的管理团队仅仅能打攻坚战，他们打安全战也是一把好手。“平时安全不用功，发生事故一场空”，为了确保安全，施工局的领导团队在施工管理过程中不断摸索总结，开创了既有自身特色，又可以调整推广的“1234”安全管理模式，即坚持 1 个方针——安全第一，预防为主，综合治理；抓实 2 条主线——提升员工的安全意识和危险源每日挂牌督办；抓好 3 大建设——安全班组建设、安全文明施工标准化建设和安全文化建设；抓牢 4 个体系——以施工局长为第一责任人的安全责任体系、以生产副局长为责任人的安全生产实施体系、以总工程师为责任人的安全技术支撑体系和以安全总监为责任人的安全监督保障体系。

通过管理团队的通力合作，乌东德施工局根据《电力工程建设项目安全生产标准化规范及达标评级标准》，修订了 44 项安全管理制度，并通过水利部专家审核，在乌东德施工区首家完成安全标准化工作。在各地下交通洞口安装了用霓虹灯装饰的倒 U 形安全门，在进厂交通洞口建立“安全自检站”，设立“安全生产活动区”“现场车辆停放区”“员工休息室”“员工聚餐区”等，成

为整个施工区安全文明管理的样板。

乌东德管理团队通过采取立项、制定方案、知识培训、过程控制、考核奖罚等一系列手段，形成了成熟的样板段创建经验，提高了质量技术工艺水平，向业主申报的几十个质量样板段均获得批复。

⊙打好管理战

一个水电站的建设，特别是像乌东德这样的世界级大电站，需要理顺方方面面的关系。因此，面对业主、兄弟单位和地方政府，乌东德施工局要求管理团队的每个人都始终坚持同生共赢的理念，坚持“规范管理”与“保障服务”相结合的原则。在管理中体现服务，在服务中体现管理，营造共同的经营目标、统一管理制度准绳，力争在管理理念、制度、手段等诸多方面达成共识共行，有效地增强施工管理过程中的合力，进而大幅度提升管理水平，共同实现优质履约。

任何管理如果只停留在纸面上，都是无源之水、无本之木，探求施工局在乌东德水电站奋斗的轨迹可以发现施工局的各项管理措施均能不折不扣地落地。在乌东德施工局的管理团队里有这么一个理念：制度要么不制定，制定了就必须保证它能够落地实施。每一项制度的制定，从施工局局长、总工，到负责具体工作的中层干部，都会反复研究，最大限度地减少影响落地实施的内容。

在乌东德施工局的团队里，对制度的遵照落实是从班子成员首先开始的，通过班子成员的以身作则，带动全体员工树立责任意识、大局意识，工作中始终强调“工程建设的成果在我，时时处处事事有我”，把即刻落实工作当习惯，并把这种习惯融入各项管理之中。

乌东德施工局崇尚“工匠精神”和“铁军文化”，甚至会定期评选“十大工匠”，为他们开大会、戴红花、发奖金，因为每个乌东德水电站的建设者都深知类似乌东德水电站这种大国重器，每一座都是中国乃至世界水电建设史上的丰碑，六局人要用这种别样的方式把金沙江上建设者的精神传承传播下去。

团队档案

中国水利水电第六工程局有限公司（简称水电六局）是中国电力建设集团公司的全资子公司，全国“五一劳动奖状”获得单位。水电六局乌东德施工局成立于2013年，承担乌东德水电站右岸地下厂房的土建和机电安装任务，施工中坚持建设与环保并重，积极创新，累计形成21项施工工法、9项科技进步成果、近10项技术专利、30余项QC成果，其中“水泥灌浆智能控制系统关键技术和成套设备”成果，荣获中国大坝工程学会技术发明一等奖。

鹤舞金沙梦正圆

——记中国电建水电七局白鹤滩施工局

作者：张　吉

发源于唐古拉山的金沙江，奔腾3000多公里，在滋养中华大地的同时，也为一代代以水为笔、以电为墨的水电建设者绘就"水电梦""中国梦"的时代画卷，提供了大展身手的巨幅卷轴与广阔舞台。

2019年5月5日，中国电建水电七局负责安装的全球首台百万千瓦机组蜗壳，顺利完成首仓浇筑，标志着单机容量百万千瓦世界第一、总装机规模世界第二大的白鹤滩水电站，向按期发电的目标又迈进了坚实的一步……

⊙寻梦白鹤滩

白鹤滩水电站是服务"西电东送"的战略工程和实现设计、施工、装备制造全过程国产化的民族工程，更是在建装机规模世界第一的大国重器。

2012年以来，"水电老兵""金沙常客"——中国电建水电七局相继中标金沙江白鹤滩水电站左岸导流隧洞、左岸引水发电系统等五个关键工程项目。

初入白鹤滩，七局人深感重担在肩，且不说严峻的自然环境和复杂的地质条件，单单庞大的工程量便极具挑战。

以左岸引水发电系统工程为例，土石方明挖 1045.3 万立方米，洞挖 568.7 万立方米，钢筋制安 14.5 万吨，灌浆作业 97.7 万米……

该怎么干，要干出什么？

“发挥中国电建‘懂水熟电’核心竞争力，将白鹤滩水电站打造成‘精品、创新、绿色、民生、廉洁’的典范之作！”中国电建集团党委书记、董事长晏志勇为建设者们指明了一条康庄大道。

向世界级工程发起挑战，建好“五大工程”，是七局建设者的“初心和使命”。

“承载新时代伟大梦想的白鹤滩工程，是七局建设者追梦、筑梦的舞台。我们将以坚如磐石的信心、只争朝夕的劲头、坚韧不拔的毅力，勇攀全球水电巅峰，铸就传世精品典范。”水电七局党委书记、董事长李东林的话语掷地有声。

⊙追梦白鹤滩

“长 453 米、宽 34 米、高 88.7 米的地下厂房”，“总长度 64 公里的 229

条洞室（井）群”，在白鹤滩这些亮眼的“世界之最、全球第一”数据背后，相对应的是其建设难度世所罕见：整个左岸地下厂区断层发育 16 条、错动带 2 条、长大裂隙 25 条，岩性复杂、地应力高、高地震烈度……有专家评价其为“中国乃至全球综合建设难度最高的水电工程”。

为保质保量高效履约，水电七局白鹤滩施工局党员红旗岗、青年突击队、工人先锋号主动请缨，全员围绕一个“拼”字狠抓效率与质量，夜以继日与“时间”赛跑，与“精品”较劲。

“80 后”焊工班长吴颢日夜猫在闷热的车间里，迎着刺眼的焊花，开展国产 800 兆帕航母级高强钢压力钢管焊接试验，成功摸索出高强钢压力钢管焊接工艺，实现一次性合格率 99% 以上。

测量队队长曹官军顶烈日、战狂风，带领队员们扛着几十斤重的仪器，日均行走步数保持在 2 万步以上，保证了测量数据准确可靠。

59 岁的安全总监方善新，每天坚持到高湿闷热的洞室开展安全巡查；爱较真的爆破质量管理员马有国，不仅主动“打头炮”，对工友们的操作监督更是一丝不苟；地下厂房岩锚梁施工期间，大型机械上不去，土建一队副队长刘林带着大伙，搭设出几十吨重的钢管样架，硬是用手风钻完成了钻孔任务；建设一线还有 20 多对“水电夫妻”，魏江与危康就是其中之一，为了支持丈夫的工作，危康主动辞掉研究院“高大上”的工作，毅然来到白鹤滩工地……

凭借着建设者们的无私担当与奉献，项目履约、质量、安全等工作连续多年被评为“先进单位”，两次获得金沙江流域白鹤滩水电站工程劳动竞赛先进单位，并先后获得“四川省五一劳动奖状”“四川省工人先锋号”等荣誉。2019 年 4 月，更是从人民大会堂捧回了“全国工人先锋号”奖牌。

⊙筑梦白鹤滩

如何“铸就传世精品典范”？深知“科技是第一生产力”的水电七局，在科技创新上寻求突破。

左岸地厂岩锚梁浇筑阶段，白鹤滩施工局总工程师韩进奇和技术人员广泛查阅文献，并赶赴向家坝、溪洛渡等工程“取经”，组织开展新型液压自行式岩锚梁浇筑钢模台车的自主研发工作。在创新设备和工艺的帮助下，浇筑完成的岩锚梁如镜面般光滑，平均体型偏差在 8 毫米以内，取得精品成效。

平均年龄仅 29 岁的技术攻关团队，结出了累累硕果：首创液压爬模浇筑电站进水塔工艺，成功解决大风天气下百米级塔体浇筑施工质量安全难题；率先应用智能灌浆系统，“隐蔽工程”实现“阳光作业”；压力钢管自动化安装成套装备成功研发应用，全球首例百万机组压力钢管安装优质高效；改进纳米

钢纤维混凝土喷护技术，有效保证特大洞室高边墙围岩稳定……

截至目前，水电七局在白鹤滩工程取得专利工法、科技奖项、QC 成果等 60 余项，多项创新技术达到国际领先水平，产生直接经济效益上亿元，先进事迹数次登上中央电视台、人民日报等重点媒体，极大展示了金沙江水电建设者的风采。

党旗如火映日红，工程似画满卷彩。水电七局白鹤滩施工局上下止全力以赴向着“2021 年 7 月按期实现首批机组发电”这一“建党 100 周年献礼”圆梦工程发起新的冲锋！

团队档案

中国电建水电七局白鹤滩施工局成立于 2012 年，主要承担白鹤滩水电站左岸导流洞和左岸引水发电系统等工程施工，曾获得“金沙江流域白鹤滩水电站工程劳动竞赛先进单位”“中国电建青年文明号”“全国工人先锋号”等荣誉 40 多项。

“精准测量”绘江河

——记中国电建水电十四局白鹤滩项目部测量大队贺斌

作者：冯波涛

中国水电十四局白鹤滩项目部测量大队获得 2019 年度“云南省工人先锋号”称号，大队长贺斌获得白鹤滩水电站施工区标杆党员称号。

白鹤滩水电站尾水调压室是采用“两机共用一室”的结构布置，左、右岸各布置有四个圆筒式尾水调压室。尾水调压室最大深度为 124 米，直径 48 米，其规模为世界之最，同样也面临着诸多世界级难题，施工建设测量难度可想而知。

⊙计划先行、精准测量

逢山开路，遇水架桥，面对如此高难度的测量任务，贺斌二话不说就率领“精准测量队”迎难而上，下定决心势必攻克这一技术难题。经过前期勘测，与各施工部门反复讨论研究，为保证穹顶的开挖质量他们采取“计划先行、精准测量”的方法，先是编制了尾水调压室穹顶开挖测量控制专项方案及尾调穹顶对穿锚索和锚杆放样计算书，再认真布测施工控制网，对穿锚索进行点位放样、钻机校核、开挖孔位放样、锚杆点位放样，尝试用多种科学的方法来确保测量精度及测量方式的可行性。

这是一项考验耐力和毅力的工作，无论是在寒冬腊月，还是在七八月的桑拿天气，贺斌毫无怨言，从不懈怠，总是身先士卒。他说："累，怎么能不累呢？这是对身体和精神的双重考验。但是咱们就要累得其所，累得有价值。小失误是要出大问题的，这可马虎不得。"他对自己高标准，严要求，洞里洞外随处都能见到他的身影，每一寸土地都有他奔波的足迹，每一粒沙石都有他丈量的温度。他每天工作 12 小时以上，在密密麻麻的数字中不断穷尽，不断求证。详细计算每一个数据，亲自测量每一个点孔，竭尽全力确保分毫不差，不分昼夜。在攻关关键期，高强度、高难度的工作挑战，使他体重下降 20 多斤，但他始终坚守自己的测量岗位，把自己有限的激情和热情奉献到祖国的江河山川建设中去。"既然选择了这个职业，便只顾风雨兼程。"这是他常说的一句话。

经过不懈的努力，在尾水调压室穹顶地质条件异常复杂、围岩稳定性极差、施工难度较大的情况下，所有对穿锚索终孔均满足相关规范要求，左岸尾水调压室穹顶开挖体型平均超挖控制在 9cm 内，为特大型尾水调压室施工技术方案编制提供了“精准”的数据。

⊙粗中有细、精益求精

“一丝一毫的差距都会导致不可挽回的损失，我们必须高标准地严格要求自己，一定要做到‘粗中有细，精益求精’，不能有丝毫懈怠。所以‘吃苦、精准、超前’是我们测量队的六字工作遵循。”贺斌在工作中一直这样培训、要求队员。他建立了相应的测量台账，明确报送资料的部位、编号、上报时间、批复时间、资料归档等要求，提高信息资料管理效率；他确立了测量放样成果采用交叉检查的方式进行，作业、校核、审核等人员分别对同一测量成果交叉检查、签字确认，确保测量结果准确无误。在他的精心培育下，一支能打硬仗的“精准测量队”已初具雏形。

贺斌有着不断尝试、不断优化、不断创新的朝气与锐气，他精于专业，善于总结，喜于出新，却不喜欢安于现状、墨守成规。为了在工作中有新突破，贺斌把有限的业余时间充分利用起来，研读专业书籍、反复测量尝试，在工地一待就是一整天。付出总有收获，他创新了“反光标靶”测量法，在钢模台车两端分别均匀布置反光标靶，台车中间部位拉线的方式控制混凝土形体。台车端头槽钢内贴反光标靶，标靶至台车模板边线保持统一距离，不定时对反光标靶至模板边的距离进行复核。两端用全站仪观测反光标靶进行模板校核，待两端模板校核好后，台车中间部位拉线控制模板体型。此方法大大缩减了现场测量的工作量，并保证了白鹤滩水电站 8 条尾水隧洞所有边顶拱的体型偏差满足规范要求，真正做到了让自己的所长精于业，用自己的专业解难题。

“授人以鱼不如授人以渔”。在他看来，能够参与世界级“两机共用一室”尾水调压室测量任务的人员毕竟是少数。如果能把自己在此项工程建设中的创新突破、除难解疑的专业方式方法整理出来，供后来者借鉴参考，不仅能够帮助后起之秀在相关领域快速成长，加快人才储备，还能缩减工作量，提高施工效率，这才是利人的好事。为此，他不断总结工作中的创新点，撰写了《大型地下厂房尾水调压室穹顶——对穿锚索测量控制》《大型地下厂房尾水调压室穹顶开挖测量技术浅析》等论文并先后发表，毫无保留地把自己所学、所长、所研贡献出来，供他人借鉴参阅。

本职工作有激情，分外工作有斗志。用这句话形容贺斌恰如其分。2018 年施工区开展创建党员红旗岗活动，贺斌主动请缨，申请创建测量管理红旗岗，并公开承诺要充分发挥党员先锋模范作用，带动了测量工效整体提升。断面检测合格率 100%，测量放样资料准确率 100%，上报资料及时率和保证率 100%，现场使用的仪器完好率和仪器的检定率 100%，贺斌和他的“精准测量队”交出一份份靓丽的成绩单。

⊙忠诚奉献、玉汝于成

2014 年 4 月，贺斌从溪洛渡水电站转战白鹤滩水电工程，担任水电十四局白鹤滩项目部测量大队长时，正值白鹤滩水电站尾水系统工程刚开工，万事开头难。面对项目初期人员短缺、测量人员技术水平参差不齐、施工测量任务繁重等困难，贺斌暗下决心：既然选择了测量，有困难就要有担当，更应勇往直前，一定要在“地下铁军”中创建一支白鹤滩地下工程“精准测量队”，带领测量人彰显价值，实现梦想。他说得出做得到，带领着团队，日复一日，年复一年，用一组组精确的数据绘制了电建蓝，描绘出中国梦。

为了建成“精准测量队”，完成各项测量任务，贺斌无法脱离岗位。由于测量任务繁重，贺斌常年不着家，在山西老家工作的妻子独自撑起家里的大小事，又当妈又当爹，还记挂着丈夫的安危，常常心力交瘁。事业为重的贺斌总是近乎“自私”地请妻子理解、原谅。看丈夫工作的“执拗”劲儿，妻子虽不再对他多做要求，嘴上不说，但疼在心里，又担心，最终无奈辞去山西老家的工作，来到了项目部。

在同事眼里贺斌还是和蔼热情的“斌哥”，总是乐于助人。“小左，对象的事怎么样了？要积极主动，对人家好，多沟通，多忍让。”一位笑容满面的年轻小伙子这样回忆“斌哥”教他“脱单”秘籍时的温暖场景。

如今，开工时贺斌带领的首批校招生全部成了测量的中坚力量、行家里手，有的甚至成长为测量队副队长。看着测量大队取得的测量成果和这支已具规模的“精准测量队”，他开心地笑了，觉得一切付出都值了！

人物档案

贺斌，1986年10月出生，山西运城人，中共党员，本科学历，工程师，参加工作以来一直从事水利水电建设，曾参与溪洛渡水电站建设，现任中国电建水电十四局白鹤滩项目部左岸工程部主任、生产党支部书记，荣获水电十四局企业工法证书，获多项党内表彰。

“金江白鹤”展翅飞

——记中国电建水电四局白鹤滩施工局缆机操作班

作者：郑吉喜

白鹤滩并无白鹤，清人穆弘“水急天高一望愁”的诗句才是白鹤滩最真实的写照。随着白鹤滩水电站大坝的建设，金沙江上空架起了七条“彩虹”（缆机主索）组成的混凝土和设备材料吊运的“空中走廊”，负责缆机操作的36名女职工组成的“娘子军”成为新时代的“金江白鹤”，展翅翱翔在白鹤滩工程建设的壮丽画卷中。

⊙专注女神

“我师傅干水电的时候，我还没有出生呢，她1992年就从李家峡水电站干起，一直到现在的白鹤滩，从挖机操作手、门机操作手再到缆机司机，没有她不精的，现在她退休了又返聘回来带我们，有她在我们心里就踏实。”提起师傅王小平，生于1993年的魏娟娟充满了自豪和钦敬。

在魏娟娟的带领下，我们来到了王小平师傅的操作间。推开门，我正准备跟王师傅打招呼。“嘘！”魏娟娟用手势制止了我，悄声对我说，“这里只准看，不准说话。”带着神秘和好奇，我定睛观看这位王师傅，很难把她跟退休返聘联系在一起。她一身工装沉稳素净，一脸专注地盯着电脑屏幕数据变动，似乎没有发现有人进来，手在熟练地上下左右移动操作杆，对讲机里不时传来指令声，“落、落、落，大钩两挡落，落、落……”“小车往主塔方向走……小车到位”“大钩一挡，落……大钩到位”。循声望去，缆机上的绳索和钩子像长了眼睛，准确无误地将装载了 9 立方米的混凝土吊罐从供料栈桥提升 100 多米，悬空平移到对岸，再垂直下降，灵活地避开塔机、平仓机、振捣臂等大型设备，对准仓号下料（混凝土），然后再返回。整个操作过程一气呵成、干净利落，看着这些庞然大物在她的操作下这样服服帖帖、轻巧灵活，真是令人赞叹不已。

看着混凝土吊罐完成一轮下料平安返程，我正想跟王师傅再次打招呼时，魏娟娟又制止了，并把我拉出了操作间。看着我的疑惑甚至有些气恼的表情，魏娟娟笑了：“我们有规定，进入工作状态必须高度专注，一班两个小时，连喝水、如厕都必须忍住，更何况跟人说话分神呢。”正当我觉得这规定有些不近人情时，有些腼腆的魏娟娟突然严肃起来：“你要知道我们的工作区域在最

顶层，垂直高度近 300 米，一粒沙土掉下去都能伤人，更何况装满 9 方混凝土近 30 吨的吊罐呢，能马虎吗？”看着小姑娘稚气的脸上堆满了严肃，我不禁哑然失笑了。忍不住又问：“作为 90 后，你怎么能承受这种单调重复枯燥乏味的工作呢？”这次魏娟娟的脸上完全收敛了笑容：“你怎么能说这个工作枯燥乏味呢？我只要练到像师傅一样得心应手，让吊罐、钩子、缆绳浑然一体随心所欲升降往返，不像一曲蓝天白云彩虹桥为背景的舞蹈么？”我微笑自嘲：“是啊，这就是干一行爱一行。”魏娟娟也俏皮地笑了：“不热爱的工作怎么能干一辈子，就像我师傅，退休了还返聘回来，就是为了站好她水电人生的最后一班岗，我们未来对子孙讲起，这将是最值得自豪、最值得炫耀的！”

听着这稚气未消的姑娘老气横秋的感慨，我不由陷入了沉思。操作间里，王师傅还在专注地继续着一轮又一轮的操作，据说她一小时的吊运纪录最高达到过 13 罐。

⊙工装女神

鲁玉仙，之前在食堂工作，后来主动申请调换岗位，成为一位缆机司机。

当我问起她为什么选择当一名缆机司机时，鲁玉仙笑而不答，旁边的范永霞接过话头："因为缆机司机是我们女工最向往的职业啊！"我更加疑惑不解了，这怎么就成了最向往的了呢？鲁玉仙笑道："因为女生都爱美啊，下班的时候你看看，谁的工装有缆机司机的干净。"我不由恍然，范永霞在旁边打趣道："您是不知道，我们仙女姐姐是整个工地的工装女神哦。"

"工装女神"，听到这个名词，我的心里不由一颤，这群驻扎在白鹤滩水电站的婀娜少女们，一年四季都是身着米色的工装，花花绿绿的世界跟她们是那样的陌生和遥远。

"别闹了！"鲁玉仙羞红了脸。"其实选择女工担任缆机司机这个工作岗位，主要是女工具有更细心、更有耐心的性别优势，"缆机大队负责人李林对我说，"这样下来，施工安全更能得到保障。"安全永远是工程的生命线，缆机司机的工作注意力高度集中，其实工作强度并不低。

她们在工作中有没有出现过险情呢？没想到这一问却扒出了鲁玉仙的一段"黑历史"。此前白鹤滩的缆机运行是两班倒，工作强度高，一次夜班工作中，她犯困，把大车和大钩的手柄弄混了，导致吊罐差点撞到模板。施工局

的安全管理非常严格，就为这没有构成事故的“小事”，施工局专门开了事故分析会，她本人也被罚了款。“虽然当时有点小郁闷，但后来想想也是应该的，错了就要挨罚，也能给自己和别人一个警示，这么大的一个工程，必须有安全保障！”鲁玉仙突然提高音量，坚定地说道。

鲁玉仙说，其实那次被罚后，她经常会做噩梦，半夜惊醒，安全第一的原则再一次在她心里扎根。后来她带徒弟的时候，一个叫潘德地的姑娘也出现过一次类似的失误，事情过后也出现了做噩梦的现象，鲁玉仙就跟她说：“晚上做噩梦不可怕，这也是排解压力的一种方式，只有安全第一这根弦永远不松懈，用心感受缆机，慢慢地做到耳手眼同步，我们才能实现零事故的美梦！”提到带徒弟，鲁玉仙一板一眼。

⊙奉献女神

“我把青春奉献给了水电，四局奖励给我一个爱人，总的说来我还赚了。”天生乐天派的李艳说起水电站和她的爱情，无法掩抑内心的激动和甜蜜。

从四川锦屏水电站到观音岩水电站再到白鹤滩水电站，一直担任缆机司机的李艳，工作期间，不但完成了从一个“菜鸟司机”到“老司机”的成长，更遇到了人生的另一半，相识相知相爱相守，工地成了她的家。她还将表弟石秀安两口子介绍过来干缆机司机，下班后经常能聚在一起，在异乡的孤单感也就减少了。

其实在白鹤滩缆机司机中，李艳并不是特例，杨小红的丈夫、公公都在白鹤滩从事不同的工种，孙宝峰带着儿子、儿媳一起在白鹤滩工作，卢梦2017年毕业后和男朋友一起来到白鹤滩……

正是这些夫妻档、父子兵，让水电四局缆机大队操作班成为一个更具凝聚力和战斗力的团体，在工作中，创造了一个又一个骄人的战绩。

金江千古，白鹤悠悠，白鹤滩大坝的高度正在与日俱增，这群“金江白鹤”的坚守和奉献，将汇集滇云蜀雨幻化成高峡平湖间那片最美的彩虹，为我们讲述这些动人的故事。

团队档案

中国电建水电四局白鹤滩施工局缆机操作班成立于2017年，主要承担世界最大缆机群的运行任务，负责白鹤滩水电站810万立方米混凝土和12.6万吨金属结构材料吊运工作。曾荣获“全国三八红旗集体”“全国巾帼文明岗”、青海省总工会“建功立业标兵岗”等荣誉称号。

聚在党旗下的那群年轻人
——记中国电建水电五局白鹤滩泄洪洞项目党支部“党员攻关小组”

作者：冯斌平　衡武旋

在白鹤滩水电站世界一流精品工程铸造中，中国水电五局白鹤滩泄洪洞项目部坚持党建领航，将党旗插在生产经营第一线，让党员在急难险重任务面前发挥先锋模范作用。

⊙党旗树起来

由中国水电五局承建的白鹤滩水电站泄洪洞工程是世界上规模最大的无压泄洪洞洞室群，具有高洞室、大流量、高流速，洞身结构复杂，龙落尾起点与终点高差大、坡度陡、洞段长，围岩条件差，施工面临地质荷载裂隙大等特点。2017 年，白鹤滩水电站泄洪洞工程已进入大规模混凝土浇筑阶段，面对泄洪洞上平段低坍落度混凝土连续入仓浇筑难题，水电五局白鹤滩泄洪洞项目部成立了“党员攻关小组”，项目党支部书记王纪丰挂帅，以吴兴民职工创新工作室为平台。党员攻关小组成立后，除了胸前的党徽，每个党员的安全帽上还多了一个“共产党员”的标识，把党员身份亮出来，同时也提醒每一位党员，要奋力作为、争做表率树榜样。党员攻关小组充分发挥基层党组织战斗堡垒作用和党员先锋模范作用，将施工、技术、质量、安全、金结安装、机械设备运行管理等专业的骨干力量全部汇集在一起，发挥党建和人才优势，从方案编制、图纸设计、设备选型、焊接安装以及运行维护等各个环节，向一个个建设难题发起了挑战。

⊙党员冲在前

年过六旬的老党员靳阔军，一位项目上返聘的资深的机械设备老专家，本已退休可含饴弄孙的他，出于对职业的热爱，选择继续坚守工地，发挥余热，每天和年轻人一样早出晚归，精神头十足，并用他丰富的从业经验给攻关方案编制提出了许多关键的、建设性意见。他常给年轻人说，只有紧盯现场才能真正发现问题，想出办法。

党员刘凡，盯牢每一道施工工序，在台车上、浇筑仓内以及送料小车控制室、轨道旁都随处可见他的身影。

党员谢小兵、杨波带领安全、质量人员，做好浇筑前的质量、安全技术交底，排查安全隐患，监测振捣频次、坍落度等质量数据，确保了整个浇筑过程的安全可控和质量合格。

预备党员陈敏，作为建设世界级水电站泄洪洞项目的总工程师，攻关过程中他反复研究设计施工图纸，勘探现场实际情况，结合自己的专业技术知识，将设计理念转换成了施工图纸。在整个攻关过程中他不知道熬过了多少个深夜，修改了多少张图纸。

在攻关的路上，每名党员都尽己所能，单是为解决龙落尾大坡度、多变断面常态混凝土浇筑这一“拦路虎”，顺利实现2号龙落尾低坍落度衬砌混凝土的首仓浇筑，水电五局党员攻关小组就耗费了8个月的心血，多次召开专题研讨会、现场办公会等，讨论、研究施工方案，昼夜坚守施工现场进行各种可行性试验，发挥“奇思妙想”，研发“大坡度重载自动化运料系统”，攻

克了大坡度环境下常态混凝土运输难题，保证了常态混凝土运输效率和质量。

为保证龙落尾段混凝土浇筑在大坡度情况下的施工安全，创新设计的“大坡度变断面液压行走式混凝土衬砌台车”，具备在陡坡上行和下行功能，可安全顺利通过结构变折点，实现台车变断面混凝土衬砌功能，保证接缝错台小于 1 毫米和模板拼缝刚度，自起落防滑挂钩装置和液压角度调整操作平台可有效防止台车在斜坡段下滑和倾覆，为不同坡度下作业人员的作业安全提供了双重保障。

⊙党徽分外明

正是有了他们的付出，一项项难题迎刃而解，一项项成果不断涌现：由党员攻关小组研制改进的“扒渣机 + 皮带输料系统 + 钢模台车 + 溜筒混凝土运输系统”、大断面地下洞室群开挖支护大跨度反坡三面光爆一次成型高流速圆弧流道铜止水加工系统、混凝土浇筑数字化监控系统、混凝土智能养护系统等荣获多项国家实用新型专利；“高地应力条件超大规模翻模施工”“大跨度胸墙浇筑一次成型”和“窄空间全封闭高配筋钢衬混凝土浇筑”技术成果，解决了低坍落度衬砌混凝土入仓难题，填补了国内相关工艺空白，保证了施工质量和安全，达到过流面平整度 1 米范围内的凹凸值控制在 2 毫米以下的高标准要求，成为国内同类工程之最；同时实现了“大体积混凝土无一例温度裂缝现象”，达到了三峡集团公司白鹤滩建设部“体型精准、平整光滑、耐磨防裂”的高质量浇筑目标，并收获“镜面混凝土”美誉，荣获多项殊荣，成为白鹤滩水电站建设的质量标杆。

尤其是龙落尾衬砌首仓混凝土顺利完成浇筑，更是标志着国内首次大坡度环境下常态混凝土浇筑技术取得了突破，这也是中国电建水电五局继“水工高流速流道镜面混凝土成套施工技术”达到“国际领先水平”后，再次填补行业技术空白，开启了水电行业在大型洞室、陡倾角、多断面衬砌施工的新篇章！

在开展党员攻关的同时，白鹤滩泄洪洞党支部还深入开展了党员亮身份、党员责任区等活动，并创设“第三党小组”，将农民工党员纳入项目管理，与项目党员同教育、同管理、同学习，更广泛地发挥党员先锋模范作用。同时，针对材料运输、灌浆、锚索隐蔽工程及台车运行维护等关键岗位创设了“党员红旗岗”，在出口高边坡开挖、运输创设了“党员先锋号”，为施工生产保驾护航。

中国水电五局建设者将在党旗的引领下、在党徽的号召下，继续攻坚克难，奋发有为，积极投身白鹤滩水电站大国工程建设，谱写新时代水电建设者的胜利华章。

团队档案

中国电建水电五局白鹤滩泄洪洞项目党支部“党员攻关小组”成立于 2017 年，主要解决泄洪洞工程“大流量、大断面、大坡度，高流速、高水头、高标号”施工重、难点问题，填补了多项大型地下洞室施工技术空白，“水工高流速流道镜面混凝土施工关键技术”“高水头大泄量泄洪洞施工关键技术研究与应用”达到国际领先水平，取得了“镜面混凝土”美誉。获得国家专利 4 项，省部级工法 23 项，多次荣获三峡集团白鹤滩建设部党委“优秀党员攻关小组”称号。

第五篇

机电篇

李亚隆 摄

机电设备是水电站的心脏，承担了将强大的水能转换为电能并源源不断输送到祖国四面八方的任务。

机电工程建设单位由机电项目建设管理、机电设计、设备制造、机电安装、机电监理、设备仓储等相关方专业团队组成。通过数年的艰苦奋斗和自主创新，三峡集团和中国水电企业积累了丰富的经验，不仅牢牢掌握了核心技术、关键技术，还培育了一支技术精湛的专业队伍，实现了从跟跑、并跑到领跑的跨越，也涌现出了一批甘于奉献、勇于创新、追求卓越的先进个人和团队。

三峡“特种部队”的“指挥官”
——记中国三峡集团三峡机电公司张成平

作者：袁　鹰

三峡集团有这么一支“特种部队”，他们的主战场通常在高山峡谷的山体里，虽然他们看起来并不强悍，但数以千吨计的“大块头”机组部件在他们的指挥下“乖乖就范”，成千上万个部件在他们精心安排下，以百分之一毫米级的精度组装成套，他们安装的机组将滚滚流淌的江水变成强大的电能送到祖国的四面八方……他们创造了多项世界纪录：2007 年，三峡电站年新增装机 500 万千瓦，首次创造了单座电站新增装机纪录，2013 年溪洛渡水电站又接连创下了一个月投产 4 台（2013 年 7 月）、6 个月（2013 年下半年）投产 12 台、12 个月投产 18 台单机额定容量为 700MW 水轮发电机组的多项世界纪录，在中国水电史上留下了浓墨重彩的一笔。组织、实施和创造多项世界纪录的这个团队，是一支被三峡集团誉为善打硬仗的“特种部队”——三峡机电工程技术有限公司，这支“特种部队”的指挥官，就是三峡机电工程技术有限公司党委书记、董事长张成平。

⊙精彩绽放的机电人生

张成平刚参加工作时三峡工程还未开工，刚毕业的大学生们主要是在办公室看看资料。但张成平不满足于办公室的“白领”生活，主动要求到生产一线去。他先后到葛洲坝机电公司、十三陵抽蓄电站、天生桥水电站从事机电安装、监理和建设管理等工作。在葛洲坝机电安装队实习时，他整天与师傅们一起摸爬滚打，叠片、下线、打槽楔……手上磨出了水泡、长出了老茧都浑然不知。机遇总是留给时刻有准备的人，三峡工程开工后，刚过而立之年的张成平被委以重任，先后担任工程建设部准备工程部供水处处长、公共工程部副主任、机电安装项目部副主任、主任，成为三峡机电安装团队的掌门人。

随着集团机电业务的整合和改革，他先后担任过机电工程部副主任、机电工程局局长等职务，但他和他的团队始终奋战在机电建设的最前沿。从三峡到向家坝再到溪洛渡，每一台机组的调试试运行他都担任现场总指挥。机组调试试运行期间，他在工地一待就是半个多月，日夜坚守在调试现场。2013 年，仅在溪洛渡、向家坝各个工地来回奔波，他的行程就达到了 5 万多公里。溪洛渡电站一名基层员工在 2013 年的工作总结中这样写道：“迄今为

止，溪洛渡电站已有 12 台机组顺利投产发电，每一台机组的调试工作，张局长都亲自参与。从宏观掌控电站的投产发电计划到每一台机组、每一个部件的调试试验，张局长都在现场指挥调度，他在调试办公室常常一干就是一整天，不记得时间，不感觉辛苦。我们猜想，干机电工程可能就是他的最爱！”

他先后带领机电团队完成了三峡左岸、右岸、地下电站，向家坝左岸、右岸电站，溪洛渡左岸、右岸电站机电设备从可研、设计、招标、制造到安装、调试试运行直至投产发电的全部建设工作。在他的精心组织下，自 2003 年 7 月 10 日三峡左岸电站第一台机组发电，至 2014 年 6 月 30 日溪洛渡右岸电站最后一台机组投产发电，他带领的机电团队共完成了 58 台（套）单机容量 700MW 及以上机组投产发电，总装机容量达 42760MW，这是一个令世人惊叹的业绩和壮举！他全程参与和见证了中国水电从跟跑到并跑、超越直至领跑的全过程，他的人生在机电工程建设中得到了精彩绽放！

⊙质量管控的“黑脸包公”

张成平在三峡负责机电安装管理时，兼任机电监理部的总监。他在认真

履行业主职责的同时，也严格履行总监义务，管理严格细致，每一个关键工序、每一个重要部件的安装方案、工艺流程、监测数据，他都要亲自审核把关，并亲自参与验收。与他很熟的一个同行在另一个水电站也担任总监，有次开会相遇聊天时，他对张成平说：“老弟，你现在是主任、总监了，没必要天天跑现场了，吊装定子、转子等关键部件到现场去看看就行了。”张成平笑着对这位同行说：“不行啊，我可没有老哥你这么潇洒。三峡无小事，我们这里装个螺栓我都要到现场去看看，不然心里就不踏实！”

张成平说话干脆果断，工作一丝不苟，他的严苛也是出了名的。在三峡电站调试时，有一个数据始终达不到精品标准，他陪着工人们熬了好几个通宵，进展也不大。但他始终不肯放弃，反复召集技术人员开会研究对策。开会时，有一个带过他实习的老师傅说：“这个数据虽然大了一点，但按国标也合格了，大家都尽力了，没必要这么严格吧？”张成平铁着脸对大家说：“尽管在场的有的是我的师傅，但师傅归师傅，工作归工作，要是这个数据调不到精品标准，就是师傅也别怪我对不住了！”

他带领的团队不仅仅是在从事机组安装，更是把数千吨的巨型水轮发电机组当成艺术品在精雕细琢。据现场测定，长达 20 米直径的定、转子圆度可以控制在 0.9 毫米以内；近 40 万张铁片一张张堆叠而成的定子铁心，平整光滑几近完美；直径 4 米、高 13 米的主轴联轴后，直线度每米仅 14 微米。在众多新闻记者和电视镜头的现场见证下，机组满负荷发电运行时，把一枚一元的硬币立在厂房隆隆发电的机组盖板上，硬币可以稳稳站立不倒，现场人员无不惊叹。

⊙硬汉也有柔情时

三峡左岸电站是我国首次采用 700WM 巨型水轮发电机组，机组设备主要由德国、美国、法国、瑞士等国外厂商提供。机电安装面临技术难度大、质量要求高、工期紧张等困难，作为机电团队的负责人，张成平面临的压力可想而知。

虽然家就在30几公里外的宜昌市，但张成平有时候忙起来一两个月都不回家。即使回去，也是匆匆忙忙带些换洗衣物和日用品就回工地。那时候他女儿正上高中，他无法像其他家长那样给孩子补补功课，陪孩子聊聊天，舒缓一下学习压力，甚至在孩子高考那几天他都在厂房里忙碌着……由于压力较大未发挥好，孩子没有考上心仪的学校。待高考成绩出来后，面对孩子的抱怨和委屈，这位工程建设的硬汉再也忍不住眼眶中的眼泪。他满怀深情地对孩子说："这几年爸爸没有尽到做父亲的责任，没有帮到你，爸爸对不住你！"

虽然工作起来一脸严肃，但工作之余张成平时刻体现出对员工的关爱。他每次到工地，总是与基层员工促膝谈心，了解他们的工作、学习、生活等各方面的困难和需求，并尽最大努力帮助员工解决实际问题。他常说："这些年轻人基础很好，我们要尽量创造各种条件，为他们搭建一个好的平台，帮他们早日成长、成才！"

在他的带领下，机电公司成为一支能打硬仗、善打硬仗、严谨求实、担当进取的高素质的"特种部队"，目前这支队伍正在从事百万千瓦级的乌东德、白鹤滩水电站和高水头高转速大容量的长龙山抽蓄电站的机电工程建设，同时不断将机电核心竞争力向科研创新、海上风电、新能源等领域拓展，他们正努力为三峡集团创建世界一流企业做出更大的贡献。

人物档案

张成平，1963年10月出生，湖北钟祥人，中共党员，工学硕士，正高级工程师，先后参与三峡、向家坝、溪洛渡、乌东德、白鹤滩等水电站机电工程建设，现任三峡机电工程技术有限公司党委书记、董事长，享受国务院特殊津贴专家。荣获"全国五一劳动奖章"，获多项科技进步奖。

机电科技创新的“领军者”

——记中国三峡集团三峡机电公司胡伟明

作者：陈　欢

习近平总书记说，“具有自主知识产权的核心技术，是企业的‘命门’所在”。

胡伟明作为集团公司机电科技创新的带头人，为了把水电装备关键核心技术的“命门”牢牢掌握在三峡集团自己手里，他带领机电团队走出了一条具有三峡特色的水电重大装备国产化道路，也留下了动人的人生故事。

⊙为水电站的“心脏”把好脉

水轮发电机组就是水电站的“心脏”。

在三峡工程论证阶段，我国水轮发电机组设备制造企业的设计制造能力与国外企业相比有近 30 年的差距。国务院决定以建设三峡工程的有利契机，制定“联合设计、合作生产”的机电国产化战略让胡伟明振奋不已。从此，让中国水电站都有一颗跳动的“中国心”成为他毕生的追求。

1996 年，国务院决定三峡工程首批 14 台水轮发电机组进行国际招标采购。在招标文件编制阶段，大家经常看到这样一幅幅画面：胡伟明和其他专家们的办公室灯火通明，正在对水轮发电机组招标文件进行反复修改完善，针对水轮发电机组技术转让进行激烈的讨论，反复阅读、推敲每一句招标文件条款。胡伟明和他的团队参与编制的水轮发电机组招标文件被誉为“杰作”，成为三峡集团公司后续工程水轮发电机组招标文件的范本，也被我国水电行业广泛借鉴、采纳。

⊙“科技成果要转化为生产力”

胡伟明说：“科技就是生产力，科研要落地，科技成果要转化为生产力，体现它的经济性。”他主持的科研项目难度高、意义重大、影响深远，有些甚至是十年磨一剑。

1997 年 8 月 15 日，三峡左岸电站 14 台 70 万千瓦水轮发电机组制造与国际跨国公司的合作均按预期目标实施。胡伟明反复叮嘱身边的同事：虽然在三峡左岸电站建设中，我国企业承担了不少设备的制造和供货任务，但更多的还是在“给外国企业打工”，用的是国外的技术，要想提高民族装备制造业在国际舞台上的竞争力，必须打造自己的核心技术。2004 年，三峡右岸电站 12 台 70 万千瓦机组招标采购，并在投标阶段进行水轮机模型同台对比试验。

国内哈电和东电机组性能达到了当时国际水准，分别中标承担 4 台机组的设计制造任务。

由于中国企业制造能力和技术水平不足，大型铸锻件成为制约三峡右岸电站按期发电的瓶颈。2006 年，温家宝总理、曾培炎副总理分别对大型铸锻件研究做出了重要批示。在国务院三峡工程建设委员会的指导和三峡集团公司精心部署下，胡伟明带领三峡机电人勇挑重担，以“产学研用”为模式，开启了长达 10 年的铸锻件科技攻关之路。

为找到我国铸锻件制造水平落后的根本原因，胡伟明组织调研团队无数次深入一重、二重、大重等单位了解一线真实情况，主持撰写了大型铸锻件制造调研报告。推进国内铸锻件制造企业参与巨型水轮发电机组大型铸锻件科技攻关；组织进行了铸锻件技术标准研究，提出了巨型水轮发电机组大型铸锻件化学成分、力学性能、制造工艺等技术要求，引导国内铸锻件企业重点研究优化制造工艺、提高制造水平。

精心的组织，精益求精的过程控制，使得国内大型铸锻件达到了国际领先水平，从三峡左岸的全部进口，至三峡右岸逐步取代，直至三峡地下电站和溪洛渡、向家坝电站的全部国产，不仅摆脱了受制于人的局面，满足了国内大型水电工程需要，更是远销海外。据不完全统计，近年我国制造的水电机组精加工铸锻件产品总重超过 10 万吨，创造了超过 160 亿元的经济效益。

⊙“机电重大装备国产化”

功夫不负有心人。国内水电机组制造水平从只能设计制造 30 万千瓦的水轮发电机组，到一跃制造 70 万千瓦特大型机组，我国水电装备制造业用 7 年时间跨越了与国外 30 年的差距。

在溪洛渡、向家坝电站建设时期，胡伟明继续深入推进机电重大装备国产化，组织机电相关方成功设计制造了 80 万千瓦水轮发电机组，为当今世界上投运机组容量之最。同时，他还组织开展了配套机电设备国产化，组织开展机电设备原材料国产化研究。发电机断路器等多项国产化成果直接打破国际垄断局面，硅钢材料国产化研究成功，硅钢材料市场价格从以前的近 5 万元 / 吨降低到 1 万多元 / 吨，在极大提高国内水电制造企业核心能力的同时，也创造了巨大的经济效益。

2017 年 8 月 3 日，金沙江上的又一明珠——白鹤滩水电站开启了中国乃至世界水电发展史的新篇章。电站首次全部采用国产百万千瓦水轮发电机组，这是我国重大水电装备产生的又一次历史性巨大飞跃。自 2006 年以来，胡伟明作为科研项目负责人，组织科研院校、设计单位、设备制造厂共同参与研究，从可行性和经济合理性研究，到总体研究和专项研究，再到创新性研究的全过程，每一个技术研讨都有他的身影，每一个专题成果都倾注着他的心血。目前，百万千瓦水轮发电机组科研成果已成功应用于乌东德、白鹤滩电站机电工程建设。

2015 年，胡伟明明确提出机电重大装备国产化要具备国际视野，两次带队考察巴西，旨在将国内机电设备国产化成熟经验带出去，整合中国机电装备“编队出海”，用中国技术、三峡标准服务全球水电行业。

⊙“牢记总书记嘱托，创新永远在路上”

“大国重器必须掌握在我们自己手中，核心技术、关键技术一定要靠我们自己。牢记总书记嘱托，创新永远在路上。”胡伟明经常提醒大家。

胡伟明坚持围绕大型电站机电工程建设需求持续开展科技攻关，推进机电技术标准化。作为三峡集团公司创新性提出百万千瓦水轮发电机组研究的主要成员，他主持集团公司机电科研项目近50项；组织编制三峡企业技术标准40多项；参与11项国家重大科研项目的研究，是多个学会、专委会的重要成员；获得各类省部级荣誉及科技成果奖17项，授权专利3项，参与专著3部……

“全球目前已投产的99台70万千瓦以上大型水电机组中，三峡集团拥有58台，占全球总量的60%。”每当在各大媒体上看到这句话，都让人为之振奋。实现我国70万千瓦巨型水轮发电机组从无到有，从中国制造到中国创造，开创世界水电百万千瓦级水轮发电机组制造的新纪元，持续引领世界水电，无不凝结着以胡伟明为代表的几代三峡机电人的勇气、智慧与汗水。

在我国全面建成小康社会的决胜阶段，乌东德、白鹤滩电站正在如火如荼建设，白鹤滩电站百万千瓦水轮发电机组将使我国水电行业制造水平达到新的高度。高水头大容量水轮发电机组前瞻性研究正在推进，将再攀水电技术高峰。当前，三峡集团正在创建世界一流示范企业，胡伟明带领他的团队脚步依然矫健有力！

人物档案

胡伟明，1964年出生，江苏沛县人，中共党员，工学学士，正高级工程师，先后参与三峡、向家坝、溪洛渡、乌东德、白鹤滩等水电站机电工程建设，现任三峡机电工程技术有限公司党委副书记、总经理，享受国务院特殊津贴。获多项科技进步奖及发明专利，并主持编制多部专著及多项技术标准。

机电工程“百科全书”
——记中国三峡集团三峡机电公司杜建国

作者：马玉葵

金沙江畔，群山耸立，一颗举世瞩目的水电工程明珠——乌东德水电站建设正如火如荼。无论在地下厂房水车室、操作廊道、GIS 室，还是大坝坝肩、出线场，你总能见到一位穿着水泥色工作服，打着磨掉漆的手电筒，走路脚下生风的人，他就是同事眼中有机电“百科全书”之称的，三峡机电工程技术有限公司乌东德项目部主任杜建国。

⊙经历太“丰富”，生活太“单调”

他把自己的青春时光和全部精力都奉献给了水电建设，在每一个工作岗位上，兢兢业业、一丝不苟，传承三峡建设者的工匠精神，先后荣获“湖北省科学技术进步奖特等奖”“中国水力发电工程学会科技进步二等奖”等荣誉，并享受国务院政府特殊津贴。熟悉他的人都说他经历太“丰富”，生活太“单调”。

“丰富”的是，水电行业内专家少有像他这样亲身在一线参与如此多的超级工程、伟大工程。他先后参与葛洲坝、二滩、三峡、向家坝、乌东德，以及马来西亚沐若、乌干达伊辛巴等国内外著名水电工程建设，承担700兆瓦、800兆瓦、850兆瓦机组的安装、调试等，积累了丰富的工程经验。

“单调”的是，无论职位怎么变化，一起奋战的队友换了一茬又一茬，他却几十年如一日，始终坚守在水电工程建设一线工作。参与三峡工程建设、金沙江水电开发，他始终带着崇高的荣誉感和责任感，扎根在工程一线，把工地一线当作自己的“办公室”和“家”。

⊙匠心巧思勤优化，挑战传统出真知

向家坝电站机电工程开工建设时有多个“第一”：机组单机容量世界第一、发电机绝缘等级国内第一、国产化500kV高压电缆和GCB等新设备第一次应用。这么多“第一”是荣誉，也是责任，更是对机电安装技术和管理提出的巨大挑战。为了打造优质机组、精品工程，杜建国夜以继日地研究计算报告、设计图纸、安装工艺等堆成数米高的技术资料，优化核心部件的关键工艺，形成了一批行业领先的核心安装技术。

机组转子磁轭叠装采用销钉定位的传统工艺，定位销钉随磁轭叠装高度增加而逐步上移，下部叠片失去定位销钉，圆度与半径控制困难，需反复测量和整形，并且容易产生片间滑移，造成磁轭圆度降低甚至超标。他总结以往的经验教训，查阅大量资料，提出了优化工艺：在磁轭鸽尾槽增加整形工具，对磁轭叠片进行定位，同时在磁轭中部，大立筋背部与支臂焊缝处加装楔子板，避免磁轭挤压导致立筋变形。

杜建国提出的方案遭到厂家、设计、施工单位的不解和质疑，他们认为可能存在未知风险，甚至可能导致转子叠片失败，造成机组发电推迟等重大问题。杜建国和同事带着技术资料，早出晚归、披星戴月，把办公室设在了厂房安装间，测量转子各部件尺寸，现场研究讨论新工艺可能存在的问题，确保万无一失。面对设计厂家、安装单位的疑虑，他仔细思考后，力排众议，决定在首台转子组装上使用优化后的工艺。

工艺优化后，向家坝机组转子这个重 1800 吨、直径 18 米的大块头的圆度控制在了 0.5 毫米，磁极同心度控制在 0.03 毫米。这些指标不仅决定了机组的电能质量也会影响机组的运行震摆，最后实测的上导、下导、水导的摆度分别为 0.005 毫米、0.01 毫米、0.033 毫米，使得发电机在满发运行工况下，振动程度小到可以让一枚硬币稳稳地立在上面。

⊙深思熟虑出灼见，下线质量再提升

几十年的工作经历，并没有磨灭杜建国内心的创造力和独立思考能力，即使到了领导岗位，他仍然每天坚持到现场巡查，发现问题，提出思考。2011 年 8 月 26 日，正在防尘棚内检查定子下线时，他突然眉头紧锁、陷入沉思。按照 GB 8564—2003 相关要求，定子下层线棒完成后进行交流耐压试验，定子下线全部完成后整体进行直流和交流耐压试验，之后不再进行耐压试验，这不可避免地产生两个问题：一是如果整体耐压试验发生上层个别线棒击穿，则需要拆除绝缘盒、融焊、拆绑扎，更换下层个别线棒需要拆除至少一个节距内的上层线棒，更换上层、下层线棒难度极大，并且容易损伤其他线棒绝缘，不利于定子绕组整体质量控制；二是线棒整体耐压试验后，定子机座外围会安装很多支架、水管等金属材质附件，升压试验之前，如没有对以上金属附件与定子带电部位安全净距进行检测，则存在发生定子短路的风险。

脑海中反复闪现着标准内容的他，径直奔回办公室，查阅技术文件、文献资料，咨询设计专家，经过反复琢磨和讨论，提出了优化定子耐压试验的新思路：在 GB 8564—2003 要求基础上，分别在定子上下层线棒焊接之前对上下层线棒分别增加一次直流耐压试验，提前发现和更换绝缘不合格线棒，提高整体耐压试验一次通过率；在机组总装完成后增加一次交流耐压试验，检验定子带电部位与周围金属附件的安全距离。由于经过了充分细致的研究，他的提议很快得到专家们的认同，该方案在向家坝、溪洛渡电站推广，显著提高了定子下线耐压试验通过率。

⊙同事眼中的“活字典”“百科全书”

拥有参与数十台巨型水轮发电机组安装调试而积累的丰富经验，杜建国就像是水电站机电工程建设领域的“活字典”“百科全书”。几十年如一日扎根工程建设一线，也造就了杜建国的一些“特异功能”。

2013 年 1 月 15 日，他带领各参建单位的代表检查 GIS 室、副厂房土建交面情况。副厂房的楼层较多，各层隔墙未砌完，土建施工期间楼梯间照明

较差，无法看清哪一层楼梯间能通往 GIS 室，他在最前面打着手电带领大家沿着楼梯间往上走。走过其中一层的转角，他刚向上走了两级台阶就退回来，说："走过了。"于是，他径直从那一层的楼梯间转角穿过门廊，大家跟着他走过去，果然看到了 GIS 室。大家都惊奇地问他怎么知道走过了，他打趣地说："通过气味闻出来的。"现场其他人却怎么也闻不出这其中的差别，都百思不得其解，连连称赞他具有"特异功能"。

在同事们眼中，杜建国是一个不需要休假的人，因为即使回成都休假，他也会经常参加各种技术交流会、咨询会、协调会，或是向其他部门讨教技术、管理问题。对于工作，杜建国始终事无巨细、精益求精。他的工作作风感染和熏陶了周围的同事们，从向家坝到乌东德，总能掀起"比学赶帮超"的工作学习氛围。在建设新时代大国重器的热潮中，正是因为三峡机电管理团队涌现出了一批又一批像杜建国一样的技术能手、行业专家，他们忘我工作、攻坚克难，才实现了我国大型机组设计制造安装全产业链的技术突破，极大提高了我国水电行业的国际竞争力。

人物档案

杜建国，1967 年 9 月，湖北宜昌人，中共党员，本科学历，高级技师，先后参与葛洲坝、二滩、三峡、向家坝、乌东德，以及马来西亚沐若、乌干达伊辛巴等国内外著名水电工程建设，现任三峡机电工程技术有限公司总经理助理，兼乌东德机电安装项目部主任，享受国务院特殊津贴专家。先后荣获三峡集团公司"总经理特别奖""湖北省科学技术进步奖特等奖""中国水力发电工程学会科技进步二等奖"。

筑梦金沙“调试”人生

——记中国三峡集团三峡机电公司康永林

作者：詹福伟　杜清玭

浩荡的金沙江像一条金色巨龙，紧锁在深远巍峨的群山之中，两岸草木苍翠，溪水长流长虹卧波。放眼望去，山的沉稳、水的灵动和科技感十足的双曲拱坝和谐地交织在一起，如梦似幻。

自古英雄多奇志，无数水电精英立马当先，与山石为伴，以水天作席，和风月为伍，揽收大自然的礼赞，谱下了溪洛渡最美的诗篇，创造了一串串响亮的数字。2013 年 7 月 15 日开始，仅用 160 余天，溪电建设者实现 12 台机组投产的阶段性目标；2014 年 6 月 30 日，在短短 350 天的时光里，圆满完成全站 18 台 770MW 水轮发电机组的投产发电总目标，世界第三大水电站横空出世，三峡人用默默的行动创造了水电建设史上的举世奇迹。

嘀嗒嘀嗒，清晰的时间坐标线上，记载着水电群英追逐的痕迹，鹤舞金沙的舞台上正诉说着溪电人“接机调试、投产发电”那让人激荡回肠的炙热场面，让我们开始“他”的故事……

⊙十指柔情，赤诚负重逆流而上

2013 年 2 月 1 日，中华儿女都在憧憬新年到来与家人齐聚一堂的欢乐时刻。对康永林来说，这一天，记忆犹新，他离开了熟悉的向家坝电站工程。

4 个月前，他开始了向家坝首台机组启动调试，经过 50 天的紧张努力，向家坝电站首批 6 ~ 8 号三台 800MW 机组相继投产。首战告捷，为公司提交满意的答卷后，他本可以回后方获得一段惬意时光，陪伴两岁半的儿子，来弥补他久违的父爱，让妻子感受丈夫在家的欢乐幸福，和家人一起过一个团圆年。

然而，这一次回成都的休假，却变成和妻儿及家人“讲道理”的专场。十指柔情，热血男儿碰到了难题：从妻子怀孕到儿子出生，他和妻子聚少离多；他驻守在三峡机电项目部，妻子的工作却调至陌生的成都，他与妻子错过太多；儿子发烧生病跑医院，他却缺席扎在向家坝工地续编 800MW 机组调试捷报……家确实不是一个讲道理的地方。对他来说，短暂的休假，唯一能做的就是陪陪儿子做做游戏，趴着耳朵哄哄妻子，买来小酒陪陪岳父，凑

着热闹给岳母提提菜篮子。爱能感化一切，大家庭在他的智慧下又恢复了平静，这一次休假后，他直接奔赴溪洛渡工地，开始了溪洛渡电站机组调试的新征程。

⊙关键时刻，高效指挥确保进度

机电联合调试工序初展，参建各方早已摩拳擦掌。2013 年 6 月 17 日是令人激动难忘的一天，溪洛渡机电项目部调试指挥部组织了机组启动验收委员会首次会议，溪洛渡电站首批机组进入有水调试阶段。

经过 40 天的调试，溪洛渡电站首台 6 号机组迎来了首次启动。现场调试操作员站周围围满了调试人员，大家都希望见证这一时刻。然而第一次启动并不顺利。

16:33 点动滑行："转速 5%，开度 2.7%，转速 20%……""滑环室有异响、异味，紧急停机"！

经检查，发现补气阀防水材料磨损缺陷，进行紧急处理。

21:55 点动滑行："导叶开度 2.2%，转速 8.5%""滑环室正常、风洞正常、下机架正常、水车室正常""机组转速 20%、50%、75%、90%、100%，导叶开度 14.9%""残压 200V"。

随后顺利进行了过速试验……

这是调试现场一个缩影，也是康永林调试中熟悉不过的口令。然而，现场过程瞬息万变，总有一些意想不到的情况发生。7 月 28 日，也就是 6 号机组 72 小时并网试运行的前夜，这次机组顶盖排水泵并未正常启动，顶盖水位直逼水导油槽，调试成果即将付之一炬。康永林冷静决策，施工单位迅速更换顶盖液位计，一边手动进行顶盖排水泵试验，一边监视运行程序。经过两次谨慎的试验，顶盖排水系统终于正常运行。7 月 29 日 10 时 55 分，6 号机组如期并网试运行。

⊙铁臂担当，机电调试捷报频传

作为水电建设者，与山水为伴实属正常，一年半载身居山洞坚守建设一线更需要坚定的信念和十足的勇气。半年的时间要完成溪电 12 台机组的投产，超出了大家的想象；360 天内要投产 18 台机组，更是水电建设史上从未有过的设想。

正是有一群像康永林这样的精英，扎根在溪洛渡工程现场，全身心扑在建设一线，他们高举“学习成长在三峡，建功立业在金沙”的旗帜，秉承“建管结合，无缝交接”的理念，全方位把关电站工程建设，严控机组安装调试质量，坚守投产发电目标，挥洒着自己的青春和汗水，才传出一份又一份捷报。

2013 年 7 月 6 日 9 时，溪洛渡电站 13 号机组开启涉网试验，15 日 10 时，该机组投入运行，标志着高强度机组投产战役正式打响；12 月 29 日 9 时，4 号机组投产运行；2014 年 3 月 30 日 10 时，3 号机组正式投产发电；2014 年 6 月 30 日，1 号机组、18 号机组结束 72 小时试运行后投产发电，标志着全站机组调试移交圆满落下帷幕。

六年时间虽已过去，但谈起机组调试，康永林依旧激情澎湃，他那神采奕奕的讲述透出更多的自信和自豪。

⊙而今迈步，重器典范金沙鹤舞

截至目前，溪洛渡电站安全稳定运行超过 2000 天，累计发电超过 3300 亿千瓦时。绿色之光点亮了千家万户，“西电东输”的溪洛渡电站骨干工程实至名归。

2016年10月，康永林又转战到世界在建装机规模最大的巨型水电工程——白鹤滩水电站工程建设中。作为白鹤滩电站机电安装项目部的负责人，承担着左右岸地下电站16台单机容量为1000MW的水轮发电机组安装调试任务。从水电机组安装前期机电埋件制造安装开始，他秉承“安全、准点、精品、美丽”的机电建设目标，带领着一支朝气蓬勃、团结进取的机电建设团队，高质量高标准完成了现阶段的电站建设任务，一直在精品工程，美丽机电的水电建设道路上深耕和探索。

白鹤滩，又是一个新的起点。康永林将坚守“敬业赤诚心、挑战攀高峰”的初心不变，砥砺前行，逐梦前方。

人物档案

康永林，1976年4月出生，陕西咸阳人，中共党员，工学学士，正高级工程师，先后参与三峡、向家坝、溪洛渡、白鹤滩等水电站的机电安装调试项目管理工作，现任三峡机电公司白鹤滩机电安装项目部副主任。荣获“四川省五一劳动奖章”，IEC/TC4水轮机技术委员会成员，获多项机电科技成果奖。

金沙水电释情怀
——记中国三峡集团三峡机电公司王献奇

作者：闫海桥

乌蒙峡谷，天高云淡，峭壁林立，金沙湍急。在这深山峡谷之中，数万三峡水电人正在开岩凿壁、拦江筑坝。抛开灯红酒绿的繁华都市，无数三峡水电人背井离乡，毅然决然投身于这座国之重器的建设之中，誓要让高峡出平湖，山水焕新颜。三峡机电工程技术有限公司（以下简称“机电公司”）乌东德安装项目部副主任王献奇便是其中的一员。

⊙乌东德机电的“先行者”

2016年初，王献奇作为机电公司“先遣部队”入驻乌东德工地。

刚到乌东德工地，第一个“拦路虎”就考验着他——左右岸主厂房160t/160t桥机的安装。如何把近30米长的桥机主梁从会东县城运进乌东德电站工区？因为当时对外交通道路还正在进行施工，不具备大件运输的条件。

“困难像弹簧，你弱它就强，你强它就弱！”王献奇说。他一段一段反复地查询运输道路情况，结合自己工程建设经验认真分析，及时将初步判断与乌东德工程建设部沟通寻求支援。他建议由交通部协调道路施工单位通力配合，先把路面临时填平或铲平，具备大件临时通行条件；坝管部做好与当地政府和当地居民的沟通维稳工作，桥机运输单位全力以赴把桥机安全运输到工地。任务安排好后，各单位各司其职。在桥机主梁运输的过程中，他“身先士卒”，路面不平的位置该挖的挖、该填的填，每天只能“挪动”几公里。从会东县城到工地全程约45公里，运输花了5天的时间。现如今，对外专用公路已开通，大件从会东县城运到工地仅需一个半小时。

⊙运筹帷幄决胜千里

乌东德转轮加工基地是国内首个地下转轮加工厂。如何在有限的地下空间里做到合理配置资源、科学安排生产，这个问题让项目部犯了难。

王献奇创新性地将厂家“工厂化”与现场“属地化”管理相结合，采用标准化、可视化等管理工具，形成一整套具体化、数据化、可操作性强的标准管理体系，并将这些体系规划落地实施。集团公司领导多次考察乌东德转轮加工厂，并大力赞扬其定置管理工作方法。

作为项目部负责人之一，王献奇特别关心下属，注重青年员工的历练培养。初到乌东德负责转轮加工厂建设的青年员工闫海桥，由于缺乏相应工作经验，导致工作推进困难且工作效率低下。王献奇与他一道，全面分析当前转轮加工厂管理过程中的优势与存在的问题，及时与他分享工作经验，让他充分意识到工地就像“战场”，时刻都要面临新“战况”，要把握“战机”取得“主动”。

有一次，机电施工单位向闫海桥反映：“转轮厂砂漆间通风管明装部分与埋件部分对接不上，是由于土建施工的砼墙面偏差太大导致。我们把通风管安装完成，不负责与埋入部分对接，应交由土建负责。”闫海桥一头雾水，不知如何处理。

王献奇得知情况后，带着他到现场仔细勘查，决定仍由机电施工单位负责。“机电施工单位通过一定措施可以把偏差纠正过来，他们属于‘偷奸耍

滑’，以后这种事情不能再发生！”王献奇严厉地说。闫海桥事后和同事们提起这件事，深有感慨地说：“不了解现场，不深入现场一线，会给自己的工作造成巨大的被动，我对王主任这种严谨的工作态度和敬业的精神感到佩服！”

⊙诙谐幽默的“奇哥”

生活中，我们都亲切地称呼他“奇哥”，他总是和大家打成一片，主动地和大家进行思想交流，并引导大家保持积极乐观的心态。

目前机电安装工作紧张、工作压力大，饭后之余成了我们的“幸福时光”，大家可以一起谈天说地，无拘无束。有一天午饭后，奇哥笑着跟大家说：“最近我在看黄仁宇的《万历十五年》，考考你们啊，万历十五年发生了什么大事件？为啥这本书叫这个名字呢？”我们大家都觉得这个时间点应该是历史上一个重要的时间节点，但却都说不出来。奇哥看了看大家，说：“其实万历十五年在中国历史上是平平淡淡的一年。至于取这个名字，则是从世界历史角度分析的结果。因为 1587 年也就是万历十五年，这一年是西班牙舰队出征英国的前一年，是大事发生之前的症结，也将是以后掀起波澜的机缘，其间的关系因果，恰是历史的重点。”大家边走边听，你一言我一语地交流了起来。奇哥看到大家兴致高昂，又说道：“你们感兴趣的话可以抽空读一下这本书，同时也可以了解一下黄仁宇这个历史学家，他毕生倡导的‘大历史观’对整个学术界影响很大。”听后大家都纷纷点头。这时候的奇哥不是领导，他与我们无所不谈，或传授工作经验，或畅谈社会热点关切，或交流历史名人轶事，或分享近期读书心得……

他热爱羽毛球运动，偶尔不加班的夜晚是我们相约球场的时间，大家在球场肆意挥洒汗水、共同切磋球技，他坚信生命在于运动，年轻人更应该动起来，在他的感染下，部门同事都变成了“运动达人”。

俗话说，有付出就会有收获，可也往往意味着牺牲与奉献。恪尽职守、建功金沙江的这些年，他觉得对家庭愧疚太多，错过了太多次陪伴孩子成长的重要节点。2018 年重点工作是机电安装合同签订以及施工单位进场，作为项目部副主任的他肩上责任重大，需要从大局出发，统筹考虑机电安装工作，全天会议、长时间出差都是家常便饭，他常常两三个月才回一次家，有时一

个紧急电话，刚到家的他还是义无反顾地投入工作中。2018 年 9 月，正在成都与机电安装中标单位进行合同谈判的他，接到家里电话，小孩即将出生，刚结束合同谈判他就匆匆赶回家中，当天夜里小孩出生，而后与妻儿才团聚几天，就又投入工作中。2019 年春节值班，他主动放弃与亲人团聚的机会，自愿留下坚守。家人的理解和支持是他最坚强的后盾，水电工程点亮万家灯火的背后，是无数个水电建设者家庭的默默奉献与支持。

正如歌词写的那样："拦江筑坝出平湖，滚滚激流变电能，艰苦创业攻难关，科学严谨铸精品……奉献青春多豪迈，痴心不改水电情……"金沙江水电工作，只有亲身参与的人才能体会其中的不易和艰辛，也只有亲身经历的人才能体会其中的自豪和喜悦。

如今的乌东德工程，正处在大有可为的干事创业黄金期，面临的机遇前所未有，面对的挑战也前所未有。我们何其幸运，能承载嘱托和使命，让我们以王献奇这样优秀的同志为榜样，不忘初心、苦干实干，为实现新三峡梦而不懈奋斗。

人物档案

王献奇，1980 年 6 月出生，河南南阳人，中共党员，工学硕士，高级工程师，先后参与三峡、向家坝、乌东德水电站机电安装调试项目管理工作，现任三峡机电公司乌东德机电安装项目部副主任。荣获三峡集团公司"十大杰出青年"，并获多项机电科技项目奖励。

挑战极限　打造精品

——记中国三峡集团三峡机电公司乌东德机电安装项目部

作者：邱成姣

从三峡出发，到向家坝、溪洛渡，再到乌东德、白鹤滩，从一片片荒芜之地开始，直至成功建起一座座世界级的水电站，但却不停留在这些伟大的成就上，而是一路沿江向上，从艰苦的地方到更艰苦的地方，始终行走在拓荒一线——这是无数三峡水电人共同的足迹。

乌东德机电安装项目部就是这样一个一直奋战在工程建设一线的基层班组。在这个班组里，有历经葛洲坝、三峡、溪洛渡和向家坝电站建设的“数朝”水电元老，也有从繁华都市直奔乌东德这个不毛之地的水电新人，为了建设乌东德电站这一新时代大国重器，他们走到了一起，走进了乌东德，开始又一次艰苦创业的历程。

⊙初来乍到的考验

万事开头难，一进工地，项目部就遇到了不少难题。

2016年初，左岸地厂首台桥机大梁到了会东县城，这是国内水电站起升重量最大的1300T桥机主梁，运输尺寸可想而知。此时，左岸到会东的对外交通道路还在施工中，大梁运不进工地，而土建施工着急等着用，怎么办？他们不等不靠，沿着45公里的道路一段一段地实地查看，虽还谈不上逢山开路遇水搭桥，但也是自己动手，有坑填坑，有坡铲坡，一步一步走，耗时数日，硬是设法把首台桥机大梁及时运进了厂房。

就这样，项目部从3个人起步，克服住宿、生活和交通不完善、资源匮乏等外在条件的困扰，坚持依靠自身主观能动性，从零开始，将项目管理工作一步步从空白导入正轨。

⊙挑战800MPa高强钢蜗壳

步入正轨，并不意味着可以松口气、歇歇脚，相反，更大的挑战与压力接踵而来。

乌东德电站在电力行业内首次将800MPa高强度钢板应用于机组蜗壳制

造。这种钢板有着更高的强度、更高的性能，但是也有较高的裂纹敏感性，焊接难度极大，而且首次在水电站大规模使用，没有经验可以借鉴，如何确保蜗壳制造、安装质量，尤其是其间的焊接质量，是工程面临的一大难题，也是建设百万千瓦水电机组的第一道难关。

2016 年 3 月 11 日，第一次蜗壳制作和焊接专题会举行。会议刚一开始，就出人意料地陷入僵局。虽然会前做了大量准备工作，但是一上来，蜗壳钢板制作第一步——坡口制备就面临巨大分歧。坡口采用火焰切割的方式进行制备，切割后坡口必须进行打磨，去除淬硬层，但各方对坡口打磨的具体厚度却有全然不同的意见。上海福伊特认为应至少打磨 0.8mm；天津阿尔斯通认为应至少打磨 3mm；葛洲坝则认为只需打磨掉氧化层，淬硬层会在焊接时熔解。参会各方各抒己见，都有道理，也都有丰富的工程实践经验，但分歧却显而易见。还有焊接线能量，是控制在 25kJ/cm 还是 30kJ/cm，或是 50kJ/cm，还是其他值？卷板温度、预热温度、保温温度和时间，无损检测和返修工艺如何确定？平焊、立焊、仰焊，不同焊接方式、不同板厚的焊接参数怎么控制？焊接工艺的每一个方式和参数的确定都无比困难。原本计划确定工艺的蜗壳制作和焊接专题会，最后开成了焊接工艺问题查找会，问题一一呈现，怎么办？项目部没有自乱阵脚，达不成共识，那就达成问题清单，先把问题一个个列出来，将各方意见一一记录。实践是检验真理的唯一标准，针对列出的问题和意见，项目部立即组织厂家、施工单位等各方力量，每个问题、每个参数一一开展对比试验研究，再把对比试验结果一项项提交技术专家组论证和评审。

从 2016 年初到 2017 年 6 月，历经 1 年多的艰苦科研攻关，进行大量焊接试验研究，前后组织四次大型行业专家评审会，十几次专题研讨会，还有不计其数的技术交流会，才终于摸清焊接参数和规律，取得高强钢检测程序、焊材匹配、焊接工艺等一系列科研成果，最终确定乌东德电站蜗壳焊接工艺并开始实施。

经过近三年的不懈努力，到 2018 年 12 月，乌东德电站 12 台蜗壳全部制造安装完成，焊接质量均稳定可控，一次合格率高于 99%，成功实现了 800MPa 级高强度蜗壳制造安装，并为后续白鹤滩电站同等级蜗壳制造安装提供了现实的参考依据，减少了大量基础研究工作。

⊙将工厂搬到工地

乌东德电站的业内首创不只是 800MPa 级高强钢蜗壳。受场地限制，乌东德转轮加工厂只能布置在地下开挖的洞室内，这是行业内首个地下转轮加工厂，且还是两个主机厂家共用，又一个首创。

在有限的地下空间里，15 个工位，覆盖近 20 多道工序，两个厂家同时生产，如何做到统一管理、合理配置资源，科学安排生产，也是未遇见过的问题。怎么办？面对精细化管理十分到位的两家外资企业，要想统一管理，那就得比他们更精细。项目部经过认真研究，创新性地将各厂家“工厂化”与现场“属地化”管理相结合，采用标准化、可视化等管理工具，全方位进行“5S”现场定置管理。从划定责任区开始，利用清晰的标示线对每个工位进行细致划分，确保空间利用最优；再划分管理责任，大到工位划分与交接程

序，小到公共区域卫生管理和值日安排，无论大小，每件事责任都公平合理地划分。

经过几个月的碰撞与磨合，成果显著，自转轮厂正式投入生产运营以来，三峡集团公司领导多次对转轮加工厂定置管理工作“点赞”，并将乌东德转轮加工厂作为集团公司现场“工厂化”的一个试点进行推广。

⊙简单的生活，执着的信念

在偏僻的金沙江河谷里，虽然干的是电力行业业内首创的工作，但过得却是极其简单的工地生活，每个人都面临远离缤纷社会、远离父母妻儿的困扰，繁忙的工作让大家顾不上休假，顾不上家里的孩子、老人，年轻人甚至顾不上找对象。

项目部主任杜建国，不在工地就在出差，一年下来基本没空休假；副主任王献奇，孩子出生前几个小时还在出差，几乎是从成都会场直奔宜昌医院产房；项目部青年技术骨干小马同志，工作能力强，性格开朗，运动场上也是名副其实的健将，但是从向家坝到乌东德，一直单身一人，大家都替他着急，

他却一心扑在工作上……不管付出多少，不管承受多少辛酸，从没有一个人抱怨畏缩，每次公司领导到乌东德工地调研慰问大家时，大家永远都是一个共同而坚定的回答："请领导放心，没有困难，我们一定会把乌东德机电工程建设好！"

"红军不怕远征难，万水千山只等闲"，长征时红军渡过的天险——奔腾的金沙江，现在正是三峡水电人建设新时代大国重器的主战场。项目部全体员工正齐心协力，与乌东德工程全体建设者一道，怀着与红军长征时相同的豪迈气概，迎难而上，不畏一切艰难困苦，努力奋进在打造乌东德精品机电、美丽机电的新征途上。

团队档案

中国三峡集团三峡机电工程技术有限公司乌东德机电安装项目部成立于2014年，主要负责乌东德电站机电设备安装与调试工程的技术、质量、安全、进度、合同管理和成本控制等现场管理工作，曾荣获三峡集团公司"红旗班组"、金沙江流域水电工程劳动竞赛先进班组等荣誉。

鹤舞白鹤滩
——记中国东方电气集团东方电机白鹤滩项目水力研发团队

作者：杨　静

几乎每个东电人第一次听到“白鹤滩”这三个字的时候，脑海里马上就映现出一幅诗情画意的场景：一群白鹤在沙滩上悠然踱步，另一群白鹤在沙滩上空飞翔，正应了刘禹锡那句诗：“晴空一鹤排云上，便引诗情到碧霄。”

正因如此，每个东方水电人都对“白鹤滩”的画意诗情弥散不去，且充满向往。

白鹤滩水电机组，单机容量100万千瓦，世界第一，被称为水电行业的“珠穆朗玛”，从此把世界水电带入了“百万单机时代”。

仰望“珠穆朗玛”，壮怀激烈；攀登“珠穆朗玛”，犹如登天。

怎么攀登？迷雾重重。

欲知山中事，且问砍柴人。

东方电机的研发团队，就是勇闯峭壁山林的“砍柴”人，就是勇攀“珠穆朗玛”的“登山”队。

⊙开始登顶

2009 年，白鹤滩水电项目在东方电机立项后，研试中心水力试验台上的溪洛渡水电项目装置尚未拆除，他们就地利用这些装置，开展了白鹤滩第一阶段研发。

尽管当时各类参数尚未明确，他们还是凭着经验和智慧反复进行了选型方向论证，这为后期正式研发积累了宝贵经验。

面对业主异常严苛的水轮机性能参数要求，经过三年的累积，他们终于听到了“开始登顶”的号令。

当时，国内外水电市场正值寒冬，白鹤滩电站这块“肥肉”自然成为炙手可热的对象，而竞争对手都是国内外水电制造业的巨头。

白鹤滩水电项目业主的要求又极其严苛，东方电机领导和广大职工也翘首期盼，研发团队真正体会到了“压力山大”的滋味。

此前，溪洛渡水电项目水轮机水力开发技术已经是当时国际顶尖的技术，在北京水科院同台对比中排名第一。这次白鹤滩水电项目机组的要求却更为苛刻，但别无选择，只有百尺竿头更进一步，“珠穆朗玛”必须“登顶”。

为了在研发上取得新的突破，在同台对比的舞台上再一次赢得业主的认可和同行的尊敬，溪洛渡水电项目机组总设计师王亚林再次挂帅，对团队提出了极为严苛的要求。

从技术方案的规划到水力技术的开发，从模型装置的加工到试验数据的判别，王亚林不停地构思每一个环节，反复斟酌优化改进的可能性。能够提供最好的实施方案，是他心中最大的希望。

为了一个设计参数的改动，王亚林与白鹤滩研发团队人员经常反复讨论，直到得出过硬的结论；为了一个试验方案细节的变动，王亚林就像面壁修炼的“达摩”，常常在试验台上一守就是一整天。

⊙“双王”发力

这一次，王亚林的徒弟王钊宁成为白鹤滩水电项目机组研发团队的主力队员。这对师徒在东方电机有着“双王”的称号，师傅王亚林是“大王”，徒弟王钊宁是“小王”。除了都姓王，“双王”还有更奇妙的缘分——来自同一个县城同一条街道，同一个中学，同一个大学，最终汇聚到同一家公司，成为师徒，又为了同一个目标而奋斗。

面对白鹤滩，三十出头的王钊宁心中既有一股年轻人的热血，又有一股老师傅般的沉稳。他坦言：“项目难度之大，前所未有，但是我们一定能完成挑战。”

王钊宁负责转轮研发，建立了全新高精度数值优化模型，首次把全流道分析方法应用于分析设计，在第二轮设计中就突破了95%效率大关，解决了水轮机的高效问题。通过不下百遍的计算、试验、对比，王钊宁确立了白鹤滩转轮叶片最低压力标准和转轮出口最优出口流速，解决了水轮机的压力脉动和空化等稳定性问题。

借助仿生学理念是王钊宁又一大创新。他标新立异，采用仿生鱼头叶片控制技术，成功解决了叶片头部脱流空化的难题，有效地提高了高水头部分负荷的水轮机稳定性。

⊙多点突破

精益求精，一丝不苟；追求卓越，毫不含糊。白鹤滩研发团队，在精进向上的氛围中不断推陈出新、突破藩篱。

研究试验中心主任工程师钟海权负责推力轴承设计。机组的滑动轴承，两个运动面之间有一层 0.003 毫米的油膜，但却要承载 4000 多吨的重力，比三峡还要高一个等级。

为了设计这个轴承，为了这一层薄如蝉翼的油膜，钟海权可是费尽了心机。要进行计算，市场上几乎没有这方面的计算软件，已有的计算软件精度不够，他只好自己开发软件程序；运行轴承瓦升温太高，不能满足标书要求，他带领团队历经数十轮试验，终于发明了热边界层隔离降温技术及装置，成功解决了推力轴承瓦温偏高的问题，不仅降低了轴承的运行温度和轴承的损耗，还提高了轴承的承载能力，提高了机组的效率。

团队成员集体发力，通风设计蒋富强、强度振动计算邓建安、电磁设计李建富、绝缘设计张跃等，先后创新性地完成了全流道、全工况数值模拟，

将计算手段换代升级，创建了全新的评判标准。

为了避免真机叶片产生裂纹的情况发生，研发团队开发出了新型三角块技术方案，显著降低了叶片最大应力，有效防止了可能出现的裂纹。

通过整体通风冷却计算及结构优化、定子端部电磁场研究分析、网机耦合及稳定性分析、定子高效散热、磁极内外分区及空、内冷新技术等一系列创新性研究，实现了同时满足当时最高效率和最严温升限值的双重要求，确保了机组长期安全稳定运行。

通过对水轮机蜗壳、导水机构、转轮、尾水管等部件反复地流动分析计算，使各部件达到了最佳水力匹配；效率、空化、压力脉动、飞逸转速等水力性能单项参数以及机组的整体安全性，均达到该水头段世界一流水平。

⊙成功“登顶”

历尽艰辛、奋力拼搏了五年，经过一次次优化设计，东方电机团队累计完成了两套模型装置、十余个模型转轮。

用哪一个转轮参加与国内外竞争者同台“PK”呢？研发团队反复斟酌，精心挑选出了四个表现优异但各具特色的精品转轮，作为备选。在这四个转轮中，有的效率更优，有的稳定性更好。但是，按照规则，登台“PK”只能选一个转轮。那么，究竟采用哪一个作为投标转轮呢？

白鹤滩项目，事关重大，责任如天，一着不慎，全盘皆输。所以，谁也不敢轻易拍板。决定“全队”生死存亡的这个“点球”，就放到了王亚林脚下。王亚林闭门室内，寂然静坐，隔绝一切干扰，排除一切杂念，深思熟虑，反复揣摩，最终果断舍弃了效率略高的其他三个转轮，毅然选定了稳定性最优的 D545A 模型转轮，去和巨头们同台竞争。

王亚林的这一决定，对于白鹤滩水电项目投标产生了决定性影响。D545A 转轮不负众望，在水科院试验中表现优异，尤其是稳定性较溪洛渡水电机组又有提高，综合性能指标更是达到国际先进水平，获得业主和专家一致肯定。

攀登“珠峰”，成功“登顶”！

鹤舞白沙滩，万马战犹酣，东电人的奋进脚步矫健有力，东电人的逐梦之路宏阔远长！

团队档案

中国东方电气集团东方电机有限公司白鹤滩水力研发团队成立于2009年，主要负责白鹤滩等重大水电项目和新产品的研发任务，曾获四川省科技进步特等奖、东方电气集团科技进步一等奖、东方电气集团科技成果奖一等奖。

逐梦金沙江　匠心铸辉煌

——记哈电集团哈电电机白鹤滩精品机组水电铁军生产制造攻关团队

作者：王守颂

2018年10月27日，白鹤滩百万水电机组首台导水机构耀世而出，哈电集团哈尔滨电机厂有限责任公司（以下简称“哈电电机”）向世界水电“无人区”迈出了更加坚实的一步。此时，望着这个庞然大物，仿佛又回到当时的峥嵘岁月，仿佛那些和水电铁军战友们并肩战斗的日子就在昨天。逐梦金沙江，挺进白鹤滩，水电铁军用一个个坚实的足迹，践行着铿锵的誓言……

金沙江白鹤滩水电站是世界水电发展史上继三峡工程之后的又一座里程碑，哈电电机有幸参与到能够挺进世界水电无人区，建设白鹤滩水电站这个世纪工程中来。白鹤滩机组单机容量为100万千瓦，为中高水头、中低转速、巨型混流式水轮发电机组。机组不仅运行水头高、变幅范围广，而且结构外形尺寸巨大，整个机组建成后高50多米、重8000多吨，是世界水电行业在建的“珠穆朗玛峰”。将白鹤滩机组打造成为新时代大国重器的典范，成为每个水电铁军人心中无言的承诺。

哈尔滨的冬天漫长而寒冷，零下二三十度的低温冰封着大地，却冰封不住水电铁军的战斗热情。旋转的机床上，紧张的工位旁，到处可见他们忙碌的身影；缜密的图纸前，忙碌的实验室，凝聚着一道道专注的目光。他们心中都牵挂着那遥远的金沙江，那牵挂是一颗颗种子在冻土中顽强生长，那牵挂是一个个梦想在那个冬天里生根发芽。

⊙精雕细琢铸精品

2016 年 4 月白鹤滩机组首台座环投产，当这个长 17.2 米、宽 14.5 米、高 4 米、总重超过 500 吨的“大家伙”进入水电分厂，前所未有的震撼与挑战迎面而来。为了更好完成座环生产任务，水电铁军高度重视，结合实际制定了《白鹤滩座环质量风险防范措施》等一系列方案，首次采用 UG 三维模拟验证场地布局、加工工位及组装、吊运等一系列措施方法，为了保证加工精度，公司专门配备了一台座环加工专机。座环加工专机操作复杂，加之是第一次生产如此高精度的座环，大家心里多少有些没底。在这关键时刻，有着多年座环加工经验的资深机台长张艳辉主动请缨承担起了这份艰巨的任务。退刀、调整、进刀、找正、触摸，张艳辉每时每刻都在观察工件的加工状态，平均每天同加工专机一同旋转 5000 多圈，犹如飞行员训练一般艰苦。从开始的眩晕、呕吐到逐步适应再到后来的轻车熟路，8 个流程 200 多道工序谙熟于胸。历经 5 个月的精心雕琢，50 岁的张艳辉背后的心酸苦楚终于换来了写在脸上的笑容灿烂。白鹤滩机组首台座环制造成功，于 2017 年 10 月 17 日在哈电电机顺利通过了三峡机电工程技术有限公司的验收，达到了精品标准，向党的十九大胜利召开献上了一份厚礼。

⊙日夜“陪”部件却没时间陪父母

水电分厂重型工段承担着近 80% 白鹤滩机组大型主件工序的加工任务，其中优秀共产党员、车工班班长杨正林为确保重要主件的加工质量和时间节点经常加班连点，从加工前的技术准备，到工具工装，到设备安排，再到操作人员选拔，他都进行了严密的计划和布置。在白鹤滩机组导水机构顶盖加工的60多个日夜里，杨正林坚守在工作岗位上没有请过一次假，与班组成员坚持24小时不停歇，下班后仍与操作人员进行加工方案的安排、调整、改进。提起那段时光，杨正林既欣喜又愧疚：欣喜是因为有幸参与世界单机容量最大的水电机组加工制造过程并见证每一次的突破和超越，愧疚是没能照顾好家中年迈的父母。原来，杨正林家中老母亲患有多种老年病行动不便，老父亲又患有小脑萎缩，当时正值白鹤滩机组顶盖加工的关键时期，由于没时间看护老父亲，致使老父亲走失，没有了音讯。杨正林异常焦急，拖着疲惫的身体在大街小巷中没日没夜地苦苦寻找，最后经过同事的帮助，终于在走失3天后将老人找回。看着父亲在寒风中颤抖嶙峋的身影，杨正林不禁潸然泪下。但是，他顾不了那么多，将老人安顿好后，又毅然回到了工作岗位，继续“陪伴”着他牵挂的那些正在加工的白鹤滩主件。

⊙ “姐妹花”的空中高难动作

水轮机导水机构是水轮发电机组的核心部件之一，是运行中控制进入机

组的水流方向和大小的装置，对整个机组运行的稳定性和安全性至关重要。白鹤滩机组导水机构由 7300 多个部件组成，高 8 米，直径 13 米，总重达 830 多吨，听上去已经让人心生畏惧。而装配难度之大、部件关联性之强、节点工期之紧，更是给“水电铁军”出了一道难题。为了出色完成任务，铁军们未雨绸缪，精准计算，大胆设想，仔细求证，不断实践。激光跟踪仪补偿、双吊车同步运行、多工种协同作业，他们用自己的聪明才智克服了一个个困难，完成了一个个不可能的任务。

在导水机构装配过程中，导叶轴孔间隙配合精度要求非常高，需两台吊车通力配合，吊装落点能否精准成了难题。吊车班的孔越、于法彦这对空中姐妹花凭借着精湛的技艺和高超的水平，克服了吊车满负荷运行产生的间歇性跳闸、起重机下降时不能保证按点下落等困难和问题。在吊装过程中，她们密切配合，行动一致，操作 2 台 200 吨吊车协同作业，先是将顶盖平稳起吊，移动到插满 24 个导叶的预定位置正上方，借助吊车 4 个同步油缸缓缓下落，三米、两米、一米、十厘米、一厘米……最后当顶盖完美地落在规定位置时，现场响起了雷鸣般的掌声，所有人都露出了激动的笑容，这对姐妹花也在十余米高空中为彼此竖起了大拇指。

由于南北方环境差异以及昼夜近 20 度的温差，干活时或趴着或跪着一干就是几个月，不少人的膝盖已经红肿，走路一瘸一拐，但所有人就是凭着这

股坚强的意志用最不可思议的姿势保证着每一个工件的尺寸精度。夜深人静的时候他们也会默默思念与家人团聚的美好时光，可责任感隐去了内心的柔情与忧伤，强大的动力使水电铁军毅然向前，赴八千里征途，奋然无悔，心亦无怨！

“妙手匠心解难题”“不破楼兰终不还”。水电铁军凭借钉钉子的精神和滴水穿石的恒心，攻克了座环、转轮、主轴等主件生产制造瓶颈，用勤劳与智慧谱写了一曲曲响彻云霄的正气之歌。水电铁军代表着一种精神，他们诠释着哈电电机建设者的责任与担当，胸怀与气量。

水电铁军是一个缩影，他们是千千万万为金沙江奋战的建设者的代表，是浩荡历史长河中的时代精英。他们是我们的战友和兄弟，是我们的榜样和力量。我们身边有更多像水电铁军一样的人投身于金沙江建设，投身于追逐中国梦的伟大征程。他们在白鹤滩，在乌东德，在长江，在祖国最需要他们的地方！

团队档案

哈电集团哈尔滨电机厂有限责任公司始建于1951年，是新中国成立后建设的第一家发电机、电动机制造企业，是我国生产大中型发电设备的重点骨干企业。白鹤滩精品机组水电铁军生产制造攻关团队主要负责大型、巨型水轮机和水轮发电机及大型泵类的生产制造。曾获得中央企业工人先锋号、黑龙江省先进基层党组织、哈尔滨市模范集体等荣誉31项，国家级技能大师工作室1个，国家级科研成果9项、专利23项。

扬大国工匠精神　展西开电气风采
——记中国西电集团西开电气超高压产品制造部分装二组

作者：赵　欣

2018年10月9日，金沙江流域水电乌东德工程装配启动会在西安西电开关电气有限公司（以下简称"西开电气"）超高压产品制造部现场隆重召开，这标志着西开电气将在这个伟大工程的建设中留下精彩的一笔。从这天起，对于班组长刘科带领的15人组成的团队——超高压产品制造部分装二组来说，是具有特殊意义的一天，因为他们即将参与到大国重器建设的伟大征程中！

⊙拼搏成就精品工程

"2018年4月24日，习近平总书记考察三峡工程时讲到，'大国重器必须掌握在自己手里'。我们听了很振奋，作为一线装配人员，我们肩上的责任很重，为能参与乌东德工程的建设而感到自豪。我们分装二组作为装配班组，肩负着产品核心部件的生产使命，更需要严格把关，确保产品按照精品工程的要求合格交验，力保装配任务圆满完成。”刘科这样说道。刘科所在的超高压产品制造部分装二组，承担了乌东德工程全部隔离开关的生产安装任务。如果说在实现“中国创造”的梦想中，每个奋斗者都是追梦人，那么由班组长刘科带领 15 人组成的分装二组为大国重器工程建设而努力奋斗的身影，就是无数追梦人的一个缩影。

2018 年 11 月 15 日，乌东德工程 GIS 设备用隔离开关进入最紧张的生产阶段。为了确保精准化出产，针对隔离开关连续流生产线，刘科提出了工位现场的专项改善工作，对产线工位布局、物料配送流程、作业标准等进行深入讨论和分析。装配二组对产线工位重新整体布局，使零件从来料到成品，每道工序都按生产节拍流动，保证各工位装配过程符合产品的流动思路，大大减少了生产过程中的再制品。

在乌东德工程紧张有序的生产任务中，隔离开关的高压试验也是关键环节。回忆那天的情景，刘科说自己心里的压力很大，整个试验过程他都守在车间全程跟踪，直到试验最后通过，才真正放松下来。付出终有回报，在刘科和组员的共同努力下，实现了产品“零放电、零漏气”，产品一次交检合格率达 100% 的好成绩。他们用顽强的拼搏精神成就了精品工程梦，不负西电

工人风采和大国工匠精神。

⊙精工出精品

每一个平凡的岗位上，每一位普通的职工都有自己对精益求精的理解，分装二组作为西开电气普普通通的一线团队，用自己的行动，诠释着西开电气工人的专注和精细。产品中盆式绝缘子和导体的连接部分，对导体连接部分的表面粗糙度、盆式绝缘子嵌件表面的清洁度要求很高，只有高质量地完成这项工作，才能保证试验的顺利通过。经验丰富、性格沉稳的韩长亮主动承担起这项工作。2018 年 12 月，正是寒冷的冬季，这项清理工作又需要在户外清理区作业，尽管他的双手被冻皴，可他没有一句怨言，仍旧一遍又一遍地清理，始终坚持干好手中的活。

分装二组的夏莉和唐志霞，是唯一的一对女工组合，两人 20 世纪 90 年代初便参加工作，凭借着对职业的热爱和专注，她们在自己的岗位上已有近 30 年的经历，可以说是团队中经验最丰富的“老师傅”。她俩一遍一遍不厌其烦地确认产品的外观和表面的清洁度，看似简单而重复的劳动却也是一项极其细致不容出错的工作，但她们以执着敬业的工作态度，为每件产品把好了质量关，也为公司装配精品工程把好了质量关。

分装二组的李长涛夫妻俩是双职工，这个看似年轻的小伙，在车间配线岗位上一干就是十年。配线的工作细致烦琐，但经过他们夫妻之手的配线柜，一定是最整齐漂亮的，也是质量最高的。别小看这项工作，整齐划一的配线带来的价值，绝不仅仅是漂亮的外观，它为以后更好地处理譬如电路故障等问题，节省了大量宝贵的时间。这些工作只有慢慢一点一点用心做，才能达到既整齐美观又性能可靠的效果。正是对岗位的执着和对工作的耐心，成就了这对模范夫妻的好口碑。“整齐的配线”也是西开人追求精益的体现，“精工出精品”更是西开人追求完美的目标。

⊙单调之中见担当

乌东德工程中，接地开关和快速接地开关的装配工作质量，关系着 GIS 设备的安全运行，分装二组的赵彪积极承担了这项重要任务。接地开关需要在工作台上装配，整个作业都要围绕着工作台进行，过程中不仅多次翻转作业，接地开关动触头的尺寸调节也存在一定的难度。为了保证装配质量，赵彪对现有工装进行尺寸测量，在草稿纸上画图优化设计工装支架，将工装独立装配在支架上。这样的优化为操作人员提供了极大的便利，不仅使装配效率翻了一番，而且装配质量也提高不少。正是他的这种勤于思考、善于创新的做法，为保证精品工程装配品质的持续提升做出了贡献。

徐帅和常磊负责隔离开关装配对螺钉的紧固，这也是装配的最后环节。精品工程大干期间，他们两人每天要完成 9 个隔离开关的螺钉紧固，单个隔离开关用到 72 个螺钉，一天下来，就需要完成 648 个螺钉的紧固，每个螺栓的紧固力矩是 160N・m，这看似简单的数字，背后却承载了一份敬业、精准和担当精神。徐帅，这个不善言辞的“80 后”笑着说，“幸福都是奋斗出来的”。就是这样一个团队，这样一群可爱的人，默默奋斗，用行动演绎感动，用执着诠释敬业，用奉献诉尽衷肠。

⊙为了心中的中国梦

人心齐，泰山移。分装二组团队协作，精益求精，在短短 90 天，高质量地完成了乌东德工程 GIS 设备用 277 相隔离开关、277 相接地开关、37 相快速接地开关的生产制造，并以产品“零放电、零漏气”、产品一次交验合格率 100% 的优异成绩，为打造精品工程做出了贡献。看着一件件产品的合格交验，看着一件件产品的顺利出产，他们感到自豪，激动地说：“再多的付出都是值得的。”他们始终以专业的精神、优异的成绩，努力为精品工程奉献。

在中华人民共和国 70 周年华诞之际，西电也迎来了自己建司 60 周年纪念，制造精品、装备电力、服务社会始终是西电人的“责任之道”，正是因

为有像分装二组这样的西电人，乐于奉献、敢于担当，他们不仅传承了西电精神，更为新时代中国工匠精神注入了新的内涵。而未来，西电人必定会为“中国梦的实现”，为建设大国重器贡献更多的智慧和力量。

金沙江畔，水拍云崖，西电精神，大放异彩。

乌东德旁，水电奇迹，大国工匠，继往开来。

雄关漫道真如铁，而今迈步从头越，西电人将在金沙江水电工程的伟大挑战中，挖掘天赋于摇篮，运筹帷幄于企业，决胜技术于建设，建功立业于新时代！

团队档案

中国西电集团所属西开电气超高压产品制造部分装二组成立于2012年1月，主要承担420~550kV GIS隔离开关装配生产任务。班组先后参与了三峡地下站、溪洛渡水电站、向家坝水电站、葛洲坝水电站、田湾核电站、上海庙换流站等多个国家重点工程的装配任务。曾获得西开电气2018年度精益生产先锋班组，西开电气2019年度先进班组、2019年中国西电集团“工人先锋号”等荣誉称号。

爱拼才会赢
——记中国兵器装备集团保变电气设计部设计一室

作者：梁　敏　胡　芳

当保定天威保变电气股份有限公司（下称“保变电气”）为金沙江流域乌东德水电站研制的315MVA/500kV发电机主变压器全部一次试验合格的消息自特高压试验大厅传来的时候，已近晚上九点，正在加班工作的设计部设计一室顿时一阵欢呼。此刻，成功的消息和胜利的喜悦是对这个优秀的设计团队最大的回报。

敢拼、敢赢、奋斗、奉献，是这个年轻的设计团队亮丽的名片，他们凭借扎实的专业理论基础、对职业的敬畏与尊重以及对中国电力建设的热情，在平凡的岗位上谱写了新时代的壮美乐章。他们先后完成了三峡左岸电站、黄河拉西瓦水电站发电机主变压器，晋东南—南阳—荆门特高压输电示范工程用主变压器等多个具有世界先进技术水平产品的设计任务，曾荣获中央企业团工委青年文明号、中国工业机械联合会创新示范班组、保定市先进集体等多项荣誉称号，是保变电气这个国内顶尖电力变压器生产企业的技术“拳头”班组。

⊙爱拼才会赢

设计一室充满着生机和活力，每个设计者都怀揣梦想，为梦想而打拼，坚信敢拼才能赢。然而成功的背后，凝聚的是团队所有人的心血和汗水，加班、熬夜对于这支年轻的队伍来说更是家常便饭。他们精诚协作，团结奋进，有着强大的凝聚力和创造力。当保变电气在金沙江流域乌东德水电站500kV主变压器招标中脱颖而出，包揽全部38台315MVA/500kV发电机主变压器制造项目后，产品设计的攻坚任务交给了设计一室，并提出了明确的要求：打造设计零疑点的“党员号”精品！

川滇交界处金沙江畔湿热环境中超高电压绝缘性能如何满足、复杂道路运输条件下产品外形尺寸如何控制、与庞大的电站系统工程怎样对接等问题，涉及的参数计算、建模仿真、结构布置工作量巨大，不停地考验着设计一室的专业素质，也让这个团队的技术带头人——冉庆凯主任承担了越来越重的

压力。这位在保变电气技术岗位工作了近 30 年的主任工程师，凭借扎实的理论储备和丰富的工作经验，又一次展现出“谁敢横刀立马，唯我冉大将军”的风采，带领团队全身心投入产品设计方案研究，有针对性地提出了多个创新思路，使整个设计过程变得更加顺畅和高效。

齐红育作为设计一室组长，更是对乌东德变压器倾注了大量的心血，在胃病反复发作的情况下依然坚守在工作岗位。有一天，办公室电话铃声响起，电话里传来齐红育微弱的声音：“胃疼得走不动，第二个抽屉里有止疼药，快帮我拿过来，我在……”电话那边突然没有了说话声，只能隐约听到粗重的喘息声和痛苦的呻吟声。“胃疼是齐工的老毛病，可这次怎么连话都没有说完，到底怎么个情况！”同事们焦急万分，带着药从 220 厂房找到了 500 厂房，终于在厂房门口的角落里，发现了已经昏迷的他，只见他蜷缩在地上，手捂腹部，衣衫早已被汗水浸透……从医院手术室出来，医生嘱咐家人，胃穿孔很严重，手术虽然很成功，但以后较长时间只能吃流食，并且一定要按时吃饭，不能过于劳累。虽然医生和领导一再叮嘱他要多休息，可是乌东德产品正在关键时刻，烦琐的资料需要整理，变压器部件设计工作需要分配，倔强的齐红育才出院两天就忍着疼痛在办公室忙前忙后。可有谁知道，他办公室抽屉里满满的都是药啊！

⊙做无愧于伟大时代的人

听，是手指敲击键盘、鼠标点击绘图的声音；看，是身影穿梭于变压器间、工具不断挥舞的画面。他们是一群朝着梦想一直奋斗，却把大好年华无私奉献给变压器事业的最可爱的人。从接到乌东德水电站用变压器设计任务开始，“当日事、当日毕”是这个团队立下的“军令状”，党员的先锋模范作用，成为关键中的关键。在整个设计过程中，设计一室团队成员以大局为重，分工协作，群策群力，不计个人得失。他们没有豪言壮语，有的只是对工作的始终如一的执着和热情，他们上有老、下有小，有的父母年迈需要照顾，有的孩子上学需要辅导，有的孩子幼小需要陪伴……在产品设计的关键时刻，

他们毅然选择了事业，选择了对岗位的坚守，将更多的精力和热情投入工作之中。为解决产品设计中的技术难题、保证设计进度、了解新的工艺流程，他们无限延长下班时间，在车间与工人师傅们一同操作挥汗如雨。

一次次的技术攻关，有艰辛、有惆怅，也有喜悦。每当大家遇到困难时，“我对你们有信心，一定能成功。”享受国务院政府特殊津贴、兵装集团科技带头人、公司副总工程师、设计部部长张栋都会在关键时刻给予大家鼓励支持。作为在变压器设计一线奋战 30 多年的技术专家和这个团队的带头人，张栋对这份事业有着特殊的情感。设计部承担着多项高、精、尖产品的设计任务，每一项产品的研发都直接关系到国家重大工程建设的进度，为了高效完成乌东德项目攻关，全力确保设计图纸如期交付，他主动承担技术研究和管理协调的双重职责，组织团队成员夜以继日、聚焦难题、刻苦攻关，将自己的专业知识毫无保留地与设计团队进行分享，大家在交流中一次次地碰撞、提升、超越，使这支队伍一步一步走向了成熟。最终，整套设计图纸一锤定音！

团队骨干成员、一名普通的共产党员张会娣道出了大家为何如此拼搏的心声：“金沙江流域乌东德、白鹤滩电站是共和国新时代打造的‘大国重器’典范，核心关键技术要靠我们不懈努力与拼搏才能真正掌握在自己手中。作为一名共产党员，能够参与其中我们深感骄傲和自豪。通过溪洛渡、向家坝、乌东德，还有白鹤滩，我们仿佛一步步游览了整个金沙江下段，使我们对金沙江有了炽热的感情。为了让这条母亲河打开她的绿色电力资源宝库，我们愿意贡献自己的力量，我们只有百分之百地投入，打造经得起历史和实践检验的‘党员号’精品，才对得起这个伟大的超级工程，对得起这个伟大的时代，对得起这个伟大的国家！”

保变电气设计部设计一室的团队成员，在新时代的长征路上，克服了一个又一个的困难，助推保变电气创造了一个又一个的辉煌，用务实、创新、拼搏诠释了对中国水电的真诚。目前，他们正奋战在白鹤滩水电站375MVA/500kV这个国内单台容量最大的发电机变压器制造过程中，正一如既往地用勤勉努力、敬业奉献的精神展示着保变人的风采，用执着坚毅、踏实缜密作风诠释着科技工作者的素养，用追求卓越、勇攀高峰的勇气追逐着祖国伟大复兴的中国梦。

团队档案

中国兵器装备集团保变电气设计部设计一室成立于1998年，主要负责公司500kV及以上产品的设计研发任务，完成了多项国家级重点特高压变压器的研发工作。曾荣获中央企业团工委青年文明号、中国工业机械联合会创新示范班组称号。

爱挑刺的"质量工匠"

——记中国三峡集团三峡发展公司翦健

作者：韩　轶

⊙不断学习的"庖丁"

翦健，不到 50 岁的他已满头白发。作为长江三峡技术经济发展有限公司（以下简称"三峡发展公司"）机电设备监造队伍领头人之一，他始终保持着经常翻看专业书籍、查看图纸、学习监造工作相关技术标准的习惯。

"只有学好专业知识，了解设备原理、结构、工艺、检验与试验，学习合同和相关技术标准，勤于实践，才能干好监造工作。"这是他在监造工作经验交流会上谈的体会。

早在 1999 年初，他就开始从事三峡左岸电站水轮机埋件监造工作，陆续参与了三峡和金沙江多座巨型电站机电设备监造工作。

"三峡右岸机组监造对我而言，挑战最大，帮助也最大。当时，几乎每个晚上都在宿舍学习图纸。"翦健感慨地说。

2004 年，他常驻国内某厂家，从事三峡右岸机组监造任务，而此前的类似监造任务都是由“洋监理”承担的。他从零起步，研究国内外厂家和监造单位有关水电机组监造方式和方法，学习相关专业知识。机组主要原材料理化性能、主要部件应力分布、部件制造主要工艺流程和主要工序检验项目、关键工艺参数、关键部位尺寸和形位公差、关键部位无损检测、主要机械和电气试验，甚至部件涂漆颜色、采购件原产地等这些细节，他都了解得十分细致。水轮发电机组几十个主要部件的近 300 项监造见证项目，他都亲自参与。通过分析研究以及多年经验的积累，他掌握了大型机组监造工作要点和方法，总结出了大型水轮发电机组监造中的质量控制重点环节。

金沙江梯级电站机电设备监造开始后，在技术业务方面翦健又面临新的挑战。此时的他要承担电站厂房机组、主变压器、高压开关、封闭母线、桥式起重机等多类设备的监造管控工作。于是，他努力学习水电站各类机电设备相关知识。金沙江梯级水电站厂房各类永久机电设备的出厂验收，他几乎全都参与，足迹遍布全国十余个省（市）。

由于他在学习方面专业跨度较大，对机械、电气、金属结构等各类设备

都有所了解，有位同事有一次在座谈会上打趣地说："我们都不知道他是学什么专业的。"

学习过程中，他不断对以往监造工作进行全面总结，组织编写了《大型水电站永久机电与金结设备监造资料汇编》。他撰写的论文《溪洛渡电站机电设备监造实践与创新》发表于《设备监理》。另外，他参与了三峡集团《设备监造技术导则》编制，将金沙江梯级电站多年监造实践经验进行总结，转化为企业标准。

⊙一丝不苟的"背包客"

在后方上班的同事们普遍的印象中，翦主任常常刚出差回来，又拎着背包来上班，准备再次出差。

金沙江梯级电站建设过程中，设备制造高峰经常重叠，参加设计联络会、产品出厂验收、监造工作检查等出差任务成为家常便饭。为做到接到任务后能随时出发，他平时在家里都提前准备了出差的背包，把必备的用品放在里面。

"设备验收中有些看似轻松的试验项目其实并不轻松。"翦健深有体会地说。水轮机导叶接力器出厂验收时要进行耐压试验、渗漏试验，虽然看似不费体力，但由于每个接力器试验需要 1 个多小时，监造人员必须长时间守着，查看有无渗漏情况，整个工作辛苦异常。溪洛渡电站机组由于增加了筒阀接力器，要进行试验的接力器数量多，验收时间更长。每次碰到此类验收，他都认真执行合同要求，合同要求的耐压时间一分钟都不打折扣。在炎热的夏天，他在试验现场从白天待到晚上，哪怕蚊虫肆虐也依然坚守岗位。向家坝电站水轮机转轮验收时，制造厂家把镗孔尺寸检查放在晚上进行，他随时到场，经常熬到半夜。

在每次的设备验收中，蓟健除了参与常规的检验项目，还关注验收大纲中没有的一些技术细节。某次对桥式起重机验收过程中，他仔细核对合同和图纸，检查设备外观，发现桥机司机室位置不符合合同要求，立即对厂家指出。

原材料是产品质量的第一关。他和监造团队成员一起，认真审查进场原材料材质报告，对照标准逐个核对化学元素和机械性能，对重要原材料探伤复检进行见证，将几千吨因理化性能不合格或存在超标缺陷的原材料堵在了生产工序之外。

乌东德、白鹤滩电站水轮机蜗壳采用 800MPa 级钢板，焊接线能量控制要求极为严格。他和监造团队督促厂家完善质量保证体系，进行严格的工艺纪律检查，发现异常情况及时制止。

⊙爱挑刺的“较真者”

承担溪洛渡、向家坝、乌东德、白鹤滩电站机电设备监造工作的三峡发展公司驻厂监造人员分布在黑龙江、辽宁、河北、山西、陕西、四川、江苏、云南等十余个省（市）的近二十个监造站点，管控工作存在很大的难度。

由于监造设备种类多，为保证质量见证点的落实，他组织编制了《监造见证点执行情况跟踪表》，将见证计划进行分解。与业主方一起，编制了监造工作检查与考核制度文件，定期组织开展检查和量化考核；为加强各监造站点之间的相互支援和配合，组织编制了《监造工作配合流传单》。蓟健不定期到各监造站点进行巡视检查，利用网络组织建立了部门监造工作QQ群、微信群，还经常组织将监造会议直接开到一线监造站点。翦健对每周监造工作例会给内部监造项目部负责人提出要求：分析设备制造质量和进度的重要事项、重大风险，了解现场重要情况和突出问题，梳理需要协调解决的事项。

翦健还经常亲自到现场复核重要设备部件检验数据，抽查监造计划落实情况，检查现场工艺执行情况，并且还常常能挑出“刺”。查阅设备部件检验资料，对于其中的疑点，他都刨根问底，直到疑点消除。有一次，在工地检查水轮机转轮焊接情况时，他发现焊接摆宽超标，厂家在控制焊接线能量时未完全理解工艺文件要求，他立即要求厂家对控制指标进行更改，严格控制现场焊接质量。

溪洛渡、向家坝、乌东德、白鹤滩电站机电设备制造是在国内大型水电站机电设备国产化的大背景下进行的，关键部件的铸锻件、厚钢板、高品质硅钢等重要材料全面实现国产化。为保证材料供货质量的稳定，他组织将质量管控工作进行全方位延伸。监造人员的足迹延伸到了主要原材料厂家，水轮发电机组主要原材料平行检验有序开展。随着设备制造分包、外协比例额增加，他又针对不同的分包、外协件，灵活组织采取全过程驻厂监造、首件检查、中间过程巡视检查、文件审查、验收见证等方式进行质量控制。

如今，翦健和同事们一起进一步探索如何提高监造工作的标准化和规范化。他们又站在了新的起点上。

人物档案

翦健，1971年2月出生，湖南桃源人，中共党员，工程硕士，高级工程师，先后参与三峡、溪洛渡、向家坝、乌东德、白鹤滩等水电站机电设备监造工作，现任中国三峡集团三峡发展公司总经理助理，荣获中国质量协会2017年“中国质量工匠（全国质量奖个人奖）”称号，被中国设备监理协会评选为“第四届全国优秀设备监理工程师”。

第六篇

移民篇

彭业华 摄

| 移民工作是确保大型水电工程施工和库区用地，确保水电工程建设成功实施的关键工作，它先行于工程建设启动、贯穿电站建设始终。

| 移民工作被称为“天下第一难事”，又被誉为“天下第一善事”。投资方与地方政府移民干部共同协作，谱写了一篇篇发展库区经济社会、助推移民群众过上幸福美满生活的精彩乐章。

金沙江水电移民阵线上的“刘铁人”

——记中国三峡集团移民工作办公室刘祖雄

作者：杨　燕

被称为“天下第一难事”的水电移民工作，先行于电站主体工程建设、贯穿电站建设始终，同时水电移民工作又被誉为“天下第一善事”，对促进库区经济社会发展、改变当地落后面貌和助推移民群众脱贫致富、同步实现全面小康具有十分显著的作用，因此，水电移民关乎地方经济、社会、环境、人文建设，利益诉求多、协调难度大、涉及范围广、时间跨度长，政策性强、情况复杂、任务艰巨，无疑是对移民干部精神、意志、能力、体力全方位的锻炼和考验。

然而，就有这样一位移民人，从25岁到48岁，在人生最美好的年华，他怀揣水电报国的梦想，在三峡精神的感召下，扎根水电移民一线，用实际行动和光辉业绩铸就了一位中央企业党员干部勤学敬业、不辞劳苦、忘我奉献的“铁人”形象。他就是云南省第二十二届劳动模范、中国三峡集团首批青年骨干、第二届“十佳青年”、第二届“最美三峡人”荣誉获得者——刘祖雄。

⊙铁血青春献移民

十几年前，刘祖雄主动放弃上海优越的工作环境，毅然投身金沙江水电开发事业。十余年间，他从一名普通员工，成长为管理者，初心不改、使命不忘，十年如一日践行三峡精神；他扎根库区、忘我工作，相继参与溪洛渡、向家坝两座电站的移民安置工作，重点承担白鹤滩、乌东德两电站水电开发的前期准备工作，足迹遍布云南、四川两省 6 个市（州）15 个县（区），工作惠及 13 万多移民；他对党忠诚，对企业负责，对移民饱含深情；他扎根一线、不辞劳苦，把铁血青春，倾心奉献给中国水电移民事业！

⊙铁砚磨穿成专家

水利工程出身的刘祖雄，善于学习、勤于钻研、勇于实践，迅速成为通晓移民工作的专家。

白天，他蹲守现场，协调设计、监理、地方政府等相关方，核查移民实物，商议安置方式，审核移民规划；晚上，他挑灯夜读，钻研政策法规，处理文件资料，制定方案细则。同事们经常看见他抱着厚厚的资料规范，就着浓茶研读到深夜。他不仅将规范、政策吃透，而且善于把控细节、抓住关键。在一次移民安置规划内审会上，设计单位十余名行业专家被他问得无言以对，其专业素养之高、研判问题之细可见一斑。

把移民政策刻在心上的

刘祖雄，深知“纸上得来终觉浅，绝知此事要躬行”，及时有效地把知识储备转化为工作实绩。例如，实物指标调查作为移民工作中矛盾最尖锐、最突出的环节，直接关系移民搬迁安置的工作进度、库区的和谐稳定和公司的投资效益。他用大量的时间牵头组织研究，先后召开十几次审查会，提出数百条完善修改意见，反复数十次修改调整稿件，终于制定出切实可行的《实物指标调查细则》，为平稳高效地推进实物指标调查打下坚实的基础。为做好零星树木的调查，他邀请农业专家到现场讲课，带领干部群众到山区田地清点抽查，亲自确认每亩树木的合理基数，并广泛进行推广与宣传。他的扎实工作避免了移民抢栽抢种，为响应移民诉求、维护集团利益、节约投资资金做出突出贡献。

⊙铁骨柔情为师友

刘祖雄深知，营造干事创业的工作环境、提升青年员工的履职能力、确保他们的成长发展是自己义不容辞的责任。

他时常与干部职工交流谈心，提醒大家加强学习、成长成才；他真诚关心青年员工生活，主动掌握他们的思想状况，不遗余力为大家争取权益、解决困难；他记得部门每位同事的生日，无论多忙，定会在生日当天打去祝福的电

话；他对每位新入职的员工提出针对性的指导建议，帮助他们进行事业和人生的规划；他给项目部的单身同志做过红娘，给在成都安家的家属介绍过工作；他真心诚意地给相关单位提出过工作建议、改进方向，耐心诚恳地向移民群众宣传过移民政策、脱贫方式……

他为人诚挚平和，做事一丝不苟；对待工作，他任劳任怨、孜孜不倦；对待同事，他无微不至，严管厚爱。在设计人员眼中，他是专业过硬的“精算师”；在地方政府眼中，他是有礼有节、不卑不亢的“把关者”；在员工同事眼中，他是可以亲近的良师益友、真诚信赖的“老大哥”。

⊙蕤宾铁响奏华章

为了推动工作，刘祖雄经常带领团队东奔西走，加班加点超负荷地工作早已成为常态。在乌东德、白鹤滩电站项目核准的关键时期，他平均每年出差 200 天以上，除春节短暂休息外，平时几乎没有休假。他要求自己每个月要把库区 15 个县都跑一遍，常常是前一天深夜抵达昆明，第二天清晨就出发赶往县城，工作一结束就又赶往下一个区县。

面对复杂艰巨的水电移民安置工作，刘祖雄不等不靠，带领项目部全体员工主动作为，充分依托金沙江下游协调办、主设单位和水电总院、移民综合监理，发挥多方作用，坚持依法依规，做好投资控制；他组织主设单位，协调地方政府和相关各方，采取“同步推进、交叉作业”的方法，采用“联合办公”“内审咨询”等形式，创新工作思路；他探索并建立设计监理制度、完善“项目经理制”，加强对规划设计和现场实施的管理，掌握工作的主动权。他主导的一系列措施，有力推动白鹤滩、乌东德两座水电站高效率地完成了实物指标调查、移民规划大纲、移民规划报告编审和围堰区移民避让搬迁等重难点工作，取得了两电站获得国家项目核准的重要阶段性成果，为两电站工程建设和移民工作顺利推进提供了重要支撑，为集团公司支持帮助四川、云南两省服务和融入国家发展战略并实现跨越式发展起到了强有力的推动作用。

⊙一生伴随江河行走

长年累月超高强度的工作终于让刘祖雄积劳成疾。2017 年春节后不久，刘祖雄在连日多地奔忙、多方协调之后，于白鹤滩工地突发脑溢血被紧急送往医院救治。手术后，精力不济的他仍然牵挂乌、白两电站的移民工作，时刻关注工程进展动态。2017 年下半年，凭着“铁人”般的意志和病魔抗争之后，刘祖雄又重新回到了他朝思暮想的移民工作团队。

“既然选择了水电开发事业，我就抱定了此生伴随江河行走的决心和意志，风雨兼程，无怨无悔！”金沙江移民阵线上的“刘铁人”，用他铁的意志和作风，在三峡集团清洁能源建设中发光发热，鼓舞和激励三峡人在“建设一个又一个三峡”、铸就新时代大国重器的征途中续写新的华章！

人物档案

刘祖雄，1972 年 1 月出生，湖北松滋人，中共党员，工学硕士，高级工程师，先后参与金沙江前期工作、乌东德和白鹤滩水电站移民工作。现任中国三峡集团移民工作办公室副主任、党委委员、工会主席，云南省第二十二届劳动模范，中国三峡集团首批青年骨干、第二届“十佳青年”、第二届“最美三峡人”。

老骥伏枥志千里　愿为人间雪满头

——记中国三峡集团移民工作办公室邹远鹏

作者：杨　燕

又听到“移民是天下第一难事”这句话的时候，邹远鹏深以为然。他伸出手，习惯性地把半白的额发往左顺了一顺，微叹一口气，道：“你说得对，但是再难也要推进。”

如果把这个场景换到几年以前，他大抵是要会心一笑、不以为意的。可是随着时间推移，进入移民工作办公室分管白鹤滩水电站移民工作已逾三年，这时的他早已深刻地领会到：“难，真的是太难了！”

⊙临危受命，老将“新人”

论起来，邹远鹏算得上是一名久经沙场的老将：参加工作30余年，在多个单位部门摸爬滚打一万多个日夜，做过研发、抓过技术、管过资产，当过主任、厂长、总经理，不一而足。伴着经验能力一起增长的还有他的年龄：知天命已经好几年，体力精力不比从前，连白头发都已然蔓延成一簇一簇，用手一顺，更加扎眼。

可是没承想，组织的一场谈话，委派他奔赴金沙江移民工作主战场。这份信任，说是“临危受命”一点不假：前任牵头人积劳成疾、突发状况，继任者没有时间做准备，就被推到如火如荼的移民工作最前线。彼时白鹤滩水电站刚刚通过国家核准，移民工作千头万绪、蓄势待发：四年时间内要完成搬迁安置人口近十万、规划建设集中居民点 52 个、复建等级公路 13 条、复建渡口码头 44 座、新建水库 5 座、扩建和新建调蓄库山塘 10 座……一长串数字光听来就让人觉得重逾千斤。这份责任，说是“烫手山芋”亦毫不夸张：对内，他是履历丰富的老员工，只是从头来过，移民经验怕还比不得刚毕业几年的小年轻；对外，他是见多识广的老领导，只是阵地转换，在各级地方政府官员眼里是妥妥的生面孔、新鲜人。

⊙迎难克艰，勇担使命

真正到岗了才发现，面临的困难还远不止这些：库区工作远离城市、条件艰苦，山高路远、奔波不定，这些倒不在话下；时间紧、任务重、需协调层面多、压力强度巨大，这些也能够承受；只是市政、交通、水利、电力项目众多让人应接不暇，设计、招标、施工、监理程序繁杂，加上现场情况千变万化、

各级政府诉求层出不穷，白天实地踏勘、晚上开会讨论、半夜批改材料的情况成了家常便饭，这些纷繁复杂的工作日复一日地叠加累积，多少让人有些心焦力竭。

赴任伊始，他尚来不及与周边同事打个照面就奔赴一线，成都的办公室几近空置，近三年了还与办内部分同事“素未谋面”；常年出差、居无定所，享受不到家庭温馨已是遗憾，无法时常给老父母尽孝床前简直是罪过，还得时常向亲友解释，并非故意疏于联系，只是信号太弱无法接通、深山偏远难以顾及……

他已经数不清有过多少次这样彷徨的夜晚：熬过了白天与地方干部锱铢必较的政策博弈，熬不过晚上盛情难却的土酿谷酒，不好让远在千里的家人担忧，索性连妻女的电话也假装错过。扶着宾馆简陋的洗漱台吐到咽喉灼伤，抬起头，看着镜子里面虚弱和狼狈的自己，被一头日益斑白的头发刺痛双眼。然而，哪有时间给自己沉湎，就着冷水洗把脸，强迫自己入眠，得抓紧为第二天的工作养精蓄锐……

⊙天命虽知，初心不改

邹远鹏在自己为数不多的朋友圈消息里写道：“巧家宁南江相隔，新桥代旧贯南北，蓝天白云青山在，慰我工作不停歇。”“看到张张笑脸，你会觉得移民工作者所付出的辛劳是值得的。”这些朴素又单一的主题和话语，难道不是他向峥嵘岁月奏响的冲锋号角吗？

是的，他还保有激情：

他不服老——年龄稍长难道能成为消极的理由吗？不能！他有着健康的体魄、坚强的意志、丰富的阅历、深厚的经验，这些都让他斗志昂扬、信心满满，更何况，由他带领的团队平均年龄不是还小得很嘛！

他不怕苦——条件艰苦难道能成为懈怠的借口吗？不能！眼下的工作条件和生活环境，比之他们年轻的时候、比之他们服务的很多移民群众和帮扶对象，说是好到天上去了也不为过。

他不认输——挑战重重难道能成为退缩的原因吗？不能！兵来将挡、水来土掩，迎难而上、事在人为。知难而退从来不是他的选择，披荆斩棘、激流勇进、百折不回方显英雄本色！

而且，他还富有活力：学习从来是让自己永葆青春、迎风弄潮的不二法门。从移民业务的门外汉变成行业专家，他给自己的时间并不多，不懂他就学，不明他就问，不熟悉他就让它变得熟悉，把每一次开会都当成历练、每一次批文都当成临摹、每一次讨论都当成授课，把亮到深夜的灯当成指引、把答不上来的问题当成鞭策、把项目部的后辈们当成自己的老师——他都好意思虚心请教了，他们还好意思不尽心回答吗？

尤其，他还拥有梦想：站在朝气蓬勃、干劲十足的年轻人面前，感受到自己有带领他们冲锋陷阵、建功立业的巨大责任；站在巍峨雄伟、壮阔震撼的电站建设工地前，联想到自己有助力公司打造国际一流清洁能源集团的神圣使命；站在山路弯弯、年久失修的移民旧居前，认识到自己是“造福一批移民”的三峡水电事业追梦人，是打赢脱贫攻坚战、决胜全面小康社会、实现民族伟大复兴中国梦的排头兵……

⊙老而弥坚，志行千里

邹远鹏或许不善言辞、衣着朴素、生活简单，但他在专注工作时闪现出的人格与智慧的光芒，已让他变得无比精彩。他的经历看上去似乎平淡无奇，因那只是千千万万普普通通的中国水电人日日夜夜奋进历程中的一个片段，但那或许又可以被看作众多三峡老员工平凡身影的一张截图：在他们身上，你可以看见岁月磋磨的沉静，更能看到老而弥坚、奋斗不已的壮志；可以看到家国人生的拉锯，更能看到克己奉公、舍己为人的豪情——他们的那一头华发，不再是时光易老、青春渐逝的无奈，而是“老骥伏枥志千里，愿为人间雪满头”的光荣勋章！

人物档案

邹远鹏，1964年12月出生，湖北宜昌人，中共党员，工学硕士，教授级高工，先后参与清江、三峡电站的建设和白鹤滩电站移民搬迁安置工作，现任中国长江三峡集团公司移民工作办公室副主任、党委委员，分管白鹤滩水电站移民工作，曾荣获湖北省国资委优秀共产党员称号。

金沙江畔移民战场的一支铁军

——记中国三峡集团移民工作办公室乌东德工程移民项目部

作者：曹鹏飞

在金沙江两岸的干热河谷地带常驻着一支外来的队伍，他们皮肤黝黑、精神饱满，像是在田间忙碌的江边农民；他们折冲樽俎、纵横捭阖，像是淹没在大山深处的外交家；他们远离家人、忍辱负重，像是驻守边疆的战士。其实，他们是一群可爱的年轻人，是中国三峡集团移民工作办公室乌东德工程移民项目部的员工，他们投身于金沙江水电开发和祖国的清洁能源建设，坚忍耐烦、百折不挠，有着铁军般的故事，有着践行移民工作办公室“六千精神”的情怀。

⊙星夜兼程急行军

四火是一个精瘦精瘦的重庆小伙，做事认真，做人踏实。在这里讲一个他星夜兼程急行军的故事，他的故事也是这支铁军日常工作的缩影。2018 年 4 月的一天，四火一大早来到县移民局，县移民局的氛围就像当日的天气一样沉闷，一个个耷拉着脑袋。“今天，我们全都进驻铁柳镇，我就不信签不了这安置协议！”毛局长的一句话打破了沉闷的气氛，大家再次斗志昂扬地向铁柳镇花山村进发了。经过2个多小时车程工作队终于抵达花山村，大家一下车就开始走村穿巷到移民家开展工作。太阳落山了，但是工作队一天的辛劳成果却不尽理想，于是毛局长紧急组织召开协调会，做乡镇和移民代表签协议的思想工作。激烈的会议持续了3个多小时，会议结束已是22:13。四火怀着沉重的心情坐上了回县城的车，晚上的山路显得更加崎岖陡峭，白天只需一个小时的山路，晚上走了将近两个小时，到专用公路时已是23:54了，就在此时前面赫然出现了一个“道路施工，禁止通行”的牌子，大家心情几近崩溃！没有办法，只能返回铁柳镇经姜州回县城，又经过3个多小时的颠簸，四火终于在凌晨3点回到了酒店。第二天早上八点，因工作需要，四火坐上了前往白鹤滩营地的车，单程又是3个多小时。移民工作永远在路上，这句话最能体现这支队伍的工作常态，星夜兼程急行军是这支队伍必备的技能。

⊙真心实意为移民

三峡集团是党的企业，不仅始终践行“建好一座电站、带动一方经济、

改善一片环境、造福一批移民”的“四个一”理念，而且大力支持“三区三州”中凉山州和怒江州的脱贫攻坚工作，为国家清洁能源事业发展和全面建成小康社会贡献力量。这支铁军成员中八成是党员，他们都牢记“全心全意为人民服务”的宗旨，不但能耐得住寂寞、坐得住冷板凳，而且在平常工作中也是真心实意为移民。

阿飞是一个胖胖的湖北小伙，这里讲一个他和地方干部根据移民实际情况帮助移民选择合适的安置方式的故事。2018 年 6 月的一天，阿飞接到通安镇顾镇长的电话：“阿飞，是不是自己可以解决住房和就业的移民都能选自行安置？”“顾镇长，广义上讲您的说法是对的，但会理县移民安置实施细则里对自行安置有明确规定……”阿飞答道。顾镇长自言自语道：“哦，那我们这户移民勉强还能满足自行安置条件吧，但是 3 万元转让一套房屋也太离谱了。”阿飞听到电话那头顾镇长的话觉得奇怪，不由得说了句：“顾镇长，3 万元怎么可能买一套房？具体啥情况哦？”这时顾镇长将情况详细说了出来，原来他们那儿有户移民户主腿部残疾行动不便，上有老母，下有幼儿，因缺乏壮劳力导致家庭贫困，却选择了自行安置。顾镇长知道这个户主没有从事二、三产业，也没有什么条件好的亲戚，于是问他选择自行安置的原因，他说城里有个朋友愿意以 3 万元的价格卖给他一套三居室的郊区自建房并邀请他合伙做生意。顾镇长总觉得这事不靠谱，所以给阿飞打了电话确认一下自行安置条件，并说明自己的担忧。阿飞听完之后很赞同顾镇长的担忧，于是同他商量道：“顾镇长，我建议收集这个城里人的信息，并将这个情况报送给县政法委和公安局，请他们核查核查，咱俩明天去那户移民家再详细了解下情况。”第二天，顾镇长和阿飞来到这户移民家向他详细询问前因后果后，断定他是遇到了骗子，苦口婆心地解释后，户主也意识到受骗了，但他仍担忧地说：“我家这情况，就是集中安置了我也种不了地，我母亲的养老也是问题。”顾镇长语重心长地说：“种地不是问题，咱们中武山村移民搬迁后都住一起，而且富乐镇正在打造石榴风情小镇，会帮你们成立专业合作社，你们以土地经营权入股，种地交给专业公司，你们坐拿分红。”“你母亲的养老问题也不

用担心，她符合养老保障安置条件，可以靠养老金养老。”阿飞补充道。听到这些后，这户移民心里的石头落下了，马上改签了进点安置。这支铁军大部分来自农村，理解农民的心理，了解农民的困难，所以他们工作中都真心实意地为农村移民着想，让每户移民都能够“搬得出、稳得住、能发展”！

⊙铁汉柔情述衷肠

黑皮是一个黝黑黝黑的山东小伙，为人心直口快。这支队伍背井离乡、远离家人，对家人充满愧疚。在这里讲一个黑皮和他女儿的故事。2017 年 6 月的一天，黑皮在禄劝新村查看安置点场平建设情况，突然收到家里电话：“春，你快回来，你老婆快生了，我们现在送她去医院。”黑皮听完电话，心情既激动又忐忑，激动是自己马上要做父亲了，忐忑是担心能否及时赶回去。“不想那么多了，我现在就买最近的航班往回赶”，黑皮心里想着便拨通了主任的电话申请假期。主任批准后，黑皮行李都来不及收拾，直接从工地往家赶，可赶到医院的时候孩子已经出生。黑皮抱着孩子，孩子冲他笑了一下，他心都化了，再看一眼老婆，发现老婆流着委屈的泪水对他嘤嘤道：“你看看你，我生孩子都不在身边。”这时，堂堂七尺山东大汉也忍不住湿润了眼眶。后来，黑皮常跟我们说老婆生孩子不在身边是他这辈子最大的遗憾。这支队伍对家人的遗憾和愧疚太多了，亲情是这群铁汉的软肋，对家人的陪伴是这群铁汉的奢望。

铁军的故事还有很多，铁军的攻坚正在执着推进。“走遍千山万水、说尽千言万语，历经千辛万苦、排除千难万险，搬出千家万户、造福千秋万代”的移民工作办公室“六千精神”，既是他们的心声，也是他们的写照。为了让移民群众“搬得出、稳得住、逐步能致富”，这支铁军仍然夜以继日、不辞劳苦，在乌东德电站库区的田间地头、移民的房前屋后奔走、忙碌着……

团队档案

中国长江三峡集团有限公司移民工作办公室乌东德工程移民项目部成立于2011年，主要承担乌东德水电站移民搬迁安置工作和参与乌东德库区三峡集团水电基金项目的实施、管理，曾荣获集团公司“红旗班组”称号、集团公司“基层示范党支部”称号、移民工作办公室“优秀党支部”称号等各类奖项10余项，历经10年顺利完成了乌东德水电站工程蓄水移民专项验收工作，为电站按期蓄水发电奠定了坚实基础。

金沙江畔的那棵树

——记中国三峡集团移民工作办公室乌东德工程移民项目部驻会东县现场工作组

作者：朱存磊

从禄劝县城一路曲折北上，过了龙头山隧道，就来到了乌东德营地，这是我第一次来到横断山脉的腹地深处，金沙江两岸山脉绵延不断，江水川流不息，河谷幽深，正所谓“两厓峻极若登天，下视此江如井里”。两岸的荒山表面是裸露的岩石，层理清晰可见，但远远望去，对岸的山上孤零零地站着一棵树，昂首挺胸，身体前倾，像是在站军姿，像是在向我招手，想要告诉我什么，或者在守护什么……

营地的同事说，那棵树在乌东德新家园建设者的眼里是一道独特的风景线，它能带来希望。离开营地我就赶往会东支援，那里有 4600 多名移民，他们为了乌东德水电站的建设，离开原来的村庄，需要建设新的家园，项目部会东片区同事的任务就是和各方一起为移民群众排忧解难，保证他们顺利搬迁入住，共同建好美丽新家园。

⊙老骥伏枥志千里

马国斌同志是乌东德移民战线上的一员“老将”，他原来是一名人民教师，为人谦逊、温文尔雅，平时穿着总是西装革履、衬衫领带，所以我们也亲切地叫他“马老师”。马老师2008年开始在金沙江做移民工作，这一待就是12年，从白鹤滩到乌东德，从实物指标调查到施工区移民的避让搬迁和租地工作，从水电基金项目的管理到现场移民工作的推进，他始终扎根基层、勤勤恳恳。

为了推进移民安置协议签订工作，马老师经常到乌东德镇河门村、三台村为群众做思想工作，移民群众对补偿补助费用、搬迁安置政策有疑问，马老师就给他们详细讲解，让移民群众踏实放心。镇上、村上的移民干部对有些问题也拿捏不准、不好给群众解释时，都喜欢请马老师来“讲课”，每次下乡，会东区域的综合监理谢鸿钢都会说，马老师是“乌东德的一本书，金沙江的活字典”。通过不断的宣传解释，也通过各方与地方政府密切配合，移民群众抵触心理慢慢化解，开始理解移民政策。经过近40天的努力，近千名移民思想发生了转变，自觉签订了安置协议，积极支持了乌东德水电站的建设。

就是这位受大家欢迎的“老马”，内心却有不为人知的心酸历程。母亲重

病，需要数次化疗，马老师最近一次回家看母亲已是很久之前了，白天在病床前照顾母亲，晚上就在旁边陪夜看护，困了就在旁边的行军床上休息一会儿……几天之后，他又不得不离开医院，赶回到移民战线上，因为那里还有很多房子还没建好，还有很多移民家庭没有搬迁入住，乌东德水电站还没有下闸蓄水……就是这位移民战线上的“老马”，让我想起金沙江畔的那棵树，那棵刚劲、挺立的树，任炎热缺水、风吹日晒，它的根依然深深地扎在这片热土，深爱着这片土地，那是水利人身处偏远山区“舍小家，为大家”的奉献精神，那是水利人扎根基层、迎难克艰的坚韧品格，那是水利人为国担当、为民造福的坚定信仰！

⊙不负青春不负卿

黄燚是会东片区移民工作的项目经理，也是一位年轻的“90 后”，主要忙于会东移民工程的建设工作。刚来乌东德参加工作时，首先需要克服的还是这里恶劣的工作环境。在这大凉山蛇形山路上奔波，往返于各个移民安置点之间，一路弯弯绕绕，车速时快时慢，晕车、难受是常有的事；这还没完，弯曲公路的外侧有时是大凉山的陡壁悬崖，有时是幽深的金沙江河谷，每次经过都有种心惊胆战的感觉。

但对于移民工作，黄经理没有半点含糊，为了保证移民群众顺利搬迁入住，每次下工地都时刻关注安置点的建设进度和质量，坪山安置点建了多少个房子了，马口安置点地基完成多少了，民权安置点的供水工程又完成多少了等。在现场，搅拌机在不断生产混凝土，挖掘机在不停地换填土石，工人们在安装着一个又一个的房屋钢架，在安置点有一幅标语，上面写着“人民利益高于一切，全力支持移民建设”。在这紧张有序的建设背后，有黄经理的默默付出。看到一排排房子拔地而起，黄经理也松了一口气，但在前行的道路上丝毫没有放松，为了解决移民工作中遇到的难题，黄经理与县扶贫开发局、综合监理、综合设代不断开会研究，有时为了写材料、出对策、拿方案，甚至忙至半夜。他口头总有一句话，就是“九月份要完成建房工作”。有一次，他跟女朋友打电话说:“等忙完这阵，等房子修好了，路通了，水电都供上了……我就回去了。”可没过几天，女朋友从几百里外的重庆赶来看他。黄经理是幸福的，他守护着心爱的姑娘，热爱着自己的工作，把自己的青春和热血献给了金沙江！就像金沙江畔的那棵树，守护着亲人、朋友，守望着乌东德大坝，那是青春的力量，接过上代水利人的“接力棒”，把水利人的精

神、品格和信仰不断地传承下去！

为了回馈库区的移民，让库区的娃娃们感受家乡的大国重器，我带着他们参观了乌东德大坝。参观的时候，有个小朋友说："这个大坝是不是可以发好多好多电呀？"我说："是的，到时候好多好多人都可以用上我们发的电。"那个小朋友回头笑了笑，说等他长大了，他也要做一名工程师，也要修大坝……

从大坝观景台回来，在建设部横排的公路上，又看到了那棵树，我告诉小朋友们那棵树的故事，小朋友们也在认真地听，仿佛此刻山上又多出了很多小树苗，正在茁壮成长，又仿佛看到蓄水之后这里的高峡平湖、绿树成荫，看到金沙江两岸灯火通明，源源不断的电力输送给远方的亲人、朋友……

团队档案

中国长江三峡集团有限公司移民工作办公室乌东德工程移民项目部驻会东县工作组成立于2018年，主要负责协调、推进乌东德水电站会东县移民搬迁安置工作，包括推进移民安置协议签订、移民房屋建设、各项移民专项工程建设，并开展移民产业、教育医疗文化等方面帮扶工作，多次获得会东县人民政府"爱心企业"荣誉称号；工作组与参建各方共同努力，积极推进各项移民工作，为乌东德水电站会东县工作截流验收、工程蓄水验收打下坚实的基础。

移民工作是实实在在的群众工作

——记云南省楚雄州武定县乌东德水电站建设征地移民搬迁安置工作指挥部刘彪

作者：彭业华

“功成不必在我，但功成必定有我。”这是武定县乌东德水电站建设征地移民搬迁安置工作指挥部副指挥长刘彪常说的一句话。

刘彪从 2014 年以来在移民系统工作。他任劳任怨，熟悉移民政策，善于做移民工作，有丰富的移民工作经验。在历经挫折磨难之后，意志不消沉，斗志不减弱，精神不颓废，他积极主动，全身心投入乌东德水电站建设征地移民搬迁安置工作中。

他的人生经历可以概括为三个阶段：警察、乡党委书记、移民工作者。

⊙警察的责任与担当

武定县城镇派出所是刘彪开始工作的第一个经历。据了解他的同事介绍，自参加工作以来，他爱岗敬业，勤学苦练，拼搏进取，全身心投入维护公平正义与法律尊严的神圣工作中。他从警 10 年，完成了数十项惊心动魄的维稳任务，经手办理上千件的治安案件，处理上万次的群众报警与求救。面对持刀抢劫的歹徒，他毫不畏惧，徒手制服……从一个非警察专业到2003年被评为“全省优秀人民警察”并曾荣立个人二等功，他始终坚守在维护社会治安稳定和谐的第一线，以实际行动践行着执法为民的庄严承诺，堪称“铁血公安”。

从事乌东德水电站建设征地移民搬迁安置工作后，虽然岗位不同，但刘彪始终把对工作的责任与担当牢牢记在心里。

他说，移民工作就是实实在在的群众工作，群众工作来不得半点的马虎，做移民工作要深入细致。2018年12月，乌东德水电站武定县移民搬迁安置工作正在紧张进行，移民建房工作也进入了全面推进的关键时期，由于部分移民群众片面地理解政策，对移民建房的设计、施工等环节不了解，加之一小撮别有用心的人煽动移民到施工现场阻工，到县委政府群体性上访，移民群众拒不签订移民安置协议，严重影响全县移民搬迁安置工作。刘彪迅速组织指挥部分析研究，提出加大宣传力度、开展移民政策培训、组织移民群众观摩建房现场等措施，并且亲自到东坡乡、己衣镇涉及移民的6个村进行政策宣讲、开展移民政策信息宣传员的业务培训，对移民建房的设计理念、建设方式、管理模式等进行讲解。

刘彪在村委会召集村组干部和共产党员，一户一户查找问题，商量解决问题的办法。召开群众大会，给移民群众解读移民

安置规划、解释移民政策，及时消除了移民心头的疑虑，在他的牵头组织和努力下，库区涉及的移民群众完成了建房安置协议的签订工作，为武定县移民搬迁安置工作的推进打下了坚实基础。

⊙群众工作“插甸经验”的创建者和实施者

2012年6月，云南省委在武定县插甸乡召开“四群”（群众观点、群众路线、群众利益、群众工作）教育现场推进会。

刘彪当时是插甸乡党委书记，是“插甸经验”的创建者和实施者。2011年云南农业厅网站有这么一条关于插甸乡党委以及刘彪的新闻信息：武定县插甸乡党委像抓项目一样抓党建……

“做梦都没有想到书记会来我家串门子。”回想起一个多月前的一个晚上，乐茂河村委会大平地村民杨学新记忆犹新。“我听到狗叫声，出去一看，一个好像在哪里见过的面孔出现在我家门口。”正当杨学新迟疑时，来人自报家门：“我是插甸乡党委书记刘彪，今晚来串门子走亲戚。”一句串门子走亲戚，拉近了干群关系，嘘寒问暖中苗族老人打开话匣子，把掏心窝子的话都说了出来。

⊙移民工作功成有我

从 2014 年开始，刘彪就在移民系统工作。他有着丰富的党建工作和基层群众工作经验，对乌东德水电站移民搬迁安置工作有着深刻的认识。

2017 年 11 月，西和安置点建设征地开始。刘彪作为土生土长的武定人，清楚西和安置点处在县城周边唯一一块能作为移民安置的土地。安置点的土地大多属于西和村委会，这个村是回族、汉族、彝族少数民族聚集区，社会关系比较复杂。

西和村民的土地都在县城周边，如果征收了他们的土地，他们就失去了赖以生存的基础。从情理上讲，这些村民是极不情愿的。

刘彪在理顺西和安置点指挥部的机构后，带着几十号工作人员，分头进入西和村的家家户户。

刘彪和工作人员每天都泡在村民家里，跟在农田里劳动的村民身后。他们不谈征地，只拉家常，问问家里有几口人，几个务农，几个在工作，全家有几亩土地，一年能收多少粮食，家里都有哪些困难，怎么解决困难等。刘彪和工作人员还主动帮助这些村民们干干农活，做做家务。有时候，他们自己买一些菜，和这些村民一起喝酒摆龙门阵。

转眼间半个多月过去了，刘彪及工作人员和西和村村民建立了感情，并且成了无话不说的朋友。有的工作人员有事没有去西和村，村民们还在念叨这些经常和我们拉家常唠嗑的人怎么没有来呢。

刘彪和工作人员完全熟悉了西和村以及西和村的村民后，正式向老乡们介绍：我们是西和移民安置点的工作人员，是你们的朋友，现在大家都是熟人了，对于征地的事情，你们有什么意见和想法，告诉我们，我们一起来商量解决。

熟人好商量事情。村民们完全理解刘彪和其他工作人员，国家要建设，县里有规划，村里要发展，西和村村民都支持国家和县里的经济建设。2018 年 4 月，刘彪和他的同事们用了一个多月的时间，完成了西和安置点 496 亩建设用地征地任务，为移民搬迁安置工作打下了基础。

刘彪说，移民工作就是实实在在的群众工作，情况复杂多样，是社会功能、人口、资源、资产、资金重组再分配、再平衡、再完善的一个过程。

⊙多边工程的组织者和推动者

刘彪说，移民工程就是典型的多边工程，时间跨度大、政策性强、专业性广，经常需要边规划、边设计、边施工，与其他建设工程不同。

在他的努力下，全县移民安置工作有序推进、移民建房工作成效明显，总体完成目标任务的进度可控，扭转了全县移民搬迁安置整体工作推进“三个严重滞后”的局面，各项移民工作运转正常。

“雄关漫道真如铁，而今迈步从头越”，刘彪和他的同事们，始终以坚韧不拔的意志、顽强拼搏的精神，一如既往地在平凡的岗位上，辛勤地耕耘着，默默地奉献着，执着地坚守着，用他们的汗水和热血，铺就乌东德水电站移民安居乐业的康庄大道。

人物档案

刘彪，1971 年 2 月出生，云南省武定县人，中共党员，先后在武定县当过警察、乡党委书记等，从 2014 年开始从事移民工作，现任乌东德水电站移民搬迁安置工作指挥部副指挥长，曾获得云南省优秀人民警察、金沙江乌东德水电工程优秀建设者等荣誉称号。

“六千精神”的弘扬者
——记中国三峡集团移民工作办公室溪洛渡工程移民项目部

作者：彭业华

从四川宜宾溯流而上到攀枝花，便是金沙江下游河段的范围。

金沙江河段谷深坡陡。在山坡上随便丢下一块石头，眨眼间便消失得无影无踪，只能看见石头滑落过程中扬起的灰尘；这里岩层破碎、土石松散，走在坡路上，随时都担心会溜下悬崖。

在这样的自然环境下，金沙江畔的田野里、荒山上、村庄边，溪洛渡库区集镇里，当地老百姓的院坝、林地、猪圈旁，活跃着一支支队伍、一个个身影，他们就是肩负着我国“西电东送”四座骨干电站征地移民搬迁任务的移民工作者。

⊙踏遍千山万水

金沙江下游河段绵延700多公里，两岸的山山水水都留下了移民工作者的脚步。

2008 年，64 万公里；2009 年，84 万公里；2010 年，95 万公里；2011 年 11 月底，112 万公里。

这是一份移民工作办公室自成立以来，汽车里程表的记录数据。随着移民工作的推进，车辆里程数也在成倍增长。这些数据能从一个侧面说明移民工作者所经历的路程。

只要没有出车任务，司机们在汽车座椅上能立马进入梦乡。有着多年行车经历的司机吴磊说，这是长时间积累的经验。司机必须在空闲时养精蓄锐，从而确保行车安全。因为不知道行车途中会有什么变化。这个变化一方面是自然条件的因素，比如说因公路修建道路阻塞，另一方面就是行程计划的改变。

⊙无路可走也要走

实物指标调查是移民搬迁的基础性工作，涉及移民群众的最根本利益。实调工作组的人员一点也不敢掉以轻心。

实调开始，为了节省时间，工作组借宿在当地移民家。一天吃两顿饭，

没有早餐，10点左右在野外午餐，晚餐则等到收工后到驻地解决。

幸清华、王澎湖和设计院、地方干部组成一个调查组，开始对一户移民的花椒树展开调查。调查结束了，移民老大妈指着旁边山上说，那儿还有花椒树。

随着老大妈的指点走过去，那段山坡陡峭荒凉，根本没有路可走。工作组成员口袋里揣着工具，抓着荆棘一步一步爬上去，清点完毕，几乎是连滚带爬下的山，好几个人的腿裤脚都被挂破了。

⊙说尽千言万语

移民工作是和人打交道的，大量的实际问题都要靠移民工作者去沟通协调，去解释说明。

2011年10月21日早上，张燕萍正在办公，工程建设部的同事来告诉她："你家'亲戚'来了！"

张燕萍立刻起身，笑脸迎出门去。"呵呵！你们好！"原来是永善县300多名县内安置移民。一个老大娘拉过张燕萍，走到大楼前的草坪边。

"今天'亲戚'多，你办公室也坐不下，就在这里吧！"

"好！就这里，"张燕萍先坐在草坪上，"大妈，是什么情况？"

"我们没得房子，也没得宅基地，就想解决这些问题。"

"那您是选择什么安置方式呢？"

"县内自行安置。"

"签订了协议吗？"

"签订了。"

"补偿款都拿到了吗？"

"拿到了，我们就是想不通，为什么同是施工区移民，那些外迁去孟连的移民，返迁回来在城区进行安置，划拨了宅基地，而我们就没有。我在城里租房子住，租金年年上涨，已经无力承担了，我们也要求划拨宅基地。"

"大妈，您的心情能理解，对您的处境我也深表同情，可这也是您当初的选择，云南省移民局〔2009〕42号文已经有明确的规定，相应的补偿款都到位了。我们要维护政策的严肃性吧，如果政策朝令夕改您还会相信政府吗？还会相信政策吗？您现在向我要这些，我没有权利，也给不了您宅基地啊！您天天守在这里，不是解决问题的办法和有效途径啊。”

大妈左右望望，又望着张燕萍，不作声了，无可奈何地摇了摇头，可就是不离开。

张燕萍找来当地政府的干部，共同研究移民提出的问题。在经过充分讨论后，和地方政府的干部一道，挨着走访移民户，细心解释移民政策。频繁地走访，细致地工作，当地老百姓都认得了那个“像自家闺女”的女移民干部了。移民的气消了，疑问解决了，安安心心忙地里的活儿去了。

⊙历经千辛万苦

在金沙江畔工作过的水电建设者有一句话：“要想尝尝辛苦的滋味，做移民工作就知道了。”这句话可能有点夸张，不过倒也说明了移民工作的艰苦。

2007年元月，务基乡的实物指标调查正在关键时刻。

工作组的几个年轻人最近很是烦恼：就在调查的时候，身上的某些部位总是难受，又不能当着很多人的面去搔痒。

务基乡是一个缺水的地方。这里的老百姓在修建房屋时，总在地下挖一个地窖，用来储存雨水。一年的生活用水就靠地窖储存的那么点水，绝不会有人舍得用来洗澡。

住进务基乡的10多个工作队员，被安排在一个破旧仓库里。这里没有床铺，只能先垫上稻草，在稻草上铺行军被睡觉。

第一个晚上睡到半夜，10多个人都醒了，原来垫在行军被下的稻草爬满跳蚤，很多人被跳蚤咬得浑身是包。这一夜，工作队员没有一个人睡好觉。

不能洗澡是件很苦恼的事情。许军、邹宪君等几个人相约到金沙江对面雷波老县城溪洛渡大酒店去好好洗个澡。

等到收工回到仓库，几个人乘渡船过江辗转到达溪洛渡大酒店，欢欢喜喜地开了一个房间。

可是满怀的高兴被冷水浇灭了。酒店当天不知什么原因不提供热水。几个人还要乘船返回，太晚渡船就收班了。几个人只好匆匆忙忙用冷水擦了擦身子，也算是洗了一个久违的澡。

提起那一巴掌，关翔、李伟、雷纯才、孙小敏等都闭口不谈，场面一时冷了下来。

经过再三询问，年龄稍大一些的雷纯才才道出实情：在移民工作中，如果提到某人被动挨打，那是很丢人的事情。

当时，在昭阳区，项目部的同事们准备去测量土地。

刚刚下过暴雨，一条山沟横在面前，肆虐的洪水汹涌而下。当地村民用几块大石头垫在山沟中间做跳板，但是没有人尝试着蹚过去。

关翔想试探着蹚过山沟，工作队的同事一把拉过他，不让他去试探，告诫他这样很危险。

当地一位移民干部以为关翔退缩了，伸手就给他一巴掌。“不行，今天必须得过去。”移民干部说。

关翔摸摸被打的脸颊，默默地在工作队员的注视下顺利蹚过了山沟。因

为他的带动，所有人很快蹚过山沟，完成了当天的测量任务。

事后，关翔告诉我："我是从农村出来的，小小的山沟对我说小菜一碟。我之所以一定要蹚过去，为的是让其他人特别是当地的干部看看，中国三峡集团的移民工作者不是靠嘴皮子吃饭的。"

⊙后记

一个星期走完溪洛渡库区，看到的、听到的只是移民工作的几个片段。其实，在金沙江库区的各个地方，每天都发生着不为外人所知的故事，库区的面貌每天都发生着改变。

团队档案

中国长江三峡集团有限公司移民工作办公室溪洛渡工程移民项目部成立于2007年，主要承担溪洛渡水电站移民搬迁安置工作和参与溪洛渡库区三峡集团水电基金项目的实施、管理及定点帮扶工作，先后被全国总工会、集团公司工会授予"工人先锋号"称号，被共青团中央、共青团四川省委授予"青年文明号"称号，多次被集团公司党组授予"先进党支部"称号，被集团公司授予"红旗班组""金沙江水电工程建设先进集体"等称号。

弘扬“六千精神” 奉献青春岁月
——记中国三峡集团移民工作办公室溪洛渡工程移民项目部辜清华

作者：王跃邦

转眼间，辜清华已在溪洛渡工作了整整13年。回首这段激情燃烧的岁月，溪洛渡水电站从顺利截流到按期发电，他从单身贵族成长为人父，库区移民工作载满了他的青春奋斗史。

⊙攻坚克难，全力推进溪洛渡移民工作

2007年，研究生毕业后辜清华应聘进入移民工作办公室。作为移民工作办公室成立后第一批员工，他积极响应号召，怀着激情和梦想投身溪洛渡水电站的建设。

在库区实物指标复核调查期间，他常常穿梭在金沙江边的山间地头，奔走在群众的房前屋后，爬过高山、蹚过河流，啃过干粮、喝过山泉，丈量过猪圈和旱厕，被长满尖刺的花椒树扎得伤痕累累，经常是晴天一身灰、雨天一身泥，大热天还得忍受十天半个月不能洗澡的煎熬。遇到地类认定或抢栽、

抢建、抢修及抢搭认定的问题时，被滋事挑衅的移民威胁过、羞辱过，但他默默忍受身心上的巨大压力，坚持一把尺子量到底。

2009 年，他全程参与雷波县千万贯乡土地及林木复核调查试点工作。因条件有限，他与 7 名调查人员只好打地铺，挤住在一间不足 30 平方米的平房里。3 月 20 日下午，工作组遇到了一块抢栽的花椒园，从花椒树的根部可以看到新鲜的土壤。户主解释是“刚刨过，施了肥料”。为了维护调查的公平公正，他坚持要求拔一棵花椒树检验一下。经过反复协调，调查人员跑到一棵花椒树旁边轻轻一拔。当时在场的人全部惊呆了，的确不是抢栽的花椒树，而是插在土里的花椒树枝，是用营养液保养好后栽下去的树枝。看到自己的诡计被识破，户主恼羞成怒，随即和其他村民围攻过来，对他破口大骂，准备对他动手。幸好民警及时介入，才平息了这场风波。离开时，户主扬言：以后别让我碰见你，要不然见你一次打你一次。12 年来，这种难忘的经历实在太多，他在一线坚决维护着移民政策的公平公正，做到了问心无愧。

在主抓移民工程项目管理期间，他不怕苦、不怕累，全程参与 33 个安置点的现场查勘，徒步翻越无数座大山，摔过跤，流过血，好几次险些丢了性命。谈及金阳县“丢魂坡”事件，他至今仍心有余悸。2007 年 12 月，成都勘测设计研究院组织各

方对库区 12 个迁建集镇的拟选新址进行复核踏勘。为了寻找一个适宜迁建的新址，他连续奔波了 6 天，身体疲劳到了极点。就在大家庆祝完成本次踏勘任务的时候，金阳县委县政府临时提出，要求新增热水河集镇拟选新址体可洛。接到要求，为尽快编写完成新址复核报告，在道路不通的情况下，他随同移民工作队毅然决定于第二天早上 7 点准时出发，徒步赶往海拔 1400 多米的体可洛村。第二天，他翻过几座海拔两千多米的高山，终于在下午 1 点左右到达体可洛村。此时，他已是精疲力竭。考虑到下午 6 点天就黑了，在勘查完新址后，他们就马不停蹄地赶下山。为了顺便踏勘对外连接道路，下山时没有原路返回，而是选择另一条羊肠小道。山上光秃秃的，山下是万丈深渊，旁边没有任何树枝可供抓扶。面对侧向悬崖且布满小碎石子的山路，一开始大家还不以为意。突然，随行的同事脚底一滑，差点掉下悬崖。此时此刻，所有人都惊出一身冷汗。为确保安全，大家脱了鞋子缓慢前行，遇到个别路段还必须手脚并用才能爬过。他们克服艰难险阻，终于在晚上 7 点

多到达山脚下。在确认一行 17 人全部安全下山后，研究院的领队黄爱平主任瘫坐在地，默默流下了眼泪。后来，大家把这次经历称为金阳县“丢魂坡”事件。

⊙问心无愧，筑梦三峡梦圆金沙

水电是一个辛苦的行业，它不仅需要水电工作者的艰辛付出，也需要其家人的默默奉献。刚来溪洛渡，他还是单身，为了工作，很少休假。电话中父母偶尔会唠叨几句，责备他长时间不回家，但听他解释是因为现场工作需要，也表示理解和支持。

2008 年，他与爱人相识，恋爱期间，因条件有限，他们之间没有罗曼蒂克式的爱情故事，没看过一场电影，也没喝过一次咖啡，更没吃过一次西餐，仅仅是在晚饭后围着溪洛渡营地散散步。

2010 年他们携手走进婚姻的殿堂。后来，考虑到定居、今后孩子的教育以及照顾父母的问题，他的爱人毅然辞职回到成都，默默地肩负起这份重任。从此，他们夫妻二人过上了两地分居的生活。

2011 年，女儿的出生加剧了他对亲人的思念，两月一次的补休规定依然无法缓解他为人子、为人夫以及为人父的愧疚。特别是在女儿的成长道路上，他默默忍受着“爸爸，再不陪我，我就长大了”的锥心之痛。在女儿一岁多时，每当看到有父母共同陪伴玩耍的其他小孩，她总是用非常羡慕的眼神看着别人，也常常会问：“妈妈，我爸爸在哪，为什么别的小孩有爸爸陪伴，而我没有？”

如今，女儿已慢慢长大，每次听到爸爸要回去的消息，她总会高兴得欢呼雀跃，并告诉玩伴：我爸爸要回来了！几年来，幸好有家人的理解和支持，让他在追逐新三峡梦的心路历程上义无反顾，一路前行。

13 年来，从一名大学生变成移民战线上的钢铁卫士，辜清华扎根溪洛渡移民工作第一线，忠实弘扬“走遍千山万水、说尽千言万语，历经千辛万苦、排除千难万险，搬出千家万户、造福千秋万代”的移民工作“六千精神”，认真做好移民工作，用智慧和汗水诠释这份责任与担当，为“新三峡梦”默默地奉献青春岁月。

人物档案

辜清华，1982 年 10 月出生，江西进贤人，中共党员，工学硕士，副高级工程师，先后参与溪洛渡、乌东德和白鹤滩水电站移民搬迁安置工作，现任中国长江三峡集团有限公司移民工作办公室溪洛渡工程移民项目部副主任专业师，曾获中国三峡集团杰出员工、青年骨干和金沙江溪洛渡工程优秀建设者等多项荣誉。

我家那个不聪明的他

——记中国三峡集团移民工作办公室向家坝工程移民项目部宾阳

作者：杨　燕

我家有个不聪明的他，老实、木讷、无聊、无趣，从研究生毕业进入三峡集团公司，在向家坝工程移民项目部一待就是八九年。

我家那个不聪明的他，有点无聊。他不通花言巧语，不晓风花雪月，恋爱的时候天天给我报告实验数据直到把我催眠睡着，结婚的时候因为唱不出来时兴的情歌差点让伴娘轰走，成家后没有鲜花没有礼物、面对控诉还一脸不解："卡都在你那，想要买啊！"——然而，就是这样一个"无聊"的他，把万千移民法规烂熟于心，将大小扶贫政策信手拈来，对党建规章制度了然于胸，在与移民帮扶对象谈话时娓娓道来，在与设计、监理、建工单位沟通时滔滔不绝，在与各级地方政府碰头时据理力争，在与领导、同事、友人交流时侃侃而谈。他不会聊"天"，因为他脚踏实地，做实在人、说实在话、办实在事。

我家那个不聪明的他，也有点无趣。他不抽烟、不喝酒、不打牌、不听

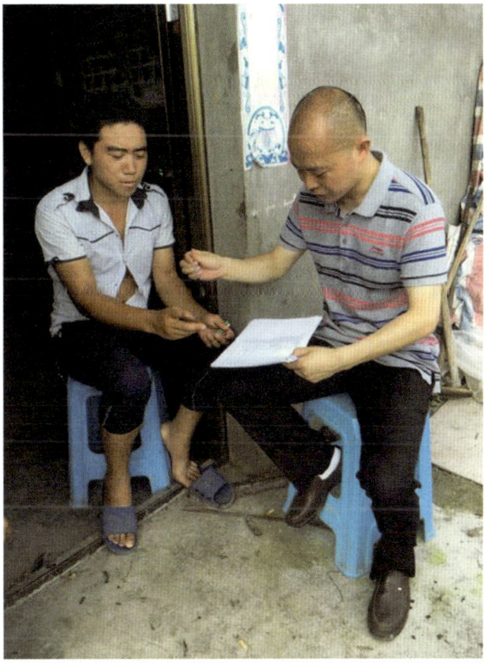

歌、不看电视、不追潮流，最专注的爱好是看书，最宝贝的玩具是 kindle，最喜欢的领域是哲学、经济和历史，读书软件记录他三年的阅读时间长达 1500 小时、超过 99.85% 的用户——然而，就是这样一个“无趣”的他，常常给人以意外的惊喜：我曾以为他是理工男文笔差，但是他写的业务论文、技术报告、建议方案总是一气呵成、有条有理、深得信任，这是靠着长年累月、不断重复的扎实累积，靠的是笨鸟先飞、勤能补拙的勤奋练习；我常认为他的外形不佳气质不好，但是当他从布雷顿森林体系到区块链技术讲得眉飞色舞的时候、当他用全英文为世行专家和海外同行介绍金沙江水电移民经验的时候、当他旁征博引与同事朋友探讨移民扶贫问题与对策的时候，我总是不经意间就被他帅一脸，“腹有诗书气自华”的真实写照来得就是这么突然。

我家那个不聪明的他，其实有点“无能”。他的生活能力不强，常常分不清背包里袜子是干净还是隔夜的，衣服口袋上的扣子隔三岔五就离奇失踪，直到去年才学会给运动鞋打上一个不甚牢靠的蝴蝶结；他的身体也不是太好，经常性的皮肤过敏，吹风受凉很容易就诱发慢性支气管炎，几乎每到一个新的地方都要水土不服、肠胃不适——然而，就是这样一个“无能”的他，化身水电移民的业务能手，主动申请到巴基斯坦卡洛特项目部轮岗，特警持枪近身保卫的特殊经历被他说得津津有味、让人听得心惊胆战；变成名副其实的空中飞人，频繁地穿行于成都、昆明、宜宾、北京、长沙等业务城市，密密麻麻的飞行轨迹被他引以为傲、让人惊叹不已；作为诚恳敬业的良师益友，不仅先后肩负着移民搬迁、收口难题和扶贫的重担，还作为业务导师，为移民项目部培养了一个又一个的移民生力军：组织仿佛对他特别信任，刚培养上手一个新员工，几乎马上就给调去地方挂职，然后另外再派一名新人来，他的“培训”业务近几年一直没有中断。

我家那个不聪明的他，还有一点“无情”。他骨子里是孝顺有心的儿子女婿，过年值班不能回家，他会专程在年前飞一趟老家给岳父母拜年，但是由于常年待在项目部或者外地出差，年迈的父亲母亲即使生病也只能交给妻子照料，更别提承欢膝下、尽孝床前；他是有情有爱的父亲，只要时间允许都要通过视频关切孩子们的吃喝学乐，一到休假就会用尽浑身解数带家人们游玩探索，但是在恰逢向家坝移民工作收口的关键阶段，他情愿放着新出生的儿子不管，毅然放弃到成都轮岗的报名机会；他是体贴温情的丈夫，每次出差起飞降落都会发消息告知，每每趁着休假就密集处理家庭大小事务，对我的无理取闹总是包容，对我的胡吃乱买总是放任。尽管如此，每当老人生病而他又赶不回来的时候，每当孩子想同他视频而他又在加班开会、写材料的时候，每当我受了委屈想找人倾诉而他又抽不开身的时候，每当他好不容易回来休假结果又被临时拉去开会而只得突然改变行程的时候，他回应我们的只有一句简短无情的“对不起”。其实，他对家人的愧疚，我都看在眼里、疼在心里，也时常告诫自己去体谅和接受他的身不由己。尤其，看着他笨拙地给儿子换尿布，自觉地帮我们洗衣服，上蹿下跳地陪孩

子做游戏，为了让夜里喂奶的我多睡一会，忙不迭把早醒的小宝儿抱走，再轻轻地带上门——每当这个时候，我总是在心里默默地想：嫁给这样一个男人，值了。

就这样，我家那个不聪明的他，因为做了这许许多多不聪明的傻事情，连带着把我也变“傻”了：老老实实工作，踏踏实实做事，诚诚恳恳做人，扎扎实实进步，白白在在过活，安安心心等待。

我家那个不聪明的他，在我看来，真的是太不聪明：不会钻营，也不会叫屈；不会争取，也不会退避；不会推诿，也不会放任；他不油嘴滑舌，不投机取巧，不争功躲懒，不贪权图利；坦坦荡荡做人，兢兢业业做事。

然而，就是这样一个不聪明的他，是千千万万三峡水电建设人的缩影，是数不胜数金沙江流域开发者的代表，他们在金沙江移民工作的现场，在向家坝平稳运行的大坝前，在溪洛渡投产发电的庆典上，在白鹤滩正式核准的红头文件后，在乌东德全面推进的建设工地上，在无数日日夜夜流淌的时光中，在点点滴滴汇聚的成就里，在你和我的身边——你一定也认得他，金沙江的滚滚波涛认得他，电站惠及的万千移民认得他，脱贫脱困的帮扶对象认得他，举世瞩目的金沙江水电事业不会忘记他！

人物档案

宾阳，1984 年 6 月出生，湖南衡山人，中共党员，工学硕士，高级工程师，先后参与向家坝、乌东德、白鹤滩水电站和巴基斯坦卡洛特水电站的移民搬迁安置工作和三峡集团定点帮扶工作，现任中国长江三峡集团有限公司移民工作办公室向家坝工程移民项目部副主任专业师、国际大坝协会水库移民专委会成员，多次在与国际组织、外国同行的交流活动中介绍中国移民工作经验。

第七篇

保障篇

谢 雷摄

| 后勤保障，是工程建设最强劲的后勤保障军，为水电建设大军提供后勤支持。

| 供水供电、供粮供餐、治安维稳，哪里有需要，哪里就有他们。

| 营地里随处可见他们奔走忙碌的身影。他们像一颗颗小小的螺丝钉，牢牢地钉在工程建设的各个角落，在平凡的岗位上散发着光和热，温暖着每一个背井离乡的建设者。

无私奉献扎基层 青春无悔写华章

——记中国三峡集团三峡设备物资公司乌东德项目部油库分部

作者：彭启义

在金沙江畔海子尾巴，有一群石油工人，从乌东德水电站动土开建到现在，一直担负着水电站工程建设用油的衔接、配置和保障工作，负责周边30公里范围内乡镇生产生活用油供应，在交通运输、生活生产、应急抢险等方面发挥着重要作用。他们远离城市的繁华，一直扎根基层，默默地在这片光秃秃的山间无私奉献，磐石一般坚守着山间无言的寂寞。在这里，边陲风沙虽吹黑了脸庞，但金沙江水却锤炼出了胡杨品质。在这里，他们顶着酷暑、经住考验、耐住寂寞，用青春和汗水诠释了胡杨精神，用激情和无私谱写着水电工程建设最美华章。

几年来，他们先后获得“安全生产先进集体”“6S管理活动先进集体”“巾帼文明岗”“金沙江区域水电工程劳动竞赛先进集体”等诸多荣誉。“扬帆力排千重浪，迈步更上一层楼。”在荣誉面前，他们没有骄傲止步，为了提供优质服务，确保工程建设油料供应，他们无惧烈日的烘烤、风沙的磨炼，更加辛勤耕耘，默默奉献。

⊙再难也从不抱怨

2017 年是工程建设高峰年，也是关键之年，工程用油量大，收发油任务重，油库员工每天要接卸六七车油，要整车发出 200 多吨，油枪加出 1 万多升，在如此重的工作任务下，他们没有退缩，加班加点卸油、发油，从来没有人喊累，没有人抱怨辛苦。

成功的背后，饱含着艰辛，很平凡的三餐，也有说不完的故事。员工的三餐都是用车送，热天还好，可是在冷天，不知道吃了多少冷菜冷饭。特别是加油工作，刚端上饭，车来了又要加油，一餐要吃四五次，饭菜凉了用开水泡一下再吃，冷了泡、泡了冷，最后成了没有味的水饭，但他们为了岗位承诺，从没有一句怨言。

工地最热时温度经常高达 45 度，水泥地蒸腾的热气夹杂着油品挥发的味道，让每一次加、发、卸油都如同经受一场考验；风季时寒风呼啸，尘雾迷

眼，每次起风都如同经历一场沙尘暴。面对这样的恶劣天气，他们没有怨言，仍尽心尽力地做好本职工作。计量员罗莉红，虽为女儿身，但穿上加油工装，她俨然已将自己定义为“汉子”，爬油车，测密度，量刻度……毫不逊色于男同事。

⊙舍小家以工地为家

作为儿女，他们不能在父母膝下承欢，孝敬父母；作为父母，他们不能辅导孩子学习，陪伴孩子成长；作为妻子（丈夫），他们不能花前月下，日夜厮守。由于工作的特殊性，他们只能舍小家为大家，以工地为家。

发油员李富梅为了不影响工作，只有把 2 岁多的孩子托付给年迈的父母，每每在夜深人静的时候，一时想想年幼孩子，一时念念年迈父母，平静的脸庞不禁潸然泪下……然而，有车辆加油时，她擦擦眼角，对客户依然满面笑容。

下班吃饭的间隙，她才抽出时间和远在湖南老家的女儿通个电话，手机

的另一边，女儿不停地念叨：“妈妈，妈妈，你什么时候休假呀？你还有几天回来呀？”而她总是说：“快了，就快了，等妈妈这段时间事情忙完了就回来陪你。”虽然满脸笑容，眼中却是对女儿的愧疚和无奈。

油库的石油工人，虽然没在水电站建设的关键岗位，但肩上一样也承载着建设祖国的重任，在建设高峰期用油量大、人员紧张的困难下，为了不影响工程建设进度，他们舍小家为大家，坚韧不拔地坚守在自己的工作岗位，为工程建设奉献着自己的青春和汗水。

⊙千方百计保安全

在乌东德水电站工作过的人都知道，这里没有春夏秋冬四季之分，因为一年四季都是夏季，只有雨季和旱季之别，4 月到 5 月份是一年中最炎热最难熬的时候，考验着在工地工作的每一个人。50 多岁的设备管理员老王，个子不高，却依旧坚持每天 4 次的设备安全巡查，设备上的每一个螺栓，他都了如指掌；管道上的每一个闸阀，他都记在心上。阳光下，总能看见他戴着草帽

忙碌的身影，汗湿的身上总是沾着黄油和散发着柴油刺鼻的味道。有时，大家看他的个子仿佛也不再那么瘦小，身上发出的油气味好像也不再那么难闻。

油库工作虽然在乌东德水电站工程建设中是最平凡的工作，但是他们在平凡的工作岗位上，却从事着最危险的职业。面对着易燃爆的汽油和进进出出的车辆，安全责任特别重大，但他们没有怨言，也没有推诿，特别是加油班的女工，她们在安全工作中更是巾帼不让须眉。无论严寒酷暑，她们始终带着唠叨的婆婆嘴、细致的妈妈心，微笑着对司机进行安全提示、细心地留意作业现场是否存在安全隐患。在这样繁杂的工作环境中，她们热心对待着每一位客户，使广大的工程建设者在雨季感受到了女性的似火柔情，在旱季也能感受到清风幽凉。女子加油班就是工地上一面鲜艳的旗帜，就和油库旁边火红的攀枝花树一样，"万枝丹蕾红似火，一树凌霄志更艳。无须绿叶相拥簇，自理霞妆傲苍穹。"

是的，他们每天都做着平凡而枯燥的事情，每天都重复着千百次相同的动作，他们是普通的人，却在平凡的岗位上谱写着不平凡的人生；这些平凡的人，用粗糙的双手架起工区和谐的前沿，忠实践行着公司"为我中华，志在三峡"核心价值，在平凡岗位上默默奉献着自己的青春，在朴实中谱写着自己的非凡人生。他们正用实际行动践行着自己的誓言，用青春热血谱写着乌东德水电工程建设新诗篇。

团队档案

乌东德水电站工程油库成立于2012年，主要负责保障乌东德水电站工程建设施工机械、通勤车辆、物资设备运输车辆和应急抢险设备用油，是乌东德水电站工程建设的重要配套设施，对工程建设有着极其重要的作用。曾荣获"金沙江流域劳动竞赛先进集体""乌东德水电站安全先进集体""巾帼文明示范岗"等各类奖项20余项。

金江"润苗"

——记中国三峡集团三峡设备物资公司乌东德团支部

作者：方明龙

我叫方明龙，是长江三峡设备物资公司乌东德项目部仓储分部的一名仓管员，同时兼任项目部团支部书记。时光荏苒，恰如白驹过隙，如今已是我步入乌东德工程的第六个年头。六年里，我见证了金沙江两岸的荒山变得绿意盎然；六年里，我见证了贫瘠的工地变得花团锦簇，建成一座电站，造福一方人民，日新月异的变化激励着我一个平凡的水电人斗志昂扬，但 2018 年发生了一件事始终让我难以忘怀……

⊙走访贫困小学下决心

那是 2018 年的夏天，根据团支部年度工作计划，本年度计划开展贫困小学慰问活动，经询问本地员工，得知距离坝区营地不远有一所乌东德新村小学，随后我与一名同事赴该小学走访。

行完 20 分钟颠簸的车程，我们来到小学门口，映入眼帘的是两扇斑驳的铁门，我以为我们走错了地方，余光扫到了门边的牌子赫然挂着的就是“乌东德新村小学”。我有些诧异地推开门，一眼扫去，小学的全貌尽收眼底：一个不大的水泥场地上孤零零地竖立着 3 个篮筐，这就是学校的操场，操场东、北两侧分别有一栋淡黄发绿的 2 层建筑，几个学生在操场上追逐嬉戏，几个学生在地上围坐一团……

经与校方沟通，考虑到学校多媒体教学设施简陋，团支部代表公司、项目部向学校捐赠一台电教屏，帮助学校建设多媒体教室。

捐赠当天时间充裕，我便和一名老师攀谈了起来，得知这个小学总共 6 名老师，46 名学生，都是附近村的孩子，他们在这个小学读到三年级后，就要转到镇小学，因为山路难行，有 42 名学生在学校住读。这引起了我的好奇，印象中我们城里的孩子大多是步入大学后才开启住读的集体生活，每个人都是家里的一块宝，这么小的孩子，是如何经历住读时光的。我向老师表达了我的好奇，老师随即招手叫来了附近的一个女孩，这个女孩大概七八岁的样子，穿着一件脏兮兮的碎花棉袄，袖口破破烂烂的，手肘位置还有一个补丁，我本来想亲切地拉着孩子问问情况，看见她脏兮兮的衣服和灰蒙蒙的

手，迟疑了一下，随即还是蹲下拉着她的手，看见她脏兮兮的小脸上两只明亮的眼睛正怯生生地望着我，但又很快低下了头。

“小朋友，你叫什么名字呀？”我调整好面部表情，面带微笑地问她。

“……”怯懦而浓重的方言让我没听清她的名字。

“那你们平时下了课都在玩什么？”我没有在意，继续问了下去，但这次为了听清一些，我下意识地放轻了自己的呼吸。

“下课了我们会做游戏，玩一会天黑了就要睡觉了。”似乎是聊到了玩，她变得开朗了些，声音也逐渐明朗起来，边说边抬头看向我。

“玩什么游戏？你能教我一个吗？”我好奇地问。

“来，叔叔我教你。”她的脸上洋溢出了笑容，飞奔从旁边的地上捡了几个小石子，又飞奔来到我身旁，向我介绍她和小伙伴日常玩耍的游戏，游戏的规则很简单，就是用手抛起石子分别用手掌和手心来接住空中的石子。

“下次叔叔来教你们更好玩的，好吗？”我有些触动，几乎是下意识地说出了这句话。

“好呀！”她笑得格外开心。

直到回去的路上，那一幕始终在我的脑海中浮现，那双稚嫩怯懦的眼睛和那个与时代格格不入的小游戏让我心中暗想，或许该为这些孩子们做些什么。

⊙爱心支教兑现承诺

也就是在此时，萌发了组织爱心支教的想法，我便联系其他团支部委员们一起在项目部范围内寻找志愿者，当得知校方欠缺体育、音乐、美术方面的师资力量后，我们便重点从这三方面着手，发掘项目部内有这方面特长的人才，经过沟通，确定了第一期课程的老师与时间。

时间来到了 2019 年 3 月 28 日，经过了一个漫长的寒假，到了兑现对孩子们的承诺的时候了，志愿者们精心准备的第一期课程——篮球课终于安排上了。

考虑到都是 1~3 年级的孩子，所以我们安排了最为基础的篮球课程，教孩子们拍球、运球和投篮这些简单的动作。当老师一声令下，孩子们聚在一

起时，我放眼望去，还是那群脏兮兮的孩子们，但眼里却写满了期待。

课程正式开始，我们向孩子们介绍了最为基本的动作规范，孩子们围成一个大圈，练得格外认真，欢笑声在他们之间此起彼伏，那是一种久违的童真。置身其中，仿佛自己也回到了童年那个物质匮乏的时代，那些容易满足的、简单的小快乐随着孩子们的笑脸从记忆中不断涌出。从他们的脸上，我们也收获了成就的喜悦。

我注意到那个之前教我玩石头的小女孩，她背着手认真地拍着球，生涩的动作就好像她当初那个怯生生的眼神，但此刻她的眼神里却没有丝毫的胆怯，球一次次地从她手中滑落，她一次次地捡起球，又再一次拍了起来，一次比一次拍得好，仿佛那是个非常好玩的游戏……

乌东德的残阳逐渐消失在天际，我们在最后的一道阳光下拍下了一张合影，此时有限的光线随着镜头光圈形成了延时的影像，残影遍布的画面中，满是孩子们的笑脸。

通过这一系列活动，我从另一个方面深刻感受到了自己从事的伟大事业。记得刚进公司时，集团公司“四个一”的理念让我印象深刻：“建好一座电站、带动一方经济、改善一片环境、造福一批移民”。这不是一句喊出来的口号，而是千千万万三峡人干出来的成绩。我们会坚持把活动做下去，通过我们自己的努力，帮助这些金沙江畔的“幼苗”茁壮成长。

团队档案

中国三峡集团设备物资公司乌东德团支部成立于2011年，主要负责设备物资公司乌东德区域团青工作，曾荣获设备物资公司“五四红旗团支部”称号。

安之若素　甘心情愿

——记中国三峡集团三峡设备物资公司乌东德项目部物资分部

作者：郭守荣

说到乌东德工程，除了“有时云与高峰匹，不放松峦历历”的巍峨高山，同为水电行业建设者的你我还会觉得这里有“望里依岩附壁，一样黏天碧”的可爱。数万名工程建设者，包括为工程建设提供物资供应的我们，将青春和热血奉献在这片土地上，苍颜皓首终无悔，为大国梦、强国梦贡献力量。

⊙甘心情愿付出一切的老吴

在乌东德水电站工程施工区综合仓库，有一个年轻的小伙子正在清点钢筋，汗水布满了青春的面庞，浸湿了坚实的臂膀。他是设备物资公司乌东德项目部物资分部的员工刘孟，他记得老吴曾经说过：“物资管理的重点是质量和数量，年轻人不要怕吃苦！”每次在现场收货时，他总记得这句话。而乌东德物资分部的奋斗史便要从老吴的故事开始说起。

老吴，本名吴俊胜，从事物资管理工作一辈子。据说在溪洛渡水电站开工不久，设备物资公司便对老吴委以重任，带着几个年轻骨干一起拉起了物资合同委托代理业务的大旗，这就是物资分部的前身了。物资合同委托代理业务主要承担物资计划、物资到货验收、物资调拨、物资核销、物资结算等工作。老吴从工作流程、制度、职责入手，从无到有，带着小兄弟们干得有声有色，部门也多次得到业主和公司的表彰。物资分部的业务也渐渐走向成熟，目前，设备物资委托代理业务已经成了设备物资公司的核心业务之一。

随着金沙江流域水电站建设战线的全面铺开，老吴又迎难而上来到了工作生活环境更加艰苦的乌东德水电站，改变的是新的环境和更严峻的挑战，不变的是物资分部以老带新的传统和员工满满的干劲。行驶在泥泞道路的大货车远远驶来，“终于到了！”老吴高兴地对刘孟说。工程前期进入工地的道路常常因泥石流、塌方等原因无法正常到货，为及时办理到货调拨手续保证现场生产，老吴常常带着年轻的刘孟深入施工现场了解需求和到货情况。“作为后勤保障部门，我们的压力很大，任务也很重！”老吴常常把这句话挂在嘴边，也以此来勉励自己和部门员工。

2012 年老吴病了，病得很重，但手术后仅仅休息了两个月老吴便申请返

回了工地，他在一场大病后放不下的仍然是乌东德工作的点点滴滴。然而，责任与乐观并没有延缓他的病情，2017 年初他再次病倒，这一次他再也没能回到热爱的工地，亲眼见证乌东德建设竣工的宏伟。项目部为他发起了捐款，张迅去看望时带给了他，还为老吴拍下了一小段视频，视频中的老吴依然从容地挥手致意，没有说话。迅哥回到工地后一个一个地找到给老吴捐过款的人。“老吴让你给他回个电话，他要亲自感谢你，”迅哥默默地说，“本来他是要给你电话的，但是医生不许。”

“哈哈，老吴今年又报名了？”

“那当然，能拿第一为什么不去拿？”

“还是心甘情愿？”

“瞎说，”老吴笑眯眯地回答，“那首歌叫《甘心情愿》。”

老吴永远地离开了，他的真诚与不服输、他的热情与从容、他对事业的坚守与执着以及他最后一次在项目部迎新晚会献唱《甘心情愿》的画面，永远地留在了乌东德。

⊙扛起大旗的青年军

转眼 2019 年已过大半，距离老吴离开这个家快两年了，乌东德水电站工程建设物资供应的高峰已经接近尾声，物资分部圆满地完成了物资供应保障工作。这两年，物资分部走出去的青年军在公司集采、编码和电商等各条战线上各显其能。走进来的青年军又扛起了大旗！他们远离家乡父母妻儿，他们在异乡品尝寂寞孤苦。但这支年轻的队伍，始终斗志昂扬，延续着老吴的奋斗精神。

他们跑现场、查路况，主动沟通各方，及时了解施工生产计划和施工进度，建立了一套“勤跑现场、细控流向、严守质量关卡”的物资精细管理法门。

他们勤于思考、积极进取、勇于创新工作思路，利用现代化的网络通信手段建立“物资信息共享平台”，TGPMS 系统磅秤信息采集和机打过磅单模块的上线让现场交验流程更加简洁高效，精确做到了每一车物资交验数据准确无误，每一张物资交验单据都有据可查，物资交验现场监控摄像头的安装让物资承运车辆的追踪更加便捷，信息化手段的使用不仅提高了工作效率、也大大提升了物资管理水平。

他们爱岗敬业，虚心学习，营造出了“学习工作化，工作学习化”的良好氛围。老吴离开了，但是老吴的精神在物资分部这群年轻人身上得到了传承和延续。

不论严寒酷暑，不论风霜雨雪，乌东德物资分部的建设者们坚守如一，始终坚持水电报国，攻坚克难，保障工程建设物资供应的初心，实干敬业，砥砺前行。珍贵的是沉默的努力与奋斗，难得的是一如既往的坚持与不懈，在物资人的不懈努力与奋斗下，取得了累累硕果。2017 年物资分部获得“云南省工人先锋号”，2018 年获得“集团公司青年文明号”，多名成员也受到了建设部和公司的表彰。

“漫漫的长路你我的相逢，珍惜难得往日的缘分；默默地祝福，轻轻地问候，互道今生多保重……”耳旁又响起了熟悉的歌词，想到了老吴，常常会想问，老吴为什么甘心情愿？现在知道了，这是一种水电人的情怀，也是身为物资人渴望成为大国重器高质量建设者、守护者与见证者的信念。

团队档案

乌东德项目部物资分部主要承担乌东德工程甲供物资的合同执行代理业务，包括物资计划管理、到货验收、物资领用、价款结算、物资核销、质量管理等工作。曾荣获“云南省工人先锋号”“集团公司青年文明号”等各类奖项 20 余项。

金沙江蜕变记

——记中国三峡集团三峡基地发展公司乌东德分公司寇春艳

口述：冠春艳　执笔：张晓涛

转眼间，在金沙江流域工作已 16 个年头了。一路走来，一路感动，一路感激。每欲提笔倾诉，竟不知从何说起；搁笔而止，又似有万语千言。

望着巍巍大凉山，看着滔滔金沙江，回首过往，我觉得自己有幸投身在如火如荼的电站建设中，和同事们一起扎根大山深处，在工作中不断蜕变，是多么幸福的事。作为一名三峡人，在金沙江上的经历，让我引以为傲。

⊙三峡初印象

初识三峡，是在 1997 年，电视里大江截留的壮观景象一下子吸引了我。“三峡”“中国第一大水电站”“百万移民”等一系列抢眼的字眼，深深烙在一个身处严重缺水的北方旱塬地区初二学生的脑海里。

父辈们津津有味地谈论着举世闻名的三峡工程，14 岁的我似懂非懂，但却读懂了他们眼神里对水的羡慕、渴望与期待。我清晰地记得小时候全家人用一盆水洗脸的情景，那是旱塬地区人们因缺水而遭遇的困窘与无奈。

三峡，给我的最初印象就是——“万山磅礴水泱漭，山环水抱争萦纡”。

⊙由学生到工人的蜕变

2005 年 7 月，刚刚走出大学校门的我带着对未来的无限憧憬，来到了金沙江畔溪洛渡水电站工程工地，开始了对人生新的追求。

记得当初，刚进入水电公司，我在溪洛渡分公司化验室工作，在这里，我遇到了终生难忘的恩师——段莉师傅。在最基础的化验工作中，她不厌其烦、手把手地教我使用计量器具，教我如何消毒取样，如何清洗玻璃器皿。为了最大限度地减少误差，段师傅要求我们练就过硬的人工滴定检测能力，从基础操作——摇三角瓶开始训练：左手摇瓶、右手滴定，逐渐控制放出一滴、半滴试剂……她不仅教给我工作上的技能，也教给我工作的方法及对待工作应有的态度，教给我做人的道理，更在生活上关心、帮助我，使我能够很快熟悉水质化验这个岗位，也慢慢地喜欢上了枯燥的工地生活。随着时间的推移、工作的深入，我逐渐明白同事们执着于这片山水的原因，那就是开创奋进的精神，承担大义、舍身为国的自我牺牲精神。

接受着三峡精神的熏陶和周围同事忘我工作的感染，我慢慢褪去了学生

般的稚嫩，融入水电人的世界里，过着远离都市灯红酒绿、喧嚣热闹的生活，与青山绿水做伴，与艰苦奉献相拥，在大山深处，用自己的专业所学，在工作领域不断学习累积，在提高工作技能的同时也在不断提升自身素质。

作为一名化验员，我明白水质检验要求非常严谨。一个错误的数据比没有数据更可怕，因为它会导致一系列错误的结论。一个准确科学的数据的取得，必须从源头开始控制。无论是玻璃器皿的洗涤、化学试剂的配制，还是检验人员的操作，都需要一丝不苟地进行。工作中的严格要求，逐渐培养了我严谨认真的工作态度以及实事求是、开拓进取的工作作风。

⊙转战乌东德

2011 年 10 月底，我积极响应公司号召，转战至金沙江下游梯级水电开发的最上游——乌东德水电站。在前期筹建环境极其艰苦的条件下，我再一次经受了小时候缺水缺电的窘境：因为处于工程筹建前期，水电不通，停水停电是家常便饭。好在从小已经习惯了缺水的考验，我作为分公司唯一的一名女性依然坚持与其他同事一起克服暂时的困难。相比溪洛渡，乌东德的条件

更为艰苦，但我却早已褪去当初的稚嫩，勇敢地承担起我应该承担的责任。

2014~2016 年期间，我非常有幸在白鹤滩工作，见证了超级工程、国之重器前期的建设。

不论是在乌东德，还是在白鹤滩，公司都给了我更大的发展空间：在做好本职工作的同时，我积极参加安全管理、综合管理等工作，也更好地了解到工程建设前沿的内涵和国家开发水电的真正意义。在忙碌的日子里我过得充实有意义，自身专业水平和综合素质各方面也在不断提升。

俗话说，十年磨一剑。14 年的磨炼，我从一个初出校园的大学生成长为一名真正的三峡水电人。20~30 岁是人生最美丽的时光，我和我的同事把自己最美好的青春年华奉献给了心爱的水电事业，却对自己幼小的女儿有太多的亏欠：女儿四个多月时就跟着我从陕西回宜昌、经成都、到昆明，最后来到乌东德工地，也成为一名“工地娃”。在这里过了两个多月的枯燥生活，七个月时又送回陕西，由外婆照看，成为一名“留守儿童”，以至于现在 19 个月了，每次问她“爸爸妈妈在哪里”时，她都指向全家福上的舅舅舅妈……当我回家休假，跟弟媳同时出门时，她会抱着舅妈的腿要跟着去，留下旁边失落的我。外婆每次指着我对女儿说：“这才是你的妈妈，那个是舅妈，是姐姐的妈妈。”她都会用不太相信的眼神看着我，似乎在说：对她不太熟哎……每每想到女儿，我都不禁心酸落泪。但坐到工作岗位上，我依然会全力以赴。

2017 年 6 月 20 日，基地发展公司内部改革应运而生，我也进入了全新的岗位——综合文秘岗位。在党组织的关心和培养下，2018 年底，我成为一名光荣的中国共产党党员！我对自己选择水电行业、选择金沙江、选择做一名三峡人而感到由衷的高兴。

就这样在金沙江上一路高歌，伴随着公司经历了 14 年的风风雨雨，我身上最初的那股青涩如蚕茧般脱落，时光已将我打磨成一个成熟、稳重、在专业上独当一面的员工。一路走来，有欢乐，有汗水，有付出，也有收获，更多的是我在金沙江上走过的印记。这些经历，让我的人生如此的绚丽多彩。

人物档案

寇春艳，女，1981 年 3 月出生，陕西渭南人，中共党员，工学学士，工程师，先后参与溪洛渡、乌东德、白鹤滩等水电站建设，现任中国三峡集团三峡基地发展公司乌东德分公司综合管理部综合文秘（主办），曾获集团所属公司级长电 2012 年度“巾帼建功立业标兵”称号；获基地发展公司 2018 年度“优秀女职工标兵”称号；多次获公司“优秀宣传员”“优秀宣传工作者”称号。

用青春和热血守护电站的平安
——记云南省昭通市巧家县公安局刘仲清

作者：雷华荣

在人生的道路上，每个人都在用自己的青春书写着历史。在我们的身边有着这样一位老刑警，他尽职尽责，抽丝剥茧，让案件大白于天下，让邪恶得到惩治，让正义得以伸张；他肩负着白鹤滩电站建设安全防护和管理的重任，让国家巨型电站建设安全有序进行，用自己微薄之力助推大国重器的建成，他就是巧家县公安局党委副书记——刘仲清同志。

惩恶扬善是他刑侦工作坚定的信念，舍生忘死是他为人民服务毫不修饰的誓言，义无反顾是他用生命诠释人民警察为人民的宗旨理念，他心里装着群众，热血写就忠诚，忠诚于党，忠诚于人民，忠诚于挚爱的公安事业。

⊙浩然正气，血洒街头护群众

作为一名光荣的人民警察，刘仲清深深地知道人民警察呵护着群众的平安、幸福与和谐，必须做到平易近人、大爱无私、勇于担当、有求必应。在危难关头，他总是挺身而出，一次次临危不惧，一次次奋不顾身。

2011年5月2日20时12分，巧家县第三中学门外昆巧公路上人潮拥挤，1名25岁左右剽悍男子赤裸上身，手持一把长约1米左右大砍刀不断向过往行人及车辆挥舞。

警情就是命令，刘仲清副局长立即组织巡特警大队、白鹤滩派出所民警迅速赶赴现场。

到达现场后，刘仲清立即组织民警疏散围观群众，下令先稳住闹事男子，对其进行劝阻，避免狗急跳墙伤及群众生命。

见到民警到达现场，歹徒情绪更加激动，挥舞着手中砍刀指向民警及群众："谁靠拢就砍死谁！"刘仲清见状，决定由自己上前跟歹徒交谈，稳住歹徒情绪。

"你敢靠拢我砍死你！"歹徒挥舞长刀直向刘仲清砍来。刘仲清立即大声亮明身份："放下刀，我是公安局副局长刘仲清，你有什么事情不能解决可以跟我说，找我解决。"丧心病狂的歹徒，挥舞着刀砍向了无辜群众。关键时刻，刘仲清勇敢地迎刃而上，用自己的身体挡在了群众面前，对行凶歹徒

大声呵斥。然而，被酒精燃烧失去理智的歹徒气急败坏，乱舞手中长刀向刘仲清砍来。刘仲清不顾个人安危，毅然只身上前与歹徒搏斗。在与歹徒徒手夺刀时，刘仲清的右手肌腱被砍刀砍断，面部被砍伤，其中一刀距颈动脉仅0.16 厘米。战友们直冲过来救援。歹徒被制服了，刘仲清却因伤势过重昏倒在血泊中，被紧急送往医院抢救。

刘仲清受伤后，巧家县委政府、政法委领导高度重视，迅速将他送至昆明进行救治，省厅、市局、县委政府领导及时到医院进行了慰问，广大人民群众自发到医院进行看望，用鲜花和掌声表达谢意。

⊙变换工作岗位“不忘初心，砥砺前行”

2013 年 6 月，刚因公负伤出院的刘仲清同志调任巧家县公安局白鹤滩分局担任分局长，工作岗位变了，但是一心为公安工作不懈奋斗的初心不变。自他担任分局长以来，始终坚持以党建促工作的理念，时刻教育每一位民警、每一位党员、每一位辅警要牢记党的宗旨，做到党的事业大于一切，面对白鹤滩电站建设进程中的种种困难必须迎难而上。

他刚担任分局长时，正值电站建设初期，避让搬迁任务非常重，上下红岩的群众不尽快搬离原来的居住地，大坝边坡开挖、抗滑桩的建设进程就会延误，就会影响电站建设的正常推进。为此，在他的带领下，分局成立了党员工作队，每一个进村入户动员村民避让搬迁的工作队都由党员带队，挨家挨户地走访，听取群众的意见和建议，每天晚上对当天收集的信息进行梳理，找准矛盾点和突破口，经过紧张有序有力的工作，大部分村民深切地感受到了支援国家建设的重要性，都积极配合县委政府和大寨镇党委政府的统一安排，搬离了世代居住的下红岩社，但是仍有两户村民不愿搬离。得知这一情况的刘仲清什么话也没有说，顶着烈日，冒着施工场地滚滚的烟尘，一步一个脚印地走到了下红岩社的陈门芬、邵登林家中，不顾凳子上厚厚的尘土，一屁股坐了下来，开始和他们拉家常，耐心了解他们的想法，并进行耐心解释劝说。刘仲清耐心细致的讲解和换位思考的工作方式，赢得了两户不愿搬离的群众的理解和支持，他们第二天就搬离了原来居住的地方，施工队顺利入场开展清表工作，让下红岩边坡开挖的工程得以顺利进行。

电站建设牵涉面广，每一个环节都不容出错和耽误，正是有了刘仲清同志这样的党员、这样的民警、这样的带头人，电站建设的进度才得以全力推进。大家都笑他“老刑侦变成了群众工作队员”，他笑着说：“干什么工作都是一样的，只要心中装有老百姓，多坐下来面对面听听他们的意见，群众会支持的。”

⊙心系群众，为民排忧解难

白鹤滩水电站右岸施工区巧家县境内的大桥营地是施工单位、民工的聚集地，房屋多、车辆多、人员流动性大，矛盾纷繁复杂，管理难度较大，特别是对民工营地的安全管理成为巧家县公安局白鹤滩分局治安防控的重中之重。为此，刘仲清经常着便装深入大桥营地进行实地走访调查，抽出警力在大桥营地组建警务室，做到第一时间接警，第一时间出警，以减少案件的发生，提升施工人员的安全感。

2017 年 6 月的一天，一名男性爬到大桥营地民工营房 4 幢的顶楼，扬言要从楼上跳下来。接到报警后，刘仲清立即带领民警赶赴现场。刘仲清摸清情况后，马上做出安排：一组爬上顶楼与当事人交流，分散其注意力；一组马上找来棉被、被单，密切观察当事人的动向，做好接引的准备；一组由身体条件较好的民警通过楼梯爬至当事人下方的楼层。一切准备就绪，刘仲清通过喊话器大声地向该男子开展思想攻势，从务工到家庭、到老人孩子，各种利弊进行了全面的思想疏导。经过近 1 个多小时的思想动员，该男子终于走下了顶楼，大家都长舒了一口气。

事后，大家都说："你当时作为现场指挥员，你做的思想动员太精彩了，挽救了一个家庭。"刘仲清笑着回答说："只要大家心里都装着老百姓，把群众的事情当成是自己的事情来做，你们做得会比我更好！"

⊙用实际行动，助推大型工程建设

2019 年 1 月 8 日，巧家县大寨镇大花地社、大田坝社、上下红岩社临时避让搬迁当地村民群众因白鹤滩水电站工程建设部未支付 2019 年土地、房屋等租用费用，堵断了右岸施工区上游索道桥、海子沟岗亭、2 号交通洞公路，造成拉混凝土的车、拉渣土的车、接送工人上下班的大客车、过往通行的社会车辆几十余辆同时堵断不能通行，严重影响右岸施工单位上千名工人的正常施工。三个地点同时堵断，把右岸施工区交通命脉掐断，所有施工车辆处于瘫痪状态，运输物资车辆进进不去，出又出不来。对于白鹤滩水电站大型工程建设，不要说堵上几小时，就是短短的几分钟，可能就会造成较大的经济损失，严重影响白鹤滩水电站各施工单位工程进度及正常施工秩序，损失不言而喻。刘仲清获悉情况后，立即组织民警启动处置预案，亲自赶到阻工阻路现场，一方面给村民讲解阻工阻路的危害和违法性质，用实际行动劝说村民，另一方面主动联系白鹤滩工程负责移民赔偿的部门解决村民反映的实际问题。通过刘仲清的悉心解释和苦口婆心的劝导，村民群众意识到阻断工程建设交通公路是违法行为，反映自己的诉求必须合理合法，主动放弃堵断公路。刘仲清用实际行动保障了白鹤滩水电站工程建设，用责任担当确保工程建设的生命线恢复畅通，各施工单位的生产和运输得以恢复正常。

白鹤滩电站的建设还在如火如荼地进行，浩荡的金沙江水一如既往地奔流向前，刘仲清仍在自己的岗位上默默工作，他既是领导，也是一位普通的老大哥，带领着分局全体民警辅警继续驻守在白鹤滩电站建设的工地上，奉献着自己的光和热，用青春和热血守护电站的平安！

誓言无声，有奔腾的金沙江水为证！有巍峨矗立的大坝为证！

人物档案

刘仲清，男，汉族，1966 年 12 月出生，中共党员，现任巧家县公安局党委副书记，全面主持白鹤滩分局工作，2012 年参加白鹤滩水电站工程建设，致力于服务保障国家重点工程安全稳定施工，其间，2014 年被昭通市公安局嘉奖，2017 年被昭通市公安局记个人三等功，2017 年荣获金沙江流域水电工程优秀建设者称号，2018 年带领分局荣获社会治安综合治理先进单位称号，2019 年被金沙江流域水电工程劳动竞赛委员会评为“标杆党员”。

大国重器的守护者

——记四川省凉山彝族自治州公安局白鹤滩分局王铖

作者：邱　波

对待民警，他严格要求，以上率下；对待群众，他热情服务，鞠躬尽瘁。他用34年的光阴书写了无悔的从警人生，用七年的时光谋定了平安稳定的施工环境，时刻诠释着人民警察忠诚奉献的政治本色。他就是凉山州公安局白鹤滩分局局长王铖。53岁的王铖，在公安战线上奋战了34年，从基层民警一步步走上局长的岗位，呕心沥血，功勋卓著。

⊙临危受命敢担当

2012年6月27日至6月28日6时许，因局部暴雨，四川省宁南县白鹤滩施工区发生特大山洪泥石流灾害，造成40余人失踪，2012年6月28日8时许，王铖接到上级命令，作为第一批抢险救灾人员开展抢救伤员、核实失踪人员身份、维护社会稳定等工作。原定于8月上任的他提前报到，在忙碌中开启了白鹤滩之行的序幕。

分局刚成立的时候，只有6名民警，办公地点、宿舍都是临时的，而且正值建设高峰，人少事多，各类工程结算纠纷、劳资纠纷不断，堵工堵路的事件时有发生。为了保障白鹤滩水电站顺利建设，他始终坚持既当指挥员又当战斗员，亲自带队开展接处警工作。战友们开玩笑说："公安局长亲自参与接处警，你是独一份了。"他严肃地说："守土有责、守土负责、守土尽责是公安民警的责任和使命，只有我们坚持负重前行，才能换来人民群众的岁月静好，才能确保大国重器的顺利建设，这只是每个警察都应该做的事。"他是这么说的，也是这么做的，他用自己的实际行动诠释了一个人民警察的坚守与信念。

⊙崇尚实干勇作为

"一实当先可以胜过百巧，成功的路上，实干就是最靠谱的捷径。"这是王铖经常对局里的同志们讲的话，也是他朴实无华、真抓实干的工作态度的真实写照。他始终坚持重要工作亲自部署、重大方案亲自把关、关键环节亲自协调、落实情况亲自督查，在全局营造了鼓实劲、出实招、求实效的工作氛围。有的同志从警时的冲劲与锐气，在不间断的白加黑、五加二、连轴转中消磨殆尽；有的同志觉得水电公安分局的工作边缘化，干不出什么成绩，态度消极。但是他却干劲十足，把分局的工作抓得有声有色。七年来，他率先垂范，喊出"班子向我看齐，民警向班子看齐"口号，带领全局民警不断创先争优，确保白鹤滩公安工作不断发展进步。近年来，分局荣获各类奖项 30 余

项，分局党支部被四川省公安厅命名为“最强党支部”，连续三年荣获先进基层党组织称号，分局连续三年荣获目标绩效考核一等奖。

⊙忠诚履职显本领

“自古忠孝难两全”，他总是偏向前者，正是他一次次的失约，才让平安稳定从不失约。

2016年8月，白鹤滩施工区发生一起盗窃案，涉案金额达30余万元。为了尽快破案，给群众挽回经济损失，他亲自担任专案组组长，立下“不破案决不收兵”的军令状。当晚，他的妻子打来电话说：“明天就是儿子出国留学的日子，你答应要来送他。”“局里出了个案子，我回不来，你去送他……”挂断电话，想起从警这些年来对家人疏于照顾的亏欠、家人长期以来的包容和理解、独自一人远赴他乡留学的儿子，他辗转反侧，难以入眠。但是，他将这一切都化作工作的动力，历时一个半月，辗转四川、云南、河北、湖北四省，终于在河北将嫌疑人捉拿归案，该案也被评为“全州十大精品案例”。

他说：“确保社会大局稳定是我们的使命所赋，保障电站顺利建设是我们的职责所在。”事关电站建设大局的事情，他总是事无巨细、亲力亲为。2018年6月，一名附近村民骑摩托车在白鹤滩施工区发生道路交通事故后死亡，死者家属聚集一百余人将施工区主要道路阻断，对白鹤滩施工区道路通行秩序造成了严重的影响。如果不及时处置，将会影响电站建设进度，给国家造成巨大经济损失。如果进行处置，分局实有警力不足 30 人，处置难度大，处置工作伴随着巨大的风险。他当机立断，一方面向上级请求警力支援，一方面亲自率工作组对聚集人群进行劝阻，成功劝退 50 余人，果断处置负隅顽抗的其余人员。

七年来，他始终坚持以优质高效地服务于白鹤滩水电站建设为已任，成功指挥调解处置 160 余起组工堵路事件，为白鹤滩水电站建设营造了良好的施工环境。

⊙牢记使命守初心

他总是对年轻的民警说："只要我们努力做了，将心比心，对得起自己的良心，就会赢得社会的点赞。"这句话像是一名老同志对后来者的谆谆教诲，更像是一位老民警对老百姓的庄严承诺。时常有同志抱怨"警察工作不好干"，他却觉得警察的工作很好做。"群众过节，公安过关"，节假日是事情最多的时候，每年春节他都主动放弃与家人团聚的机会，亲自带队值班。2016 年，因施工区外协队伍的老板拖欠工资不发，农民工没钱回家过年，有农民工采取堵路讨薪的方式表达诉求，局里的民警主动找外协队伍的老板沟通了几次都没有结果。他听了汇报后，亲自给外协队伍的老板打了个电话："请你到白鹤滩分局协助调查一起涉嫌拒不支付劳动报酬的案件，你如果不想让别人回家过年，那你也不用回家过年了。"打完电话，老板就主动把工资支付了。这样的事情，不胜枚举。

生活中往往通过一件小事就能见微知著，对于公安民警而言，百姓之事无大小，细节之处见担当。在王钺看来，作为一名人民警察，就要倾尽全力，履行好保民平安的职责使命；作为一名水电公安民警，就要付出所有，坚守好服务电站建设的初心信念；作为一名水电公安民警，就要鞠躬尽瘁，践行好为人民服务的庄严承诺。他是人民警察，是大国重器的守护者，坚持将一腔赤诚贡献给白鹤滩水电站的每一寸土地。

人物档案

王钺，1966年5月生，四川雅安人，中共党员，大学文化，副处级干部，1985年7月参加公安工作，先后在宁南县公安局、冕宁县公安局工作，现任凉山州公安局白鹤滩分局局长，党支部书记。先后多次荣获优秀公务员、个人嘉奖、个人三等功等荣誉，2017年荣获优秀建设者称号。

一个“粮草官”的岁月往事

——记中国三峡集团三峡设备物资公司白鹤滩项目部郑建民

作者：付先林

在蓝色的天空下，一阵阵滚烫的山风掠过金沙江峡谷。站在白鹤滩凉水沟大桥附近，远望绿树掩映中的新建村综合仓库，你很难想象这里过去是什么样子。一位保安告诉我们：他刚来的时候综合仓库还是一片碎石场，放眼望去，漫天灰尘，一片荒凉，只有一座临时办公用的集装箱“趴”在货场上，显得那么孤单，连上厕所都要爬到对面山坡上去解决。

俗话说：兵马未动，粮草先行。白鹤滩工程的“粮草官”是谁呢？其中之一就是钢材仓库的“粮草官”、三峡设备公司白鹤滩项目部仓储分部主管郑建民。他圆圆的脸上戴着一副近视眼镜，不大的眼睛总是闪着智慧的光芒。多年来，他一直坚守在金沙江畔工地上，勤恳工作，默默奉献，2014 年获得三峡设备公司“明星员工”称号，2017 年获得金沙江流域劳动竞赛“优秀建设者”称号，2018 年获得三峡集团“优秀共产党员”称号。

⊙一面旗帜

2012 年 12 月，一纸调令，郑建民从溪洛渡来到白鹤滩工地。身边人都知道，他曾经患有严重的鼻炎和甲状腺疾病，有段时间脸上身上肿得很厉害，有一次还险些晕倒在办公室里。然而，疾病没有吓倒他。后来他利用休假时间去北京、成都等大医院四处求医问药，在经过一段时间的住院治后，病还没有痊愈，他就拔掉针头匆匆赶回了工地。在成都开往西昌的火车上，他坐在卧铺车厢一角，呆望着窗外缥缈的夜色，脑海里想到了工地，想到了疾病，也想到了远方的亲人，那一刻，他忽然感到特别无助，特别悲凉，眼泪止不住“哗哗”地流了下来……

他说：刚到工地那些日子，当时正赶上导流洞施工高峰期，工地急需大量钢材备库，时间紧，人员少，有时候他一个人在现场忙得团团转。白天，他要清点核实每一车每一件物资，紧盯吊装作业现场；夜晚，他还要在临时板房里借用同事的电脑，加班加点登记上账。短短的 10 天时间，他带领七八个临时工，硬是创纪录地完成了入库钢材 8000 吨的任务。

一名党员，就是一面旗帜。郑建民就是一个忍受病痛折磨，长期扎根基层勤奋工作的优秀共产党员。

不过，作为妻子的丈夫和孩子的父亲，他心里还是觉得亏欠太多。他每天晚上想家的时候，只能在微信视频上听听妻子的“埋怨”，看看孩子的笑脸，听孩子叫一声爸爸。

⊙ QC 成果让钢筋住进了“新家”

郑建民一直把岗位作为技术攻关的课堂，把物资存储质量作为专研课题，在实践中攻克了一个又一个技术难关。一天雨后，他站在仓库远眺一堆堆被油布遮盖的钢筋，发现碎石地面石缝里不断升腾的水蒸气，忽然联想到水蒸气对钢筋的腐蚀性作用，进而产生了制作“钢材防护罩”的想法。

于是，他组织成立 QC 攻关小组，大家用一周时间，就拿出了“降低钢材损耗防护罩棚”的初步方案，经过多次方案的讨论修改和样品试制及试用，半年后，12 个自己加工制作的“降低钢材损耗防护罩棚”安装在货场上，终于让钢筋住进了“新家”。后来这项 QC 成果不仅获得国家实用新型专利授权，还在其他工地仓库得到推广应用。

⊙酷暑，挥汗忙备库

骄阳似火的白鹤滩工地，一到夏季就进入了“烧烤”模式。的确，每年 4~6 月是白鹤滩最酷热难耐的季节，同时也是“汛期备库”的物流高峰期。炎炎夏日，有时候仓库地表温度高达 70 摄氏度，钢筋的表面烫得几乎无法用手触碰，有的同事劳保鞋底都“烫”脱了胶。他们就是在这种热浪滚滚的“烧烤”环境中，2019 年完成汛期备库钢材 1.8 万吨，相当于年入库总量的三分之一。

有一天，“微信平台”显示，当天昆钢 Φ36 × 12、德胜 Φ32 × 9 到货 20 多车。一大早，一辆辆半挂车在仓库就密密麻麻排成了长龙。当天白鹤滩气象中心也发出了橙色预警信息，河谷气温最高达 41℃。怎么办？郑建民在班前会上手一挥：“今天啥也别说了，马上开工！”话音未落，他已大步流星走出办公室，戴上安全帽赶往现场去了。在烈日下，他和大家脸上都晒得黑黝黝的，身上汗水完全浸透了衣衫。为完成任务他们避开河谷高温时段，安排早晚两班人员连续卸货作业。一些业务员蹲在阳光下，靠近滚烫的钢筋边，一根根清点，一批批入库，忙得大汗淋漓。直到月光洒满峡谷的时候，他们依然在挑灯夜战……

⊙“青年突击队”

白鹤滩项目部仓储分部现有员工23人，主要担负白鹤滩水电工程物资、设备的仓储管理工作。郑建民作为仓储分部的负责人，始终把“安全保供”牢记在心。与此同时，他还带领大家完成了一些“急难险重”的临时性突击任务。

记得在转轮厂500t桥机主梁和胎带机主臂等大型设备进场时期，由于设备严重超长，葫芦口至白鹤滩低线公路转弯半径偏小，“进场难”一时成了焦点问题。郑建民临危受命，带领6名仓库业务员加入项目部“青年突击队”中，按照既定的“枕木支垫道路方案”组织现场实施。大家穿着反光背心，在夜间作业环境下，引导大车在山路上缓慢行驶，终于涉险顺利通过了30多公里的低线公路，圆满完成了突击任务。

一天下午5时，项目部接到建设部工会罗主席的通知，按《我和我的祖国》导演组要求重新搭设舞台。他一看表，此时离预演不到3小时，离第二天的正式演出也仅剩下十几个小时了。他带领仓储分部付刚、童建峰、普建龙等8名同志迅速赶赴现场，看着现场摆放的四台工程车和400根枕木，他们顾不得吃饭，分成二人一组，撸起袖子就干了起来。经过2个多小时奋战，在离预演仅剩下不到20分钟的时间，终于按导演要求完成了重新搭设舞台的任务。

在项目部员工中，有人说他是一个值得依赖的人，有人说他是一个值得敬佩的人，有人说他是一个值得学习的人。而在我们采访人的印象中，他就是一个爱岗敬业的平凡水电人。

不错，郑建民就是这样一个平凡的水电人，他把青春安放在大山深处，扎根于金沙江畔最艰苦的工地上，不忘初心，牢记使命，默默奉献，无怨无悔坚守在平凡的岗位上，用行动谱写了一个“粮草官”的青春之歌。

人物档案

郑建民，1973年1月出生，湖北长阳人，中共党员，本科学历，工程师、注册安全师。先后参与三峡、溪洛渡、白鹤滩等水电站建设，曾获得金沙江流域“优秀建设者”称号，他带领的班组曾获得金沙江流域“先进班组”及“先进集体”称号。

金沙筑梦守初心　做降本增效“践行者”

——记中国三峡集团三峡基地发展公司白鹤滩分公司生产技术部龚建华

作者：田晓云　翁保华

把龚建华放在白鹤滩水电站世界级的浩大工程中，他的付出只是一小部分；把他放在为工程建设“辅助生产与后勤保障”中，他所承担的苦和累，却是不可计量。14 年来，龚建华始终坚守在大水电建设一线，爱工程如命，爱企业如家，用共产党员的优良作风，为水电人特有的情怀和品质代言。

⊙立初心，毅然进军新战场

2005 年至 2008 年，远在四川洪雅的龚建华在水电公司向家坝分公司上班。2009 年，为响应集团公司建设白鹤滩水电站的号召，他毅然作出了抉择——进军白鹤滩。那时，从向家坝回家，仅需 6 小时；等来到了白鹤滩，回一趟家，坐汽车、转火车，在毫无耽搁的情况下，最少也需要 18 小时。

其实，他完全可以选择继续留在美丽的向家坝。

向家坝水电站建设已经成型了，而集团公司建设白鹤滩水电站的施工号角已吹响。他自认为是一个敢于担当、勇于挑战的男子汉，相信在新的战场可以收获不一样的成就感。

当时，正值水电公司白鹤滩筹备组成立之初，龚建华参与白鹤滩水电站施工筹备期供电系统建设、110kV 电源线路的规划设计，先后负责了 1 座 110kV 变电站、6 座 35kV 变电站、施工区各电压等级的供电线路、施工区照明通风系统等工程项目的建设管理，优化施工电源，承担电源线路改造的技术方案和高压供用电合同谈判及电网市场化交易，为白鹤滩工程建设降低了供电成本。从电网建设、参与设计、调试运行到与地方供电公司的协调，他克服了地理条件恶劣、山高路陡、路窄弯多及新公司管理新起点等诸多难题。那个时期，龚建华觉得自己不像自己，像是一个机器人，特别能战斗，白天下工地，晚上写方案，第二天照样接着干。过后想想，他觉得自己有些“蛮干”，不爱惜自己的身体，但是却觉得那时也是最有成就的时候。

⊙记初心，攻坚克难保电源

2009 年，白鹤滩工地上的施工电源几乎是依靠地方 10kV 农网供电线路，电压不稳定，且施工单位几乎都用柴油发电机作备用电源。龚建华作为供电先遣队中的一员大将，主动担负起与巧家供电公司、宁南供电公司、西

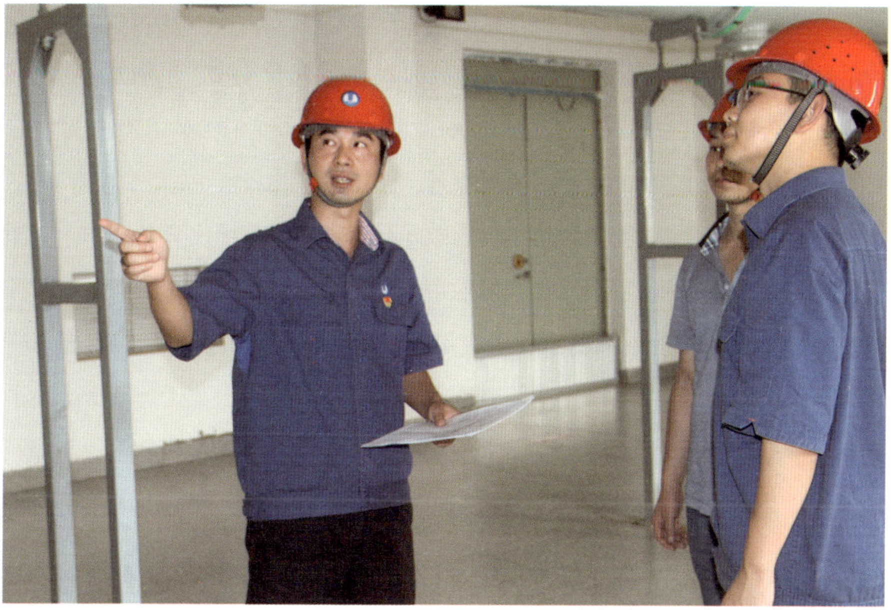

昌电业局等供电业务联系沟通的重要纽带。

在白鹤滩工区 110kV 电源线路审查初步设计中，龚建华发现设计单位提供的线路偏长，且塔基选址有偏差。经过仔细计算，原线路不仅会造成项目资金增加，同时也会对线路铁塔构成安全威胁。面对眼前的诸多难题，如何寻找解决的办法？“是放弃，还是继续？”他毫无怨言地选择了继续前行！主动出击、沟通协调，多次与设计技术人员一同现场实地勘查，找出有理有据的支撑材料，还对 110kV 线路经过的高海拔地区进行覆冰校核，直接缩短线路长度约 10km，大大降低了工程总投资。

⊙守初心，优化电网降费增效

2015 年 7 月，为优化白鹤滩水电站右岸施工电源、提高其供电可靠性和安全性，龚建华主动承担施工区右岸电源线路改造的技术方案与合同谈判，从大寨变电站（经过马鞍山村）至白鹤滩村大桥营地 10kV 输电线路的架设及运行。当时，摆在面前最大的问题是交通不便，又一次面临着线路物资只能靠人背、马驮的情况。一条不足 1 尺宽的小路，是当地老百姓通往大桥营地的“致富”之路（马鞍山村老百姓在大桥营地打工就业），小路上全是小石子，就连马行走在路上，都会打滑，更何况还背驮着重物。只有多次实看，反复优化方案，才能把危险系数降低。果然，功夫不负有心人，线路架设至正常供电，比原计划时间提前了一周。

同年 10 月，公司委派龚建华负责做好云南省电力市场化交易工作。他深感责任重大，压力随之而来：初次接触市场化交易，让他又一次面临新的困难与挑战。一边在网上查阅已享受电力市场化交易省份的资料，一边积极与巧家供电公司和云南电网公司咨询，进行利与弊的对比。办公桌上、墙壁上几乎全是电价对比表、电价曲线图、电量交易图。一周的时间，他疯狂地像海绵一样吸水，快速掌握了市场化交易信息，向上级供电公司递交了市场化交易申请材料。据统计，白鹤滩参与电力市场化交易电费可节约 0.10 元 /kW · h，每年可节省电费上千万元。

因长时间久坐办公，导致体内结石不期而至。结石排不出，痛得浑身难受至极。那段时期，龚建华觉得特别累，但一想到所取得的成绩，又毅然回到工作岗位上。

⊙扬初心，建设“绿色白鹤滩”

习近平总书记在十九大报告中指出，“绿水青山就是就金山银山”，注重环境保护、践行绿色发展已然成为当今时代发展的主题。为了服务集团战略定位的落实，充分发挥岗位优势，龚建华与团队通过调整供水运行方式和合理调度，充分利用自流供水资源，降低生产成本。

其间，他组织对上村梁子中水回收提升泵进行了改造，2018 年实现中水回收约 7 万立方米，节省了绿化用水；组织完成污水厂污泥处理系统调试、净水厂废水处理系统调试，实现全年污水处理达标排放。同时，他还参与了白鹤滩水电站陆地生态保护、转轮拼装厂重钢结构厂房下段柱的安装项目的研究，取得了突出成果，荣获科技创新成果技术总结类三等奖、中国水利电力质量管理一等奖。

作为长期奋战在水电工程建设一线的员工，他努力践行“严细实精”的工作作风，用自己的实际行动助力白鹤滩“五大工程”建设，把工作当作事业来干，立足岗位建功立业，为把白鹤滩工程打造成为新时代大国重器典范贡献力量。

人物档案

龚建华，1981 年 5 月出生，四川省洪雅人，中共党员，高级工程师。参与了白鹤滩水电站施工供电系统规划设计及建设等工作，2012 年获三峡集团公司“优秀共产党员”，2019 年获金沙江流域劳动竞赛“优秀建设者”称号。

凝心聚力树先锋　奋力拼搏保供电

——记中国三峡集团三峡基地发展公司白鹤滩分公司 110 千伏白鹤滩变电站

作者：冯吉全

走进 110kV 白鹤滩变电站，院内干净整洁、安全警示牌整齐划一、草木苍翠茂盛、室内窗明几净、物品定置摆放，整洁清新、规范有序的环境处处彰显着运行值班人员勤劳、自律、严谨的作风，你一定会禁不住想走近他们，想了解他们到底是怎么样的一群人。

“一个优秀的班组必然有一群优秀的员工，一个优秀的员工，必须具备优秀的综合素质。”现任负责人盛姗姗说。

⊙“工匠精神”打磨服务品质

2019 年 2 月末的一个深夜，110kV 白鹤滩变电站办票室依然灯火通明。“现场所需要做的安全措施一定要考虑到位，事先检查并准备好工器具，调度一定要把好关；Ⅰ段和Ⅱ段分别进行更合理也更安全。”调度刘昌贵讲道。

“每天按计划完成任务后应即时恢复设备运行，加班加点也必须完成任务，坚决不能拖到第二天，留个尾巴就像是留了个危险点！”部门主任强调。

副主任伍晓欢也提醒道：“所有操作必须得到当班调度许可才能进行，即使是配合检修人员的操作也必须坚持这一原则。”

最后一个发言的小范说：“能参与小修工作机会难得，希望自己能利用这次小修学到新的知识，对有些设备模糊不清的地方，一定要想办法弄清楚。”

对于下周即将展开的变电站小修任务，现场人员各抒己见，进行着激烈的讨论。多年来他们始终坚持重大的操作任务、检修任务决不放过每一个细节，组织集体讨论，制定最佳方案，并充分利用现场工作开展培训活动。

其实这种夜间工作对于他们来说已经是家常便饭，他们认为夜深人静的时候更便于思考问题，思路更清晰，思维更敏捷。他们经常利用休息时间集结在站内，讨论“现场处置方案”“操作票典型票”“工作票样票”“安全风险辨识、评价及管控措施清单”等各类文件的编制。

这群优秀的年轻人把爱岗敬业、争先创优作为立志成长的动力。五年的历练，他们中涌现出了许多刻苦钻研、潜心实践的青年人才，随着员工们综合素质不断地提高，逐步成长为业务骨干，现在都能在工作中独当一面，他们勤学习、爱钻研的求知精神，成为兄弟班组学习的榜样。

⊙以人为本安全生产结硕果

“赶紧回去把安全帽戴上，小心天花板掉下来砸到你。”盛姗姗毫不客气地对员工提出要求。这虽然是在卫生间的防水处理现场，他们仍然没有半点放松。

五年来，他们始终坚持“以人为本”的安全理念，以严格的管理夯实了安全生产基础，形成了严谨、仔细、实干的工作作风和人人自觉要安全的良好氛围。工作中不仅把安全当成自己的事，同时把身边同事的安全也当成自己的事。

安全学习是他们长期坚持的工作。他们学习安全文件，请老师傅现身说法，讲身边的典型安全事故，分析总结，结合自身实际举一反三，定期开展

反事故演练，不断提高员工的安全意识和安全能力。

工作中，他们严格执行监护制度、唱票制度、复诵制度、回复制度，加大习惯性违章检查和考核力度，杜绝习惯性违章；坚持设备巡检制度，发现缺陷及时上报处理，保证了电力设备的健康运行。

近年来未发生任何人身伤亡及人为责任的设备损坏事故，有力保障了工区电网设备安全、可靠、稳定运行。

⊙勇于创新争取长足发展

敢于创新才能促进工作不断改进，才能促使大家不断进步。五年来在部门的带领下，以站长为龙头，以 QC 小组活动为契机，已经形成了自我创新成果，对设备、设施及工作方法中存在的问题积极进行改进，使这个青年团队在管理方面、业务方面有很大提升。

“这次我们到巧家供电公司参观的任务是要把南网公司先进的管理经验学到手哈！”他们通过对标学习，结合自身实际开展了设备设施定置管理，自行设计了更加完善的标牌标识，制定了更加人性化、明显的巡检路线和逃生路线；加强了技术资料归类管理，制作完善了醒目的标识，便于查阅整理，进一步建立了可视化电子设备档案和电子台账记录。

优化电网技术管理，成了这群年轻人的练兵场。2016 年，青年骨干们积极参与了 35kV 岩棉 T 线三滩支线的安装，完成了 35kV 三荒线的改造，成功实现了南网电源和国网电源的相互备用，同时积极科学合理调度，及时调整运行方式，参与南网市场化交易，多用市场化交易便宜电，每年为白鹤滩工程建设节约电费约 1400 余万元。

2018 年，电网技术管理细节再次得到升华，他们积极开发“白鹤滩工程施工电网运行方式确认软件”，实现设备状态修改，提高数据库的可靠性，增加数据库的备份和恢复功能。“这个软件太好了，它大大提高了电网运行管理的安全性、可靠性和经济性。”调度员盛姗姗在使用过后给予了高度评价。

一次班组会议上，员工提出“安全帽和绝缘用具都存放在一楼仓库，使用时极为不便”。为了保证值班人员快捷取出和紧急情况检查设备时快速穿戴，站长采纳了员工的意见，将常用的工器具搬到了二楼中控室，既方便了

工作，又保证了安全。

“要做就做最好”是这群年轻人的工作箴言。他们认为，在运行工作中，光注意细节还不够，还要注意身边的一点一滴小事，每一个细小问题都蕴藏着安全的隐患，他们时刻用洞察的目光审视着一切。为了35kV断路器操作时能够更好使力，他们对操作把手进行了改造；为了汛期及时掌握雨情，他们自己制作了雨量监测装置。

⊙默默奉献绽放无悔青春

走廊里文化墙上张贴的那些积极向上的、凝心聚力的、增强团队及主人翁责任意识的企业文化理念图片，都是他们自己设计制作的，是他们爱岗敬业精神的具体写照。

当你看到驻勤车司机老王主动替员工们买菜、搬东西，修理站内的家用电器，你就会真切地感受到这个大家庭的温馨与和谐。

当你问他们不想到城市工作吗？他们会毫不犹豫地告诉你：非常想，但这个家需要我们，我们也离不开这个家！

“996算什么，我们从来不需要节假日，不过问今天星期几，每天都是24小时，不过习惯了真挺好！”他们经常自我安慰。

他们把变电站当成了自己的家！为了这个家，他们每个人都实实在在地想事、做事、干事，每个人都把自己和变电站紧紧联系在一起。他们懂得舍小家顾大家的道理，这里之所以是一个充满温馨的优秀团队，那是因为生活在这里的每一个人，都为这里献出自己的一份热爱。

虽然这里存在交通出行不便、生活物资缺乏、青年员工处对象难等困难，但是他们扎根边远、争做先锋的精神，不断进取务实的工作作风从未改变，正是有了他们的长期坚持和默默奉献，才有了那些耀眼的荣誉。

回望来时路，慨然亦奋起。110kV白鹤滩变电站持续提升班组管理水平，着力提高电网管理水平，在技术创新、管理创新的道路上不断奋勇前进，在白鹤滩这片打造大国重器的热土上，演绎着追梦奋斗路上的那些平凡事。

团队档案

110千伏白鹤滩变电站于2014年3月正式建成投运，是白鹤滩水电站工程施工电网枢纽变电站，承担着白鹤滩水电站工程建设期间所需的施工生产、办公、生活、交通等重要供电任务。曾荣获“全国工人先锋号”“云南省工人先锋号”等9项荣誉。

图书在版编目（CIP）数据

筑梦金沙 / 中国长江三峡集团有限公司编著. -- 北京 : 中国工人出版社, 2020.8
ISBN 978-7-5008-7465-2

Ⅰ. ①筑… Ⅱ. ①中… Ⅲ. ①纪实文学－中国－当代 Ⅳ. ①I25

中国版本图书馆CIP数据核字（2020）第149249号

筑梦金沙

出 版 人	王娇萍
责任编辑	安　静
责任印制	栾征宇
出版发行	中国工人出版社
地　　址	北京市东城区鼓楼外大街45号　邮编：100120
网　　址	http://www.wp-china.com
电　　话	（010）62005043（总编室）　（010）62005039（印制管理中心） （010）62382916（工会与劳动关系分社）
发行热线	（010）62005996　82029051
经　　销	各地书店
印　　刷	北京美图印务有限公司
开　　本	710毫米×1000毫米　1/16
印　　张	26.25
字　　数	260千字
版　　次	2020年9月第1版　2020年9月第1次印刷
定　　价	78.00元